KB033559

정재환의 필리핀 영어 연수^^

정재환의 필리핀 영어 연수^^

정재환 지음

말글빛냄

가까이 하기에는
너무 부담스러웠던 영어

2013년 2월, 한국사 공부를 시작하고 13년 만에 조선어학회 활동 연구로 박사학위를 받았고, 같은 해 3월 성균관대학교 수원캠퍼스에서 '한국사개설'을 맡아 강의를 시작했다. 강의 준비는 어려웠지만 즐거웠고 보람도 컸다. 그러다가 문득 영어 공부를 해야겠다는 생각을 했다. 근현대 한글 문제를 공부하는 데 필요해서 일본어는 공부했지만, 영어는 멀리 했었다. 가까이 하기에는 너무 부담스러웠기에 평생 멀리 했었던 영어를 공부하기로 결심했다. '영어를 좀 하면 우리나라에 시집 와 있는 외국인들에게 우리말을 가르치는 데에도 좋은 점이 있을 것이고, 외국 학생들에게 한국사를 가르칠 수도

있지 않을까?'

그런 생각에 골몰하다가, 잠시 활동을 접고 외국에 나가는 것이 효율적이라는 생각을 했다. 우리나라에서도 못할 것은 없겠지만, 방송 일도 해야 할 것이고, 한글문화연대 활동이며, 사람들을 만나고, 가족을 돌보는 일 등 영어에 집중하기 어려운 일들이 많았다. 그래서 외국으로 가기로 결정하고, 택한 곳이 필리핀이었다. 미국이나 캐나다를 권하는 이가 있었지만, 학비와 생활비가 적게 드는 것이 매력적이었다. 가장으로서 경제적인 문제를 생각하지 않을 수 없었고, 캐나다나 미국에 비해 1/3정도 비용으로 공부할 수 있어서 좋았다. 물론 필리핀에 많은 어학원이 있고, 필리핀 교사뿐만 아니라 원어민 교사도 있기 때문에 필리핀에서도 충분히 공부할 수 있을 거라고 판단한 것이 가장 큰 이유였다.

재작년 7월 26일 비행기를 탔고, 필리핀 중부 세부Cebu에 도착했다. 유브이 이에스엘UV-ESL에서 6개월 반, 남부 다바오Davao 이앤지E&G에서 5개월 반, 북부 앙헬레스Angeles 에이이엘시AELC 센터 1에서 3개월, 클라크 에이이엘시 센터2에서 1개월 반을 공부했다. 필리핀의 중부-남부-북부를 두루 체험했다. 나이 쉰셋에 기숙사 생활을 하면서 20대 학생들과 비좁은 교실에서 공부했다. 기회가 닿을 때는 여행도 했고, 필리핀 사람들 사는 모습도 들여다보면서 1년 5개월이란 결코 짧지 않은 시간을 보냈다.

이 글은 일기처럼 작성했다. 필리핀에서 영어 공부하면서 겪고 느낀 일들을 담았다. 내가 체험한 지역과 어학원 등에 대한 정보도 담았지만, 유학지와 어학원에 대한 안내서는 아니다. 어디가 좋고, 무엇이 장단점이고 하는 이야기들은 인터넷에서 많은 자료를 찾을 수 있다. 그렇다고 해서 이 책이 해외 연수를 준비하는 분들에게 전혀 도움이 되지 않을 거라고는 절대로 얘기할 수 없다. 찬찬히 보시면 글쓴이의 생생한 체험담과 함께 살아있는 정보를 얻을 수 있을 것이다.

이 책에는 글쓴이의 영어에 대한, 영어 교육에 대한 별난 주의와 주장 또한 담겨 있다. 입시 지향 교육과 함께 무분별한 영어 교육은 이미 많은 학생들을 불행의 늪에 빠트렸고, 멀지않은 미래에 우리나라 교육의 정상적인 발전을 저해하고 나라의 장래마저 어둡게 할 것이다. 이런 이야기도 넘겨보지 마시고 진지하게 생각해주시기 바란다.

|차례|

8

1부
유브이 이에스엘UV-ESL, 세부

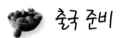

출국 준비

2013. 6. 14. 금. 맑음

인터넷에서 검색을 하니 몇몇 유학원이 눈에 띠었다. 집 가까운 곳에 있는 '김옥란유학원'에서 상담을 했는데, 이미 필리핀으로 가기로 마음먹고 방문을 한 것이기에 장소와 어학원을 정하는 데 오랜 시간이 걸리지 않았고, 필리핀 세부에 있는 유브이 이에스엘UV-ESL로 가기로 했다. 항공편 예약은 직접 하기로 했고, 여행자보험은 유학원에 부탁했다.

유브이 24주 연수비용은 입학금 10만 원, 수업료 420만 원, 기숙사 1인실 444만 원으로 총 금액은 874만 원인데, 유학원 할인 80만 원을 빼니 794만 원이 되었다. 현지에 가서 내야 하는 비용도 있는데, 한 달에 한 번 비자를 연장하는데 약 8만원 , 6개월짜리 특별학업허가증(Special Study Permit) 발급 비용 약 17만원, 외국인 신분증(I-Card) 발급 비용 8만 원 정도, 6개월 이상 체류할 경우, 출국 시에 필요한 범죄사실증명서(Emigration Clearance Certificate) 발급 비용 14,000원

13

정도에다가 책값과 기숙사관리비, 전기세 등을 더해야 한단다.

사실 선택지가 미국, 캐나다, 호주, 필리핀 등등 여러 곳이었다면 각 곳의 장단점을 두루 따져봐야 할 것이다. 어학원, 숙소, 교육 과정, 학비, 비자, 항공편, 여행자보험, 주거비, 용돈, 기타 잡비에 이르기까지 꼼꼼하게 따지고 비교할 것이 한두 가지가 아니었을 것이다.

여하간 영어 연수지로서 필리핀의 단점은 영어를 사용하는 본토가 아니어서 완벽한 영어 환경을 제공해 주지 않는다는 것이다. 대부분의 어학원이 원어민 교사를 채용하고 있지만, 그룹 수업만 담당하고 일대일 수업은 거의 제공하지 않는다. 장점은 필리핀 전 지역에 외국인을 위한 영어 어학원이 많고, 영어 사용 본국이랄 수 있는 미국, 캐나다, 호주 등에 비해 비용이 저렴하며, 필리핀 교사와의 일대일 수업으로 밀도 높은 수업을 받을 수 있다는 것이다.

세부 도착

2013. 7. 26. 금. 맑음

어젯밤 필리핀 시각 11시 20분 막탄 세부 공항에 도착했다. 소지한 진통제를 보고 세관 직원이 이것저것 꼬치꼬치 캐묻는 바람에 입국하는 데 다소 어려움이 있었다. 필리핀은 세관 직원들이 까다롭기로 유명하다. 괜한 트집을 잡는 경우가 비일비재하단다.

학원 기숙사에 도착하니 12시가 넘었다. 1인실. 413호. 방이 좁다. 침대 하나, 책상 하나, 옷장 하나, 서랍 하나, 텔레비전이 다다. 일단 인터넷을 연결하고, 에어컨을 틀었다. 몹시 후텁지근한 날씨다. 잠이 오지 않아 트렁크에 넣어 온 짐을 풀어 대충 정리했다. 1년간 살림살이치고는 참 조촐하다. 짐을 정리한 후 와이파이를 연결했다. 새벽 2시 18분에 집사람한테 무사히 도착했다고 카톡으로 문자를 보냈다.

이상하게 잠을 설치고 아침에 일어나 창문을 여니 밖은 숲이다. 잎사귀가 무성한 나무들밖에 보이지 않는다. 그래도 초록이 싱그럽다. 사진 한 장 찍어 카톡을 보냈다. 세부의 아침! 날이 약간 흐려서인지

어젯밤처럼 덥지는 않다. 창문을 열어 환기를 시켰다. 아침밥은 먹지 않았다. 그냥 뒹굴뒹굴하고 싶었다. 9시쯤 1층에 갔다가 서윤철 학사 과장을 만났다. 사무실에서 김태화 부원장과도 인사하고 커피 한 잔 얻어 마셨다. 학원 생활에 대해 잠시 설명을 들었다.

12시에 기숙사 식당에서 점심을 먹었다. 닭다리 튀김에 스파게티, 그런데 김치가 정말 맛있다. 한국하고 똑같다. 다행이다. 젊은 학생들이 꽤 많다. 쑥스러워도 이 틈바구니에서 잘 살아내야 한다.

1시 반에 서 과장을 만나 세부에서 두 번째로 크다는 아얄라 몰 Ayala Mall에 갔다. 1,300달러를 페소Pesos로 환전하고 커피포트, 머그잔, 샴푸, 린스 등등을 샀다. 과일하고 과자도 샀다. 트리오도 사고 비누, 빨래비누, 방향제 등도 샀다. 자잘한 물건들을 잔뜩 사니 좀 민망했다.

오는 길에 썰스티Thirsty에서 망고 주스를 한 잔 마셨다. 시원하다. 세부의 맛인가! 전화번호도 얻었다. 여기는 전화 회사가 스마트하고 글로브가 있는 것 같은데, 내 스마트폰에 낀 유심이 스마트 회사 거라 스마트카드 300페소짜리를 샀다. 전화번호는 0919-632-6694다. 당장은 쓸 일이 없겠지만, 차츰 통화할 일이 생길지도 모른다.

장 본 물건을 정리했다. 설거지도 끝냈다. 6시 10분 저녁을 먹었다. 돼지불백, 맛있다. 깍두기도 맛있다. 밥을 먹고 나오는 길에 서 과장을 만나 일본인 학생 매니저 미키와 인사를 했다. 가끔은 일본어도 할 기회가 있을 것 같다.

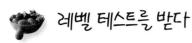

레벨 테스트를 받다

2013. 7. 29. 월. 맑음

오전 8시 30분쯤 레벨 테스트Level Test가 시작되었다. 신입생(?)
은 나를 포함해서 7명이다. 한국인 2명, 일본인 5명. 토요일에 들어
온 여학생은 부산에서 왔는데, 영어를 잘한다. 영어를 잘해도 영어
를 배우러 온다. 잠시 테스트에 대한 설명을 들으면서 각자 영어 이
름으로 자신을 소개했다. 어렸을 때 큰집 삼촌이 나를 부르던 이름
을 쓰기로 했다. 샘Sam! 이제부터 나는 샘이다.

스피킹Speaking 테스트를 받기 위해 불려 들어간 곳은 일대일 수
업을 하는 작은 방이었다. 필리핀 교사와 단둘이 마주 앉았다. 자기
소개 같은 것도 시키지 않고 테스트 용지를 한 장 준다. 그림에 대
한 설명, 얼룩말에 대한 이야기, 그리고 큰 회사를 갈 것인지 아니면
작은 회사를 갈 것인지에 대한 의견을 말해야 했지만, 몇 마디 못하
고 끝났다.

다음은 토익이었다. 생전 처음 보는 토익이다. 리스닝Listening은

전혀 들리지 않았다. 읽고 푸는 문제들은 알만한 글들도 있었지만, 어렵기는 매한가지였다. 혹독한 테스트다. 꼬박 3시간에 걸친 테스트가 끝나고 방에서 잠시 쉰 뒤에 점심을 먹었다. 월요일 점심시간, 식당은 학생들로 만원이었다. 주말과는 사뭇 다른 분위기다. 활기찬 움직임에 다시 한 주일이 시작되었다는 것을 실감할 수 있었다.

오리엔테이션에서는 테스트와 분반에 대한 얘기에서부터 학원생활, 기숙사 규칙 등에 대해 설명을 들었고, 24주 관리비 3,600페소, 전기세 9,600페소를 냈다. 안전을 위해 각별히 조심하라는 얘기를 거듭 들었고, 오리엔테이션이 끝난 다음 성적표와 시간표를 받았는데, 점수가 끔찍하다. 부끄럽지만 어쩔 수 없다. 이제부터 분발하는 수밖에.

1교시는 스토리 라인Story Line이고, 2교시는 리딩 앤 언더스탠딩 Reading & Understanding이다. 3, 4, 5교시 일대일 수업, 6교시 보이스 클리닉Voice Clinic이다. 1교시 시작은 8시이고 중간 중간에 비는 시간이 있어 6교시 끝나는 시간은 4시 50분이다.

부산에서 온 케이트와 함께 환전을 하러 비티시Banilad Town Centre에 갔다가 저녁을 먹고 오는 길에 1층에서 세탁물표를 받아왔다. 내일은 방 청소 그리고 세탁을 해주는 날이다. 세탁물은 하나하나 숫자를 적어서 바구니에 넣어두어야 한다.

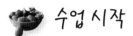

수업 시작

2013. 7. 30. 화. 맑음

　수업이 시작되었다. 아침 1교시는 스토리 라인이었다. 학생은 나를 포함해서 5명, 모두 한국 학생들이다. 나를 잘 모르지만 그래도 조금은 알아보는 듯했다. 자기소개를 하면서 방송에서 일한다고 했더니, 선생님부터 반응이 크다. 구체적으로 어떤 일을 하느냐는 질문을 받았지만, 방송사회자라고만 했고, 설명을 제대로 못해 답답했다.

　2교시는 리딩 앤 언더스탠딩. 3, 4, 5교시는 일대일 수업이었다. 일대일 수업은 50분 내내 선생님과 단둘이 이야기를 해야 하니 더 힘들었다. 걱정이다. 미리미리 예습하고 준비하지 않으면 50분씩 모두 150분 수업을 감당하기 어려울 것 같다.

　6교시는 스피치 클리닉이었다. 발음을 배우고 잘못된 발음을 고치는 수업이다. 선생님이 재미있고 힘이 넘친다. 내용을 이해하기는 어렵지 않았지만 앞으로는 어떨지?

　수업 끝나고 방에 돌아와서 숙제하다가 저녁을 먹고, 서 과장하

19

고 학원 앞에서 잠시 바람 쐬며 대화를 했다. 이것저것 신경 써주고 도와주려고 애를 쓴다. 낮에 공강 시간에는 같이 유브이 대학 University of Visayas 매점에 가서 커피도 한 잔 마셨다. 간호사 복장을 한 여학생들이 무척 많았다.

방으로 돌아온 이후에는 망고 하나 깎아 먹고 샤워를 한 다음에 줄곧 숙제와 예습을 했지만 별로 한 게 없다. 내일 수업이 걱정이다.

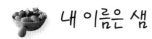

내 이름은 샘

2013. 8. 2. 금. 밤새 비 왔지만 지금은 맑음

내 이름은 샘이다. 어렸을 때 재당숙이 붙여준 별명이었다. 왜 그랬는지는 모른다. 재당숙이 살아계시니 지금이라도 물어볼 수 있지만, 나중으로 미루자. 아무튼 그때 재당숙은 해룡이 형은 만, 해욱이는 잼, 나는 샘이라고 불렀다. 육촌 간이지만 마치 삼형제처럼 불러주었다. 여기 와서 자연스럽게 그 이름을 떠올렸고, 그 이름을 쓰기로 했다. 마치 40년 전에 오늘을 예감하고 준비해 주신 것 같다. 한때 영어 학원 다니면서 너나 할 것 없이 영어 이름 짓는 풍조를 개탄했던 내가 영어 이름을 갖게 되리라고 누가 상상했을까?

"당신 뭐야? 영어 이름 짓는 걸 그렇게 비판하더니, 도무지 앞
뒤가 맞는 사람이야 뭐야?"

지금 내가 처한 상황이 영어 이름을 써야 하기 때문에 어쩔 수 없

이 그리 되었다고 변명하려는 것은 아니다. 살다보면 준비된 길을 가고 있다는 생각이 들 때가 있다. 세부에 오게 되리라고는 꿈에서도 상상하지 못했다. 샘이란 이름을 쓰게 되리라고도 상상하지 않았다. 그런데 이곳에 왔고, 샘이라 불리고 있다. 알 수 없는 운명의 힘이 작동하고 있는 것 같다. 가끔은 이런 생각이 든다. '인생의 지도는 이미 그려져 있다.'

하루 6시간 수업 듣고 세 끼 밥 먹고, 씻고, 저녁에는 숙제하고 예습하면 저절로 눈이 감긴다. 눈이 피로해서 글씨도 잘 보이지 않는다. 그런데 이상하게도 잠을 설친다. 한 세 번쯤 깼다 다시 잔다. 뭐가 문제일까? 그래서 지금도 눈이 좀 빠근하다. 그래도 또 다른 하루가 시작된다.

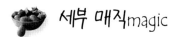

세부 매직magic

2013. 8. 3. 토. 큰 비 후 갰다가 다시 큰 비

아침 먹고 공부하다가 어학원 주위를 한 바퀴 돌아보았다. 큰길 앞에 작은 커피숍이 있었지만, 원두는 팔지 않는다. '마루Maru'라는 이름의 카페도 마찬가지다. 점심을 먹고 아얄라 몰에 갔다. 택시 요금은 90페소(약 2,300원).

지난주 금요일에 왔었지만, 다시 와 보니 상당히 큰 쇼핑몰이다. 백화점 공간하고 상점가가 분리되어 있고 음식점과 커피숍 등이 곳곳에 문을 열고 있다. 산책 삼아 몰 안을 돌다가 시오리하고 유이를 만났다. 커피 한 잔 하자고 했더니, 쇼핑해야 한다면서 저녁 때 어학원 식당에서 만나잔다. 시오리는 18살 전문학교 학생이고 항공사 직원을 목표로 하고 있으며, 유이는 패션 학교 학생이다.

지하에 있는 슈퍼에 가서 원두를 확인했지만 신선하지 않았다. 보스커피Bo's Coffee에서 아이스커피 한 잔하고 치즈케이크를 하나 먹으면서 피곤한 다리를 쉬었다. 커피 110페소, 케이크 120페소. 비교적 신선해 보이는 원두가 250그램에 290페소. 원두 한 봉지를 산 다음 슈퍼에서 장을 보았다. 장이라야 음료수하고 망고. 망고 1킬로그램에 90페소. 택시 승강장에는 의외로 사람이 많아 20분 정도 기다려야 했고, 주말이어서인지 교통체증도 심했다.

저녁 6시, 어학원 식당에서 셋이 밥을 먹고, 커피를 마시러 갔다. 시오리가 내일 일본으로 돌아가기 때문에 자연스럽게 한잔하는 분위기가 된 거다. 큰길 앞에 있는 작은 커피숍. 앉자마자 수업 시간에 그렇게 과묵하던 시오리가 좋아하는 한국 학생이 있다며 이야기를 쏟아냈다. 좋아하는데 제대로 말을 못했다고, 편지는 했는데 답변이 이상하다며 내게 조언을 구했다.

이곳에는 '세부 매직'이란 말이 있다. 집 떠나 홀로 생활하다 보면 외로움을 많이 느끼게 되는데, 이때 사랑의 마법이 찾아든다. 사랑에 빠졌을 때 이 말을 쓰기도 하고, 두 사람이 이루어졌을 때도 쓴다. 어학원 안에도 '세부 매직'에 걸린 한·한커플과 일·일커플도 있고 한·일커플도 있으며 한·필커플도 있는 듯하다. 한·한이나 일·일인 경우는 매직이 오래 가기도 있지만, 한·일이나 한·필인 경우에는 귀국 후에 매직이 매직처럼 사라지기도 한단다.

시오리도 세부 매직에 걸렸다! 시오리의 매직은 막 시작된 것 같았고, 양방향이 아닌 짝사랑에 가까운 것도 같았다. 데이트 한 번 못하고, 확실한 답조차 듣지 못하고 귀국해야 하니, 얼마나 답답할까? 카톡도 하고 이메일도 할 수 있고, 한국과 일본은 가까우니 언제든지 다시 만날 수도 있다고, 유이하고 내가 위로를 했지만, 과연 시오리의 세부 매직이 이루어질 수 있을까?

보홀BOHOL 섬 나들이

2013. 8. 9. 금. 맑음. 때때로 비

8월 8일 아침 6시 기숙사를 출발했다. 배를 타고 1시간 남짓 달려서 보홀 섬에 도착했다. 비가 많이 내리고 있어서 시야는 짧았다. 보홀은 세부랑 마주보고 있고, 초콜릿 힐즈Chocolate Hills와 안경원숭이로 유명하다.

지난 월요일, 섬 여행을 가자는 제안을 받고 좀 망설였지만, 같이 떠나기로 했다. 함께 생활하는 학생들하고 어울리는 것도 중요하다. 로이는 경찰관으로 본명은 이영조다. 잠시 휴직하고 이곳으로 왔다. 나하고는 리딩 앤 언더스탠딩 수업을 같이 듣고 있다. 나 다음으로 나이가 많은 정정식 선생은 넥센타이어에 근무하는 분이고, 성원, 재용, 새싹, 찬양, 희선까지 일행은 모두 8명이었다.

제일 먼저 방문한 곳은 초콜릿 힐즈. 자그마한 산봉우리가 점점이 뿌려진 게 마치 키세스 초콜릿을 닮았다. 그래서 그런 이름이 붙었는지 모른다. 다행히 비가 개어 언덕과 바다를 맘껏 감상할 수 있었다. 내려와서는 안경원숭이도 감상했다. 조막만한 크기의 원숭이인데 눈이 왕방울이다. 역시 젊은 학생들이 좋아라한다.

집 라인Zip Line은 보홀의 또 다른 명물이다. 줄에 매달린 채 계곡 이쪽에서 저쪽으로 건너갔다가 다시 건너온다. 왕복에 350페소를 받고 있는데, 좀 주저하다가 젊은 친구들 성화에 못 이겨 타 보니 스릴이 있다. 한눈에 들어오는 계곡 아래 풍경도 삼삼하다.

점심은 로복 리버Loboc River의 선상 뷔페를 먹었다. 배를 타고 강을 주유하면서 식사를 하고 중간 쉼터에서 민속 공연을 감상한다. 남녀노소로 구성된 악사와 무용수들이 흥겹게 연주하고 춤을 춘다. 관광객들도 함께 흥을 돋운다. 수상무대 곳곳에는 팁 박스가 달려있다. 즐긴 만큼 팁을 넣어달라는 거다. 필리핀은 봉사료를 주는 것이 정착돼 있다. 배를 내리는 순간까지 남성 노인들로 구성된 연주단이 환송 연주를 하지만, 여기서 팁을 내는 관광객들은 드물다. 이미 앞에서 여러 차례 낸 탓이리라.

나비공원과 아나콘다공원, 지은 지 500년 가까이 되는 가톨릭교회를 보고 두말루안Dumaluan 리조트로 들어갔다. 자그마한 리조트지만 깨끗한 바다를 끼고 있다. 방은 두 개. 남자 방 하나 여자 방 하나다. 비가 와서 잠시 쉬다가 수영을 했다.

저녁을 먹고 한 방에 모여 게임을 했다. 모꼬지 분위기다. 게임을 하다 보면 서먹한 감정이 많이 사라지고 친해진다. 벌주도 좀 마시면, 정신도 몽롱해진다. 나를 위해 준비했다는 훈민정음 게임에서부터 베스킨라빈스, 007빵 등등 참 무궁무진하다. 12시에 잠을 청했다.

다음 날 5시에 일어났다. 정 선생, 재용, 영조와 같이 아침을 먹고, 바다에 나갔다. 새벽에는 조금 흐렸었는데, 쨍하고 해가 난다. 스노클링을 하기에 안성맞춤이다. 배를 타고 50분 남짓 달려 작은 섬으로 갔다. 여기저기서 모인 관광객들이 바다 속 진경에 빠져있다. 물안경을 끼고 들어가니 눈앞이 황홀하다. 잠깐 동안이지만 물고기들과 함께 헤엄을 쳤다. 돌아오는 길에는 돌고래가 수면 위로 뛰어오르는 모습도 볼 수 있었다.

점심을 먹고 돌아오는 길에 리조트 앞에서 인증 샷을 찍었다. 이곳에서의 여행은 출발하기 전에는 어학원에 여행신고서를 내야하고, 돌아가서는 여행지에서의 인증 샷, 특히 숙소 앞에서 인증 샷을 찍어야 한다. 처음에는 왜 그렇게 하는지 몰랐지만, 서 과장의 설명을 듣고 이해했다. 학생들을 엄격하게 관리하고 보호하기 위함이었다.

기숙사에는 감시 카메라가 설치돼 있다. 만일 이성 방에 출입한다면 모니터를 보고 있는 경비원이 발견을 한다. 긴 시간 머무르는 상황이 발생하면 바로 제재를 가하게 되어있단다. 여행지 숙소에서 인증 샷을 찍는 것도 비슷한 이유다. 여행신고서에 간다고 이름만 올리고 다른 곳으로 새는 학생들이 더러 있었기 때문에 이처럼 한다는 것이다.

돌아오는 길에도 비가 내렸지만, 연휴가 시작되어서인지 보홀로 들어오는 배는 전 층이 만석이었고, 나가는 배도 1층은 만석이었다. 돌아오는 길은 더 빨랐던 것 같다. 파도를 가른 지 1시간 만에 세부에 도착했다. 1박 2일의 섬 나들이가 끝났다. 몸은 피곤하지만, 이 같은 섬 여행은 공부와 더불어 귀한 경험이 되리라 생각한다. 피로한 눈을 바다에 씻고 나면 정신이 좀 맑아지지 않을까?

필리핀을 처음 방문한 것은 20여 년 전인데, 놀라운 것은 그다지 변한 게 없다는 점이다. 아얄라 몰 같은 큰 몰에는 온갖 명품이 있고, 아이폰, 갤럭시 등도 있다. 거리에는 명차들도 달린다. 이 나라에서도 상위 1%는 이런 것들은 누리며 사는 것 같다. 도요다나 닛산 등 일본차들과 함께 우리나라의 기아차와 현대차도 눈에 많이 띤다. 그런데 지프니Jeepney, 오토바이, 자전거가 함께 도로를 메운다. 차선도 없고, 신호등도 없다. 있어도 없는 것과 마찬가지다. 거리에는 교통사고, 소매치기, 강도 등 위험 요소들이 도사리고 있다. 위생 상태도 좋지 않다. 20여 년 전에 본 모습과 똑같다. 필리핀은 왜 변하지 않는가, 왜 발전하지 않는가? 필리핀 사람들은 정말 안전하게 잘 살고 있는 것인가? 이방인이지만 심각하게 묻고 싶다.

혀를 물고 아랫입술을 깨물어라

2013. 8. 29. 목. 맑음

    7월 말 이곳에 왔을 때는 한국 학생들이 많았지만, 한 달 사이에 많은 학생들이 떠나자 상황은 역전되어 일본 학생들이 더 많아졌다. 그룹 수업에 들어가면 대부분이 일본 학생들이다. 스피치 클리닉 수업도 마찬가지다. 현재 한국 학생은 나 혼자고, 브라질 1명, 베트남 1명, 나머지 5명은 일본 학생들이다.

    스피치 클리닉은 잘못된 발음을 교정하고 정확한 발음을 연습하는 시간이다. 한국 학생들도 th나 f, v 등의 발음에는 상당히 애를 먹는다. 일본 학생들은 더하면 더했지 결코 덜하지 않다. th는 윗니와 아랫니 사이에 혀를 집어넣어야 한다. 혀를 물고 소리를 내야 한다. three, thirsty, bath, breath 등이 다 그렇다. 앞에 있는 것과 뒤에 있는 것의 차이도 크다. 앞에 있을 때는 다음 소리로 넘어가야 하기 때문에 물었던 혀를 놔야 하지만, 뒤에 있을 때는 혀를 문 채 멈춰야 한다. 이런 동작들이 결코 쉽지 않다.

f와 v도 마찬가지다. 이 소리는 윗니로 아랫입술을 물어야 한다. 물었다 놓으면서 소리를 내야 한다. fine, family, form, half, awful, vanilla, verb, above, prevent, preserve 같은 소리가 그렇다. f와 v가 앞에 있으면 좀 낫지만 중간이나 뒤에 있으면 훨씬 더 어렵다. 신경을 곤두 세워야 한다. 간단히 설명해도 이 정도로 까다롭다. 까다로운 이유는 우리말에 이런 소리가 없기 때문이다. 이런 식으로 내는 소리가 없기 때문이다. 그래서 연습을 반복해야 한다. 혀를 물고 아랫입술을 깨물면서 연습을 해야 한다.

스피치 클리닉 시간은 시끌벅적해야 한다. 그런데 이 수업을 신청했다가 한 주일 정도 듣고 사라지는 친구들을 보면 소리를 내지 않는다. 그런 학생들을 보면 좀 답답하다. 다른 시간에는 질문에 대답을 하거나 말을 하려고 해도 입이 떨어지지 않는다. 적절한 표현이 떠오르지 않고, 작문이 안 되기 때문이다. 그러나 이 시간은 선생님이 가르쳐 주는 대로 입을 벌리고 따라 하면 된다. 삼척동자도 다 할 수 있다. 성격적으로 부끄러움을 타는 학생들도 있겠지만, 그럴 이유가 뭐가 있나? 서툴기는 다 마찬가지다. 그러니 그저 열심히 입을 벌리고 혀를 물고 아랫입술을 깨물면서 크게 소리를 내면 된다.

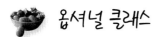

옵셔널 클래스

2013. 9. 11. 수. 맑음, 두 차례 폭우

쿠킹 클래스는 음식을 만드는 과정에서 필요한 수준의 영어를 공부하지만, 공부보다는 만드는 데 열중하는 분위기였다. 옵셔널 클래스는 2주 단위로 진행되므로 지난주 목요일에 마론의 조언에 따라 퀘스처닝 테크닉Questioning Technic에 등록했다. 오늘까지 벌써 3일째 수업이 진행되었다. 첫날은 매우 어렵게 느껴졌다. 강의 수준이나 학생들 수준이나 모두 부담스러웠다. 첫 시간은 학생 소개, 교사 소개, 강의 내용 소개. 1시간은 정말 금방 지나간다.

둘째 날은 질문의 유형에 관한 구체적인 설명이 진행되었다. 질문의 수준에 따라 낮은 수준(Convergent)과 높은 수준(Divergent)의 질문으로 나뉘고, 다시 각 수준은 3개의 수준으로 분류된다. 정리하면 낮은 수준 레벨 1(Knowledge), 2(Comprehension), 3(Application), 높은 수준 레벨 4(Analysis), 5(Synthesis), 6(Evaluation)으로 나뉜다.

어떤 글을 읽고 등장인물의 이름을 묻는다면, 단지 사실 관계를 묻는 매우 단순한 질문이어서 낮은 수준에 속한다. 만일 늑대와 두루미 이야기를 읽고 이와 같은 인간관계에 대해 설명하고 평가하라고 한다면 상당히 높은 수준에 속하는 질문이 되는 것이다. 그러니까 수업 시간의 상당 부분이 참가 학생이 어떤 질문을 만들면 다른 참가 학생들은 그 질문이 어떤 수준에 속하는지를 판단하면서 진행되었다. 그런데 이게 좀 의아했다. 예를 들어 이름을 물어볼 때, "What is your name?"이 좋은지, 아니면 "May I have your name?"이 좋은지, 그런 것을 가르쳐 주면 좋지 않을까? "What time is it?" 말고 시간을 묻는 표현에는 어떤 것들이 더 있는지 가르쳐 주면 좋지 않을까? 길을 물을 때는 어떻게 해야 하나? 데이트 신청은 어떻게 하지? 학생들이 원하는 것은 바로 이런 것일 텐데, 왜 이런 건 안 가르쳐 줄까?

마리즈Mariz 선생과의 첫 데이트(?)

2013. 9. 13. 금. 맑음

점심 얘기가 나온 것은 목요일 수업 시간이었다. 금요일부터 3일 간 휴일. 주말을 앞두고 으레 나오는 질문은 주말 계획에 관한 것이다. 마리즈 선생이 긴 연휴 계획을 물었을 때, 아무런 계획이 없다고 했다. 예의 쾌활함을 담은 목소리로 '매우 지루하다'고 했다. 그래서 내가 조심스럽게 물었다. 마리즈 선생은 내일 무엇을 하냐고? 집에서 먹고 자고 영화 볼 거라고 해서 같이 점심을 먹자고 했다. 혼자 나오기가 좀 그랬는지, 바로 앞방 친구를 초대해도 되냐고 묻는다. 그리하여 셋이 밥을 먹기로 했다.

선생님하고 밖에서 만나는 것에 대해서 전부터 조금은 생각하고 있었다. 휴일에 하루 종일 기숙사에서 혼자 공부하는 것보다 만나서 밥도 먹고 커피도 마시면서 한 서너 시간 같이 시간을 보내면 공부에 도움이 되지 않을까 하는 거다. 나만 이런 생각을 하는 게 아니고 대부분 이런 생각을 한다. 젊은 학생들은 선생님하고 같이 야외 활동들을 많이 한다. 같이 바다도 가고, 시내 쇼핑몰에도 간다. 사실 젊은 학생들과 선생님들은 연령이 비슷하다. 그러니 어울리기도 쉽다. 비용은 대개 학생이 부담한다.

11시 반에 기숙사 앞에서 만났다. 셋이 택시를 타고 에스엠 몰SM Mall로 갔다. 아얄라보다 훨씬 규모가 크다고 했다. 그리고 세부시티 남쪽 항구 쪽에 붙어있다. 가는 길에 관수 씨가 공부하고 있는 시디유Cebu Doctor's University를 봤다. 역시 주위 분위기는 좀 어수선하고 삭막하게 느껴졌다. 택시 요금 120페소를 내고 에스엠 몰에서 내렸다.

1층인지 2층인지 좌우지간 찾아간 곳은 필리핀 전통음식점으로 유명한 골든커리Golden Courie였다. 주로 돼지고기와 닭고기를 판다고 했다. 소고기는 없냐고 물으니, 딱 한 가지 튀김 요리가 있단다. 뭔지 모르지만 그걸 달라고 했고, 마리즈와 밴Van 선생은 오징어 튀김과 닭고기를 시켰다. 식당은 붐볐다. 필리핀 사람들이 많았고, 외국인들도 눈에 띄었다. 음식 값은 그리 비싸지 않았다. 대개 200페소(약 5,000원) 정도였다. 시원한 망고 주스가 한 잔에 65페소였나?

네모난 접시에 바나나 잎을 깔아주고, 그 위에 밥을 퍼준다. 소고기는 갈비를 튀긴 것이었는데 질기고 짰다. 주문 실패! 오징어 튀김은 맛있었고, 특히 닭고기는 바나나 잎에 싸서 불에 익힌 것인데, 뜨거운 바나나 잎을 손으로 벗겨내고 안에 들어있는 것을 꺼내 먹는다. 내 것 네 것이 없고 모든 음식을 조금씩 나눠 먹는 식이다.

밥을 먹고 몰 안을 어슬렁거리다가 내셔널 북 스토어National

Book Store에서 역사책을 몇 권 살까 하다가 뒤로 미루었다. 입안에서 뭔가 알갱이가 터지는 '자구Zagu'라는 음료를 사먹고 헤어졌다. 마리즈는 그곳에 남았고, 벤은 어학원에 일이 있다고 해서 함께 돌아왔다. 기숙사에 도착한 시간은 3시 반쯤이었던 것 같다. 생각보다는 일찍 헤어졌다. 많은 대화를 한 것은 아니지만, 그래도 교실 밖에서 처음 가진 시간이었다. 그리고 처음 책 없이 나눈 대화였다. 만남 자체가 소중한 것이지만 공부에도 도움이 되었을까?

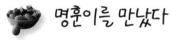

명훈이를 만났다

2013. 9. 15. 일. 맑음

　심명훈을 만났다. '슬픈 우리 사랑'을 불렀던 그 명훈이다. 내가 한창 라디오 디제이를 할 때 자주 출연했던 심명훈이다. 관수 씨하고 비티시 몰에 약 사러 가는데, 세븐 일레븐 앞에서 누가 재환이 형 하고 불러서 깜짝 놀라 보니, 낯익은 얼굴이 나를 바라보고 있었다. 명훈이라고 했다. 명훈이, 심명훈, 기억이 가물가물했다. 얼굴은 기억이 났다. 그런데 우리가 언제 어디서 무엇을 했는지 당장 떠오르지 않았다. 답답했다.

　경황없이 인사를 나누고, 전화번호를 교환했다. 명훈이는 선교사로 일하면서 이곳 사람들을 돕고 있고, 신학대학 박사과정에 있다고 했다. 나는 유브이 어학원에 있다고 했다. 관수 씨 약을 사야 했기에 긴 얘기를 나누지 못하고 헤어졌다. 관수 씨가 그랬다.

　"아까 그 분하고는 꼭 만날 인연이신가 봐요. 아까 기숙사 앞

에서 들어가서도 되는데, 우연히 약 이야기가 나와서 여기까지
다시 오게 된 거잖아요."

그러고 보니 그렇다. 그냥 기숙사 앞에서 관수 씨는 택시를 타고
가고, 나는 바로 들어갔다면 도저히 만날 수 없었다.

오후 5시 반, 비티시 앞에서 관수 씨하고 마얀 선생을 만나 한국
식당 아리라에서 저녁을 먹었다. 자장면에 탕수육. 마얀은 탕수육을
좋아했다. 탕수육을 마구 먹더니 자장면은 반쯤 남겼다. 저녁 후에는
한국인이 운영하는 요비 스파Yobi Spa 아래 있는 델리 카페에서 커
피를 마셨다. 한참 얘기를 나눴다. 영어가 능숙한 관수 씨가 주로 떠
들고 나는 간간히 대화에 끼어들었다. 그래도 얘기 듣고, 간혹 하고
싶은 얘기 하고 즐거운 시간을 보냈다. 관수 씨는 다음 등록 때 시디
유CDU로 오란다. 지내보니 편하다는 것이다. 바다도 보이고, 시원
한 바람도 불고, 편의시설도 가까이 있고, 답답하지가 않다는 것이
다. 그래서 내게도 좋을 것이라는. 관수 씨하고 마얀하고는 3주일에
한 번쯤 만나면 딱 좋을 것 같다. 자주 만나도 좋지만, 마얀은 석사과
정 수업이 매주 토요일이어서 일주일에 딱 하루 일요일 쉰다. 딱 하
루 쉬는데 자주 시간을 뺏을 수는 없다.

마얀을 지프니에 태워 보내고, 약을 사러 기숙사 앞에 갔다가 없어
서, 생각해 낸 것이 비티시 건강식품 매장이어서 다시 비티시 몰까지
내려가던 길에 명훈이를 만난 것이다. 인연이란 참 신기한 것이다.
방에 돌아오자마자 주말에 만나자고 문자를 보냈다.

훼이Faye에게 일본어를 가르치다

2013. 9. 21. 토. 맑음

11시에 아얄라 몰에 있는 내셔널 북 스토어에 갔다. 훼이하고는 12시에 책방 앞에서 만나기로 했지만, 미리 가서 한국어 교재를 볼 생각이었다. 그런데 웹사이트에서 검색했던 책들이 전혀 없었다. 베이식 일본어도 베이식 한국어도 찾을 수 없었다. 직원에게 물어보니, 아마 마닐라에 있을 거라고 했다. 황당했다. 그래도 『프라이머리 코리언Primary Korean』이라는 책을 발견했다.

12시에 훼이를 만나 이탈리안 식당에서 점심을 먹었다. 파스타하고 칼라만시Kalamansi라는 주스를 주문했다. 칼라만시는 금귤 같은 열매로 음식에 향을 내는 재료로 사용하기도 하는데, 주스로 마셔본 것은 처음이었다. 신맛이 강한 열매답게 아주 시고 시원했다. 점심을 먹으면서 내셔널 북 스토어에 찾는 책이 없다는 얘기를 하자 풀리 북Fully Booked이 있다는 얘기를 했다.

우리는 풀리 북으로 갔다. 책이 좀 있었지만, 적당한 책을 찾기는 쉽지 않았다. 아주 분량이 적은 책들은 300페소 정도에서 오락가락했지만, 터틀Tuttle출판사 시리즈는 가격이 상당했다. 성인용도 그렇고 초등학교용 교재는 2,700페소(약 7만원)였다. 우리나라 책값하고 비교하면 2배 정도 되는 가격이지만 필리핀 실정에 비추어 보면 엄청난 가격이다.

어학원 교사 평균 임금이 한 달에 1만 페소 정도라고 한다. 그렇다면 훼이에게는 월급의 1/3에 달하는 거금이다. 우리나라에서 월급 150만 원 받는 사람이 책을 한 권 사러 갔는데 50만 원 달라고 하는 셈이다. 너무 비싸다. 이건 보지 말라는 거나 마찬가지다. 바꿔 말하면 돈 있는 사람만 외국어 공부하라는 거다. 빈부의 격차가 극심한 나라라고 하지만 좀 심하다는 생각이 들었다. 국력은 교육에서 나온다. 그런데 책값이 이렇게 비싸서야. 들은 얘기지만 도서관에 가도 책이 별로 없다고 한다. 참으로 심각한 일이다.

책을 사고, 다시 내셔널 북 스토어로 가서 '프라이머리 한국어'를 350페소에 샀다. 적당한 가격이었다. 살펴보니 필리핀 내에서 출판한 책이나 사진이나 도표 같은 것이 많이 들어간 여행서나 미술 관련 책들이 아니면 그리 비싸지 않았다. 그러나 외국에서 출판한 책들은 대부분 비쌌다. 책에 따라 다르지만, 일단 국내 출판 서적은 저가, 국외에서 출판된 서적은 고가라고 봐도 될 것 같다. 한국어 교재는 마리즈에게 선물할 것이다. 마리즈는 한국어를 배우고 싶어 한다. 이 사실을 한 발만 먼저 알았다면 마리즈에게 한국어를 가르치게 되었을 것이다. 묘하게도 훼이 쪽 얘기가 먼저 진행되었을 뿐이다.

지난 화요일 수업 시간, 훼이에게 진심으로 일본어가 배우고 싶냐고 물었다. 훼이는 일본에 가서 영어를 가르치는 게 꿈이라면서 공부하고 싶다고 했다. 나는 일본 사람이 아니지만, 원한다면 가르쳐 주겠다고 했다. 영어로 일본어를 가르친다. 둘 다 말이 안 되는 얘기지만, 정말로 언어도단일까? 일본어 교재의 설명문을 읽으면서 영어를 공부하고, 훼이에게 일본어를 가르친다. 불가능할까? 여하간 내 일본어 수준을 묻던 훼이가 내가 한국인임에도, 아주 높은 수준이 아님을 확인했음에도 불구하고 배우고 싶다고 해서 시작된 일이다. 공부를 시작하는 기념으로 책을 선물하겠다는 말을 한 것도 그 날이었다.

한국어 교재를 산 다음 다시 풀리 북 안에 있는 카페에 앉아 일본어 공부를 시작했다. 훼이의 열정이 대단하다. 첫 수업은 4시에 끝났다. 더듬더듬 설명을 하면서 진땀을 뺐지만 어쨌든 끝났다. 수업 준비를 단단히 해야 할 것 같다. 앞으로는 정말 시간이 없을 것 같다.

저녁 8시 30분쯤 카페 마루에서 명훈이를 만났다. 명훈이는 영화를 만들다가 파산했고, 그 후 선교사 발령을 받아 세부로 왔다고 했다. 처음 공항에 내렸을 때 800페소밖에 없었고, 필리핀 사람들이 먹는 길거리 음식을 먹으면서 버텼다고 한다. 정상을 회복할 때까지 얼마나 고통스러운 시간을 보냈을까?

필리핀 사람들이 먹는 길거리 음식은 주로 바비큐, 정체를 알 수 없는 튀김, 바나나 잎에 싸먹는 밥 같은 것들이다. 한 끼에 보통 30페소 정도라고 했다. 한 끼에 100페소가 넘어가면 여유가 있는 축이라고 했다. 어학원 주변에 있는 식당, 커피숍들은 전부 외국인 상대여

서 비싼 것이었다. 카페 마루는 망고 쉐이크 한 잔에 130페소를 받는
다. 길모퉁이 조그만 커피숍도 커피 한 잔에 115페소니까, 서민들에
게는 맞지 않는다. 언젠가 알베르토 피자Alberto's Pizza에 갔을 때,
어떤 아가씨가 75페소짜리 식사를 하는 것을 봤다고 했더니 그 정
도면 괜찮은 거라고 했다. 그저 햄 몇 조각에 밥뿐이었는데 말이다.

명훈이에게 훼이하고 일을 이야기했더니, 일본어를 가르치면서
여기 사람을 도와주고, 형 자신은 영어 공부에 교수 연습까지 하는
거니까, 아주 잘한 결정이라고 했다.

샌드 트랩에서 필리핀 역사를 읽다

2013. 9. 27. 금. 맑음

점심을 먹고 1시 반쯤 샌드 트랩Sand Trap에 갔다. 작은 수영장과 테니스코트, 그리고 식당을 갖춘 휴식 공간이다. 금요일 이른 시간이서인지 손님이 전혀 없었다. 큰 천막이 쳐진 곳에 자리를 잡고, 물속에 들어갔다. 태양이 아주 뜨겁지는 않았지만, 물속에 몸을 담그니 시원하고 좋았다. 잠시 수영을 하다가 나와서 파인애플 셰이크를 마시면서 벤한테 빌린 책을 읽었다.

『필리핀의 역사The Story of the Philippines』인데, 초등학교용으로 나온 책이어서 문장이 까다롭지 않았다. 슬슬 사전을 찾아가면서 보니 뜻을 파악할 수 있었다. 무슬림이 필리핀에 들어온 사정이라든지, 마젤란 이야기, 스페인의 필리핀 점령 이후 일어난 제국과 식민지와의 관계 등이 정리돼 있다. 아이들이 보는 책이라 지배와 저항의 역사를 깊이 있게 다루고 있지는 않지만, 호세 리잘Jose Rizal을 비롯한 레지스탕스들의 이야기를 많이 싣고 있다. 300여 년간 필리핀을 식민 지배한 스페인은 정복자, 압제자로 묘사하고 있고, 스페인에 대항해 필리핀의 독립과 평화를 위해 투쟁한 이들을 높이 칭송하고 있다. 오랜 세월 지배를 받은 만큼 독립에 대한 열망이 절실했음을 알 수 있다.

수영과 독서를 반복하다 보니 어느덧 5시가 되었고, 사람들이 제법 들어와 있었다. 학교 끝나고 수영 연습하러 온 애들도 있었고, 젊은 서양인들과 필리핀 가족도 있었다. 건너편 테니스 코트에도 사람들이 공을 치고 있었다. 이곳은 지난번에 명훈이가 가르쳐 준 곳인데, 영국인들이 만들었다고 한다. 명훈이 말에 따르면 근처에 있는 식당, 스파, 커피숍 같은 시설들은 한국인들과 일본인들이 투자한 시설인데 돈만 많이 들이고 멋이 없는데, 여기는 돈을 많이 들이지 않아서 오히려 분위기가 있다는 거다. 내가 보기에도 좀 그렇기는 하다. 테니스 코트 건너편으로는 작은 운동장이 있는데, 초등학생들이 축구를 하고 있었다. 어학원 주위는 좀 삭막하다고 생각했었는데, 사막에서 오아시스를 발견한 것 같다.

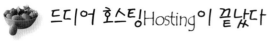

드디어 호스팅Hosting이 끝났다

2013. 10. 4. 금. 맑음

아침저녁으로 선선하기까지 한 이상한 날씨가 계속되고 있다. 물론 낮에는 땡볕이라 몹시 덥다. 다만, 낮에 어학원에 있는 동안은 워낙 냉방을 세게 하는 통에 그 더위를 느끼지 못할 뿐이다.

옵셔널 클래스는 저녁 먹고 7시부터 1시간 동안 진행된다. 6시에 저녁 먹고 잠깐 쉬다가 수업에 들어간다. 8시에 수업이 끝나고 운동을 하고 나면 9시 반쯤 된다. 씻고 어쩌고 하면 숙제할 시간도 빠듯하다.

처음 2주 동안은 쿠킹 클래스Cooking Class, 9월 9일부터 20일까지 퀘스처닝 테크닉Questioning Technic이란 수업을 들었다. 그 다음 들어간 게 호스팅Hosting이었다. 말 그대로 행사, 결혼식, 콘퍼런스 등등에서 사회자가 어떻게 진행을 하는 것이 좋은지에 대해 공부하는 수업이었다. 수강생은 딱 두 명이었다. 일본 학생 니시는 갓 결혼한 새댁이다. 남편이 가라고 해서 왔다는데, 결혼하자마자 떨어

44

져서 살기로 했다는 게 의아하기도 하고 대단하다는 생각도 든다.

수업 첫날, 담당 선생 제이스Jace가 진행을 해 본 적이 있냐고 물어서 참 곤란했다. 직업이 사회자라고 하면 어떤 반응을 보일까? 솔직히 밝히는 건 수업에 지장이 있을 것 같아서 몇 번 해 본 적이 있다고만 했다. 니시 역시 회사에서 모임이 있을 때 사회를 본 적이 있다고 했다. 여하간 우리는 이 방면에 경험이 별로 없는 학생으로 앉아서 수업을 경청했다. 물론 우리가 이 수업을 듣는 첫 번째 목적은 영어로 듣고 말하는 능력을 키우기 위한 것이다.

그런데 이상하게도 선생님은 사회자의 역할, 의무, 진행 기술 등에 초점을 두고 수업을 진행한다. '그건 잘못된 영어니까 이렇게 표현하는 게 맞습니다' 뭐 이런 식이 아니고 말이다. 여하간 선생님의 영어를 듣고, 조금씩 대답을 하는 것도 공부가 되겠지 하는 마음으로 앉아 있었다. 그런데 3일째 되는 날, 니시가 수업을 포기했다. 너무 힘들다는 거다. 숙제도 많고, 토익 시험 준비를 해야 한다는 거였다. 달랑 2명뿐이었는데, 이제 나 혼자 남았다. 그룹 수업이 일대일 수업이 돼버렸다.

"혼자서 다음 주까지 버텨야 한다."

초대 손님을 소개하는 방법, 소개 연습, 결혼식 사회의 내용, 그 연습, 초대 손님과 인터뷰에 필요한 질문 준비하기 등등 모든 내용을 혼자서 소화해야 했다. 니시가 힘들다고 포기했지만 나도 힘들었다.

게다가 선생님 말이 안 들릴 때도 많다. 다른 수업도 그렇지만, 일일이 그거 무슨 단어냐, 그건 무슨 숙어냐, 무슨 표현인지 모르겠다, 도저히 해석이 되지 않는다, 찬찬히 가르쳐 달라고 하면 수업이 진행될 수 있을까? 그러니 몰라도 눈치로 때려잡고 어물쩍 넘어간다. 과거 일본어 공부할 때 처음에는 전혀 들리지 않았는데 시간이 가니 조금씩 들렸던 것을 상기하면서 위안을 삼는다. 그래도 수업 시간에는 기가 막힐 때가 한두 번이 아니다. 영어 몰라서 바보 되는 것 같은 기분이 들 때도 많다.

우여곡절 속에 진행되어 온 수업이 오늘 인터뷰를 마지막으로 끝났다. 다른 어학원에서 영어를 가르치는 제이스의 친구 한 분이 와서 상대역을 해 주었다. 인터뷰는 15분 정도 한 것 같다. 준비된 질문을 하고, 대답을 조금 듣다가 말이 길어지면 못 알아듣고, 그러다 보니 다음 질문을 어떻게 하나 걱정하다가 분위기에 맞지도 않는 질문을 몇 마디 하다가 끝낼 수밖에 없었다. 정말 비극적인(?) 인터뷰였다.

여하간 끝났다. 2주 동안 내 영어는 얼마나 늘었을까? 제자리걸음을 하고 있는 건 아닐까? 초조하다. 벌써 2달하고도 1주일이 지났는데! 다음 주부터는 새로운 수업이 시작된다. 이에스엘 서베이 ESL Survey. 어떤 수업인지 감을 잡기가 어렵지만, 또 부딪치는 수밖에 없다.

직접 음원을 녹음하다

2013. 10. 6. 일. 낮 한 때 폭우

옵셔널 클래스가 끝나면 1시간 정도 열심히 걷는다. 한 시간 정도 걸으면서 '미드 영어 리얼 패턴' 같은 음원을 들었다. 들으면서 따라 했다. 그런데 문제가 있었다. 같은 내용을 반복해 들어도 표현들이 머릿속으로 들어오지 않았다. 들어왔다 해도 이상하게 남아있지 않고 어디론가 증발해 버렸다. 귀신이 곡할 노릇이었다. 안 듣는 것보다는 낫겠지만, 정말 효과가 없었다.

그래서 지난 열흘 전부터 마얀한테 양해를 구하고 수업 시간에 녹음을 했다. 수업 시간에 대화하는 내용을 스마트폰으로 녹음을 해서 저녁 때 운동을 하면서 들었다. 그전보다는 조금 나았다. 낮에 수업 시간에 잘 못 알아들었던 부분들을 들으면서 제대로 된 표현을 생각해 보기도 하고, 마얀의 정확한 영어 표현을 유심히 듣기도 하니 조금은 효과가 있는 것 같았다. 그런데도 뭔가 2% 부족한 느낌이었다.

직접 베이식 그래머Basic Grammar를 녹음하면 어떨까 하는 생각을 했다. 부족한 문법도 보충하고 아주 기본적인 표현들을 녹음해서 반복적으로 들으면, 표현도 익힐 수 있고, 기본에 충실을 기할 수 있지 않을까 하는 생각을 했던 것이다. 그러고는 바로 첫 장부터 녹음을 해 보았다.

> My name is Lisa. I'm 22. I'm American. I'm from Chicago. I'm a student. I'm not married. My favorite color is blue. I'm interested in art. My father is a doctor, my mother is a journalist.

문장과 문장 사이에 사이를 두면서 녹음을 했다. 운동을 하면서 사이사이 빈 공간에다가 소리 내어 따라 하기를 반복했다. 속단은 금물이다. 아직 효과를 판단하기는 이르다. 하지만 그 전보다는 한결 낫다. 오늘 낮에는 세 번째 녹음을 했다. 기초 문법책이지만, 벌써 조금 문장이 길어진다.

> Rachel has a headache because she hasn't taken her medicine.

현재완료 구문이다. 귀에 못이 박히도록 들었던 'have + 과거분사'다. 책상 앞에서 읽고 외우고 몇 번 따라하는 방식보다 내 목소리로 녹음을 하고 그걸 들으면서 되새기니까 한결 낫다. 귀에 잘 들어오는 것 같다. 문법과 기본 문형을 동시에 익힐 수 있다. 그리고 부지런히 따라하는 과정에서 혀도 부드러워지는 것 같다. 까다로운 f, th, ge 같은 발음도 연속적으로 연습할 수 있다. 며칠이 지나니 발음도 한결 부드러워졌음을 느낀다. 결과는 두고 봐야겠지만, 꾸준히 해야겠다.

발음이 중요하고, 자신감이 중요하다

2013. 10. 7. 월. 맑음

외국어는 발음이 중요하다. 여기 일본 학생들하고 얘기하면서 새삼 느낀다. 일본 학생들은 영어 발음이 부자연스럽다. 일본 친구 구마가이 씨에게 한국어를 가르쳐서 알고 있지만, 일본인들은 외국어를 학습할 때 근본적으로 모국어의 한계에 부딪힌다. 모음 5개, 단순 자음 14개, 복잡한 자음 12개 정도에 불과한 모국어의 장벽에서 잘 빠져나오지를 못한다. 특별히 외국에서 생활한 경험이 있는 학생 외에는 대개 다 그렇다. 'the'를 '자'라고 발음하기도 하고 알파벳 'a'는 모두 'ㅏ'로 발음하려고 한다. 그래서 내 이름을 부를 때도 '샘'이 아니고 거의 '삼'이다. 문득문득 '한도루Handle'나 '마꾸도나르도Mcdonald'가 생각난다.

한국 학생들은 비교적 혀가 부드럽다. 한국어가 워낙 풍부한 소리를 갖고 있기 때문에 이런저런 소리를 잘 따라할 수 있다. 우리말의 고마움을 다시 한 번 느낀다. 물론 f, th, ge처럼 혀를 물거나 입술을 물었다 놓거나 입을 닫으면서 내는 소리는 한국어에 없기 때문에 연습을 해야 한다. 선생님이 가르쳐 주는 대로 열심히 하면 어느 정도 흉내 낼 수 있다. 단어를 독립적으로 읽을 때는 비교적 잘 된다. 문장 속에서 연음이 되는 상황이라면 결코 쉽지 않다. 지금 내 경우는 th는 어지간히 되고, f는 자꾸 까먹었다가 뒤늦게 생각해내고는 다시 소리를 내곤 하는 상황이다. 혀가 꼬일 때도 많다.

그래도 이를 악물고 열심히 하고 있다. 그런 덕분에 같은 반에서 수업을 듣는 다른 학생들보다는 훨씬 부드럽다. 스토리 라인을 맡고 있는 쎄아Thea도 그 점을 칭찬해 주었다. 스피치 클리닉 시간에는 한 단원이 끝날 때마다 시험을 보는데, 늘 가장 좋은 점수를 받고 있다. '그래, 발음을 좀 더 부드럽게 해 보자.' 이건 내 각오이기도 하고, 내 자신감의 근거이기도 하다. 아직 작문은 잘 되지 않지만, 발음에 자신이 생기면 입을 여는 데도 자신감이 붙을 것 같다. 하나라도 잘 하는 게 있어야 남들하고 경쟁할 수 있지 않을까? 원어민이나, 어렸을 때부터 현지에서 산 아이들처럼은 절대 안 되겠지만 열심히 하자.

다른 지역으로 가기로 마음을 정하다

2013. 10. 12. 토. 맑음, 한 때 폭우

유학원 차승현 과장에게 카톡을 했다. 내년 1월에는 다른 지역으로 갈 테니 알아봐 달라고 했고, 후보지는 두 지역으로 부탁했다. 한 곳은 여기서 가까운 바콜로드Bacolod와 일로일로Iloilo고, 다른 곳은 마닐라 북쪽에 있는 수빅Subic과 클라크Clark다.

바콜로드는 조용한 시골도시로 필리핀 사람들이 가장 살고 싶어 하는 곳이라고 한다. 조용하고 공해가 없고 자연이 아름다운 곳이란다. 일로일로 역시 조용한 시골도시이면서 교육도시라고 한다. 지방이지만 꽤 많은 대학들이 있어 분위기가 교육적이라고 한다. 역시 대도시와는 달리 공해가 없고 조용한 곳이라고 한다.

수빅은 미 해군이 오랫동안 주둔했던 지역인데, 필리핀 속의 캘리포니아라고도 한다. 무엇보다도 흥미를 끄는 것은 총기 소지가 금지된 지역이라는 점, 그리고 공해의 주범이랄 수 있는 지프니와 트라이시클Tricycle이 없단다. 해군 기지가 있던 곳이므로 당연히 바다를 끼고 있다. 클라크 역시 미군이 주둔했던 지역이고 지금도 경제특구로 특별히 관리되고 있는 곳이다.

한동안 내년 1월 이후에 계속 세부에 있을지 다른 곳으로 갈지 고민을 했었다. 1월 10일에 이 어학원에서 퇴교해야 하므로 11월 말까지는 결정을 내려야 하기 때문이다. '어느 정도 익숙해졌는데, 괜히 옮겨서 후회하는 것 아닌가?' 명훈이도 그런 얘기를 했다. 공부 잘하고 있었는데 옮겼다가 잘못했다고 후회할 수도 있다는 것이다. 세부는 그런 대로 지내기 괜찮은 곳이라고도 했다.

반면에 옮겨야 한다는 의견도 만만치 않았다. 유학원 제리 매니저는 세부를 떠나지 않더라도 학원은 한번 옮기는 것이 좋다고까지 했다. 너무 익숙해지면 정체될 수 있으므로 분위기 쇄신이 필요하다고 했다. 자칫 나태해지기 쉬운 때 다시 자신을 채찍질한다는 거였다. 일본 학생 슈도 옮기는 게 좋다고 조언해 주었다. 이 친구는 다음 달에 마닐라로 간다. 옮겨야 한다는 의견과 그대로 있는 것도 좋다는 의견이 팽팽히 맞섰다.

며칠 고민을 하다가 비로소 오늘 마음을 정했다. '그래, 한 번은 옮기자, 여기 있는 것도 편하고 좋지만, 짐 싸는 거 귀찮지만, 다른 학원에도 가보고, 그러면서 필리핀의 다른 지역도 경험해 보자. 지금이 아니면 언제 필리핀에서 다시 살아볼 수 있을까?'

그렇게 생각을 정리하니 마음이 좀 편해졌다. 다음 문제는 지역을 정하는 거였다. '어디가 가장 좋을까?' 필리핀에서 가장 현대적으로 발달한 지역과 조용한 지역을 떠올렸다. 수빅과 클라크는 미국의 흔적이 강하게 남은 곳, 상대적으로 바콜로드와 일로일로는 필리핀의 문화와 스페인의 흔적이 혼재돼 있는 곳이 아닐까 하는 생각을 했다. 양쪽 다 마음이 끌렸다. 쉽사리 마음을 정할 수 없었다. 결국 내린 결론은 유학원에 맡기자는 거였다.

'그래 전문가에게 부탁하자, 그리고 이런 고민 할 시간에 단어라도 하나 더 외우자. 자료를 정리해서 후보 어학원 한두 곳을 추천해주면 그때 결정하자.'

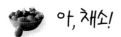

아, 채소!

2013. 10. 13. 일

아침은 늘 간단하다. 죽 아니면 식빵이다. 아침을 가볍게 시작한다고 생각하면 그리 나쁘지 않다. 오늘은 닭죽이 나왔다. 반찬은 계란 스크램블하고 김치. 우리나라에서 먹는 닭죽하고 똑같다. 필리핀 음식은 아닌 것 같다. 얼마 전에 게 요리 하는 집에 가서 조갯국을 먹어 보았지만, 우리가 먹는 시원한 조개 국물과는 완전히 다른 향이 나는 음식이었다. 조개야 같은 조개겠지만, 완전히 다른 음식이다. 몇 술 뜨다가 숟가락을 놓았었다.

필리핀 음식을 자주 먹어보지도 않고 필리핀 음식에 대해서 얘기하는 것은 주제 넘는 짓이라 생각한다. 하지만 그동안 보고 느낀 점 몇 가지는 얘기할 수 있을 것 같다. 필리핀하면 일단 바비큐. 돼지고기하고 닭고기 바비큐를 많이 먹는다. 어학원 근처에는 길거리 식당이 많은데, 찻길 앞에 죽 늘어서 있다. 숯불 위에서 고기를 구우면 뿌연 연기가 자욱하게 퍼지는데, 찻길에서 올라오는 먼지하고 매연

하고 뒤범벅이 된다. 어학원에서도 길거리 음식은 배탈 날 가능성이 높으니 삼가라고 한다. 손님 대부분이 현지인들이다.

학생들을 비롯해서 외국인들을 상대하는 식당들은 제법 규모가 있고 깨끗하다. 에이에이바비큐AA BBQ라는 유명한 식당이 있다. 돼지고기, 닭고기, 소고기, 새우나 생선 같은 해산물도 맛볼 수 있다. 입구에서 먹을거리를 고른 다음 계산대에서 돈을 내고 자리에 앉아 기다리면 요리가 되는 대로 차례차례 음식이 나온다. 전 세계적으로 유명한 산미구엘San Miguel 맥주나 망고 셰이크를 곁들여 마신다.

문제는 채소가 없다는 거다. '채소를 따로 시키면 주나?' 여기뿐만이 아니라 다른 바비큐 식당에 가도 채소 요리는 따로 없는 것 같다. 마리즈 선생은 채소를 아주 먹지 않는다고도 했다. 삼겹살을 좋아하는데 고기만 먹고 상추는 먹지 않는다고 했다. 지난번에 골든커리에 갔을 때도, 망인아살Mang Inasal이라는 식당에 갔을 때도, 통닭 바비큐를 파는 식당에 갔을 때도 채소는 전혀 먹지 못했다. 필리핀 사람들 먹는 것 보면 그냥 밥에다가 닭고기나 돼지고기다.

일본 사람들도 밖에서는 채소를 많이 먹지 않는다. 우리나라에도 문을 연 사보텐이라는 돈가스집이 일본에서 성공한 요인 중에 하나가 양배추를 무제한으로 준 때문이라는 얘기를 들은 기억이 있다. 그만큼 식당에서도 채소를 충분히 먹기가 힘들다는 얘기다. 물론 아주 없는 것도 아니고 아주 먹지 않는 것도 아니지만 우리처럼 시금치, 콩나물, 숙주, 고사리, 도라지 등 온갖 채소를 일상적으로 먹지 않는다. 게다가 우리에게는 결정적으로 김치가 있다. 우리는 날마다 김치를 먹는다. 따로 채소를 먹지 않아도 김치로 충분하다. 여기 기숙사에서도 매일 김치를 주니 다른 음식이 좀 안 맞아도 그럭저럭 버틴다. 그러고 보면 우리나라 밥상은 참으로 건강하다.

1부 유브이 이에스엘 UV-ESL, 세부

57

오전 8시 12분, 진도 7.2의 강진 발생

2013. 10. 15. 화. 비. 지진

아침 먹고 책상 앞에 앉아서 숙제를 하고 있었는데, 갑자기 방이 흔들렸다. '어, 이상하다. 뭐지?' 의자에서 일어났지만 갈 곳이 없다. 건물이 점점 더 심하게 흔들려서 양손으로 벽을 붙잡고 섰다. 달리 할 수 있는 일은 없었다.

'지진이다. 세다. 건물 무너지는 거 아닌가? 내 인생 여기서 끝 나는 건가?'

화장실 안에서 변기가 삐걱거렸다. 어디선가 뭔가 넘어지는 소리 가 들렸지만, 알 수 없었다. 영원히 멈추지 않을 것 같던 진동이 멈추 고, 문을 열고나오니 다른 학생들도 복도에 나와 있었다.

'괜찮아요? 다이조부데스카?'

영어보다는 우리말이 먼저 나온다. 그리고 일본 학생들이 눈에 띠니 자연스럽게 일본어가 나온다. 서로 안부를 묻는 사이에 경비원이 뛰어올라와 밖으로 대피하라고 한다. 얼떨결에 열쇠만 들고 나왔다.

일본 학생들은 그 와중에도 중요한 것들을 챙겨 나왔다. 경험이 많아서인지 역시 달랐다. 상대적으로 한국 학생들은 몹시 당황한 모습이었다. 여학생들은 이불을 뒤집어 쓴 채 나오기도 했다. 휴일이라 늦잠을 자고 있었던 모양이다. 그래도 다들 무사히 밖으로 나와서 다행이다. 하지만 충격은 상당히 컸다. 여학생들은 서로 안고 울기도 했다.

세부는 지진이 드문 곳이라고 한다. 작년에 진도 6.8의 지진이 발생해서 사람들을 무척 놀라게 했는데, 그게 90년 만에 발생한 큰 지진이었다고 한다. 그런데 불과 1년 만에 진도 7.2의 강진이 발생했다. 진원지는 세부에서 가까운 보홀 섬이었다. 저녁 시간까지 보홀 5명을 포함해서 사망자 20명 정도라더니, 지금 뉴스를 확인하니 보홀 섬에서 무려 77명이 사망하고, 세부에서 15명이 숨졌다고 한다. 세상에 이런 비극이?

어학원 직원들은 한국인, 현지인을 막론하고 비상이다. 학생들의 안전, 건물의 이상 유무를 확인하느라 분주했다. 그래도 작년에 큰 지진을 한 번 경험해서인지 비교적 침착하게 대응하고 있었다. 가장 시급한 것은 기숙사 건물의 사용 여부였던 것 같다. 급히 관계자가 와서 건물을 점검하고 이상이 없음을 확인해 주었다. 기숙사 1층 식당에서 저녁을 먹고 나서, 어학원 이현우 원장님과 함께 학생들에게

고지할 내용을 칠판에 적었다. 원장님이 한국어로 적고, 내가 일본어로 번역을 하고, 일본인 학생 매니저 나오가 적었다. 내일은 임시휴교고, 보강은 토요일에 이루어진다.

2007년에 센다이에 갔을 때, 지진을 경험한 적이 있었다. 막 잠이 들었는데 건물이 심하게 흔들려서 눈을 떴다. 천장에 매달린 전등이 좌우로 심하게 흔들리고 있었다. 잠이 덜 깨서 그랬는지 벌떡 일어나지도 않고, '아, 저거 떨어지면 큰일 나는데'했던 기억이 있다.

다음 날 얘기를 들으니 진도 5가 넘었다. 진도 5는 그렇게 무섭지 않았던 것 같은데, 오늘 아침에는 정말 무서웠다. 지금도 의자가 흔들린다. 분명히 여진이다. 낮에도 몇 번 여진이 있었다. 가장 센 것은 진도 4.7이었다. 그리고 밤 10시 전후로 여진이 있을 거라는 세부기상청의 예보가 있었다. 9시 3분에도 건물이 미세하게 흔들리는 것을 느꼈다.

9시 40분에 기숙사를 나서서 유브이 대학 정원으로 나가니 이미 많은 학생들이 나와 있었고, 한쪽에서는 천막을 치느라 분주했다. 혹시나 학생들이 건물에 들어가는 것을 꺼려할 경우를 대비해 바깥에서 밤을 보낼 준비를 하고 있었다. 학생들은 삼삼오오 모여 앉아 얘기를 나누고 있었다. 김태화 부원장님이 이쪽을 담당하고 있었다. 9시 55분쯤 여진이 왔다. 정원 바닥이 7초쯤 흔들렸다. 함께 앉아있던 니시, 히토미, 제니, 나 모두 함께 여진을 느꼈다. 그렇게 강한 지진이 아니어서 아침처럼 무섭지는 않았다. 학생들 모두 지진 상황에 조금씩 적응하고 있는 듯했다.

일본 학생들이 물었다. 한국은 어떠냐고? 거의 지진을 경험한 기억이 없다고 하면 많이 놀란다. 실제로 지진을 경험한 기억이 없다. 가끔 지방 어디에서 진도 3~4 정도의 지진이 발생했다는 뉴스를 들어본 기억은 있지만, 지진 때문에 공포에 질렸던 적은 살면서 한 번도 없었다. 그러고 보면 우리나라는 정말 안전한 나라다. 지진도 거의 없고, 태풍이나 홍수, 눈 피해도 크지 않다. 엄청난 자연재해에 시달리는 이웃 나라들과 비교하면 대한민국은 정말 축복받은 곳이다.

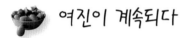

여진이 계속되다

2013. 10. 17. 목. 맑음. 한 때 소나기

아침 7시 40분쯤 여진이 있었다. 방에 있다가 순간 대피해야 하나 하는 생각을 했을 정도로 강했다. 지진 후 첫 정상 수업이지만, 정상일 수가 없다. 어디서나 지진 이야기로 술렁거린다. 다행히 어학원 선생님이나 직원들, 학생들 그리고 가족들에게는 큰 피해가 없는 것 같다.

그날 마리즈는 자고 있다가 엄마가 깨워서 일어나 대피했다고 했다. 마얀은 샤워를 하다가 지진을 만났는데, 놀라 뛰쳐나오니 거실에 있는 벽걸이 텔레비전이 심하게 흔들리고 있었단다. 급히 달려가 아버지와 함께 텔레비전을 바닥에 눕혀 놓고, 허겁지겁 옷을 챙겨 입고 밖으로 대피했단다.

존아이의 친구는 진원지인 보홀에 대저택을 소유하고 있었는데, 이번 지진으로 집이 무너졌다고 했다. 역시 보홀 섬이 피해가 제일 크다. 인명 피해도 많고, 교회도 4채나 무너졌다고 한다. 길도 갈라지고, 다리도 끊기고, 진도 7.2의 위력은 대단했다. 마리즈는 자신의 페이스북에 '세부와 보홀을 위해 기도한다Pray for Cebu & Bohol'는 문구를 올렸다. 나도 페이스북에 세부와 보홀에 있는 사람들을 위해 기도해 달라는 글을 올렸다. 오늘 보니 많은 지인들이 함께 기도한다는 댓글을 남겨 주었다.

　스피치 클리닉 시간에도 화제는 지진이었다. 빔이 마닐라에 있는 한 누리꾼이 세부에 더 강한 지진이나 지진해일(츠나미)이 덮치길 바란다는 글을 페이스북에 올려 지탄을 받고 있다는 얘기를 하면서, 아무리 세부를 싫어한다 해도 지나치다면서 '크레이지Crazy'라고 했다. 그 순간 속이 뜨끔했다. 일본에 지진이나 태풍 피해가 발생했을 때, 고소해 하는 한국인들이 있지 않은가? 천벌을 받는 거라는 등 뭐 그런 얘기를 누리그물에 마구 떠들어 대는 이들 말이다. 사석에서도 얘기를 한 적이 있지만, 정말 반성해야 할 대목이다. 태평양전쟁이나 독도 문제, 위안부 문제에 대한 일본 정부의 태도는 비판해야 하지만, 사리 분별없이 저주를 퍼붓는 것은 우리의 천박함을 드러내는 일 이상도 이하도 아니다.

　낮 1시 반 경 제법 강한 여진이 있었다. 마치 그네를 타듯이 건물이 흔들렸다. 첫 번째 지진과 비교하면 아무 것도 아니지만, 혹시나 하는 공포는 몸을 움츠리게 한다. 몇몇 지인들이 카톡으로 안부를 물어서 괜찮다고는 했지만, 정말 괜찮은 것일까? 성찬이는 정나미 떨어지면 짐 싸갖고 오라고 했다. 겁은 나지만 그냥 있겠다고 했다. 암, 그냥 있어야지. 큰맘 먹고 여기까지 왔는데 지진 무섭다고 물러

설 수는 없다.

저녁이 되니, 기숙사 식당 분위기도 한결 안정돼 있었다. 얼굴 가득 찼던 공포도 많이 가셨다. 오랜만에 육개장이 나와 밥을 말아 먹었다. 얼큰한 게 들어가니 속이 풀리는 것은 물론이고 답답했던 가슴도 좀 시원해지는 것 같다. 얼큰한 국물을 한 술 한 술 떠먹으면서 한국 학생들하고 일본 학생들하고 더듬더듬 영어로 대화를 나눈다. 깊이 있는 얘기, 아주 구체적인 얘기는 쉽지 않지만 그래도 말과 웃음을 주고받으며, 서로서로 위로한다.

코난 도일의 소설책을 사다

2013. 10. 20. 일. 맑음

어제 아니면 오늘 제법 강한 여진이 있을 거라는 소식을 들은 건 금요일이었다. 토요일은 원래 수업이 없지만, 지진으로 인해 수요일 하루 휴강을 한 탓에 보강이 이루어졌다. 비교적 정통한 소식통에 따르면 일본 학생들이 수요일 휴강에 대해 불만을 터뜨렸고, 그로 인해 토요일 보강을 하게 된 것이라 한다.

필리핀 선생님들은 불만이 많다. 사실 이번 주는 세부 지역의 모든 학교가 임시 휴교에 들어갔다. 날마다 강한 지진이 일어나는 것은 아니지만, 오래된 학교 건물들이 많아서 그런 것 같다. 유브이대학교 약학과Medicine를 빼고는 휴교였다. 이런 상황이니 어학원 선생님들이 불만을 품지 않을 수 없다. 일본은 건물이 튼튼하지만, 필리핀은 그렇지 못하다는 말까지도 했다. 사실 세부 사람들은 지진 경험이 많지 않아서 몹시 무서워하고 있는 게 사실이다.

금요일 3시 반쯤 책상이 약간 떨릴 정도의 여진이 있었을 때 울음을 터뜨린 여학생도 있었다. 수업 중이어서 확인할 수 없었지만, 필시 한국 학생이었으리라. 한국 학생들과 필리핀 선생님들은 몹시 불안해하고 있다. 나 역시 예외가 아니다. 나도 모르게 건물을 한 번씩 쳐다보기도 하고, 때때로 몸이 붕 뜨는 것 같은 느낌을 받는다. 일본 학생들은 경험이 많아서인지 비교적 침착하게 수업을 받고 있다.

토요일은 조용히 지나갔지만, 나는 몹시 아팠다. 사실은 금요일부터 그랬다. 숙제도 못하고 예습 복습도 못했다. 지진 스트레스에 감기 몸살까지 겹쳐서 온몸이 무거웠다. 이틀 연속 약을 먹고 평소보다 잠을 더 푹 잤더니, 오전부터 기운이 조금 회복되는 것 같았다.

낮 2시에 비티시 몰로 장을 보러 갔다. 2층에 있는 서점에 가서 읽을 만한 책을 찾고 있는데, 건물이 심하게 흔들렸다. 서점 직원이 밖으로 튀어나가는 것을 보고 나도 들고 있던 책을 놓고 밖으로 나왔다. 1층으로 내려가려는데, 계단 앞에 한 필리핀 여성이 유모차와 함께 서 있었다. '도와줄까요?'하고 묻는 것과 동시에 유모차를 들고 계단 아래로 달렸다. 주차장 쪽으로 나오니 이미 많은 사람들이 건물 밖으로 나와 있었다. 나중에 들은 얘기지만 진도 4~5쯤 되는 제법 강한 여진이었다고 한다.

얼마쯤 시간이 지났을까? 상황이 진정된 후에 유모차에 앉아 생긋뱅긋거리는 아기하고 인사를 하고 다시 2층 서점으로 갔다. 선반 위에 놓고 나온 책을 책꽂이에 꽂아 놓고, 바깥에 있는 책꽂이에서 아서 코난 도일의 소설을 찾았다. 영문이라 어렵겠지만 흥미진진한 추리소설이라면 읽기가 좀 수월하지 않을까 하는 생각을 했다. 제목은 『바스커빌 가문의 개 그리고 공포의 계곡The Hound of the Baskervilles & The Valley of Fear』이었다. 어렸을 때 읽은 것도 같은데, 여하튼 틈날 때마다 열심히 읽어야겠다.

토익 테스트와 할로윈 파티

2013. 10. 25. 금. 맑음

세부에 온 첫 주에 토익 테스트를 봤었다. 생애 처음 보는 토익 시험이었다. 결과는 참담했다. 화요일부터 하이비기너HB반에서 수업을 들었고, 그로부터 딱 3개월이 지났다. 3개월 만에 다시 시험을 치른 것이다. 사실은 그다지 볼 생각이 없었는데, 그동안 영어가 늘었는지 혹은 점수가 좀 올라가는지 궁금하기도 하던 차에, 마리즈가 시험을 보라고 닦달을 해서 봤다.

아침 8시에 시작, 토익 끝나고 스피킹 테스트까지 끝나고 나니 11시 45분이었다. 원래 쉬는 시간도 없는데, 엉덩이도 무겁고 허리도 아파서 잠깐 화장실에 다녀오면서 몸을 좀 풀었다. 아, 지금 돌이켜 생각해도 정말 할 짓은 아니다. 그런데 놀라웠던 것은 며칠 전에 오신 일본 아주머니 한 분이 같은 방에서 시험을 치렀다는 점이다. 나도 중늙은이지만, 할머니께서 왜 시험을 치시는 걸까?

결과가 어찌 나올지 모르지만, 역시 리스닝은 상당 부분 들리지 않는다. 맥락을 모르는 상태에서는 문장도 잘 들리지 않고, 내용을 파악하기 어렵다. 점수 올리는 데는 요령도 필요하다는 말들을 많이 하는데, 두 번 치러 보니 역시 틀린 말은 아닌 것 같다. 스피킹 테스트는 처음이었는데, 방법도 모르고, 처음 만나는 교사 말이 잘 안 들려서 당황하다가 간신히 정신 차리고 말 좀 하려는데, 시간 다 됐단다. 참!

점심 먹고, 할로윈 파티 장소로 갔다. 할로윈은 서양 문화다. 우리는 할로윈을 잘 모른다. 영화에서 호박을 쓰고 다니는 모습이나, 가장무도회 정도를 본 기억이 있을 뿐이다. 어학원에서는 오래 전부터 할로윈 파티를 준비하느라 분주했다. 참가 신청을 하는데, 1그룹은 선생님들과 함께 조를 이루어 공연을 할 사람들, 2그룹은 그냥 관객이었다. 나는 2그룹으로 신청을 했다. 참가비는 1그룹 500페소, 2그룹 700페소였다.

일찍 도착했지만, 할 일이 없어서 선생님들 사진을 찍어 주었다. 7개 팀을 구성해서 한 열흘 전부터 맹연습을 하더니, 의상까지 보헤미언 팀, 케이팝 팀, 고트족 팀(야만인 팀) 등등 주제에 맞게 차려 입었다. 경연은 대부분이 춤이었지만, 웨스트사이드 스토리처럼 연기를 가미한 팀도 있었고, 다소 뜨거운 장면을 연출한 팀도 있었다. 그렇게 필리핀 선생님들과 한국, 일본 학생들이 한 팀으로 어우러지고 있었다.

3시에 시작한 경연이 끝난 것은 5시 30분쯤이었다. 뷔페로 차려진 음식을 먹으면서 시상을 기다리고 있었는데, 갑자기 밴드의 음악에 맞춰 몇 사람이 홀 중간 복도에 나와 춤을 추기 시작하더니 삽

시간에 춤판이 돼 버렸다. 여느 연회장 같으면 술도 준비돼 있었겠지만, 흔한 산미구엘 맥주 한 병 없었다. 그런데도 서로서로 흥을 돋우면서 춤을 추고 있었고, 하나 둘 무대로 올라가더니 금세 무대가 꽉 찼다. 나는 자리에 앉은 채 카메라 셔터를 누르고 있었는데, 한순간 가슴이 뭉클했다. 아마도 그렇게 어울리는 모습이 내 가슴을 뜨겁게 한 것 같다.

나도 무대로 올라갔다. 춤을 추러? 아니다. 사진을 찍으러 올라갔다. 마리즈가 나를 보고, 티토(아저씨) 티토 하면서 춤을 추라고 했다. 손사래를 치면서 셔터를 눌렀다. 마얀, 빔, 쎄아, 훼이, 쉐라, 비키, 제이슨, 말라 등 다 거기 있었다. 평소 어학원 교실에서 책상을 마주하고 보던 얼굴들이다. 영조, 잔나, 제이미, 스칼렛, 아오, 니시, 이쿠에, 히토미, 레지나 들도 다 거기 있었다. 한데 엉켜서 춤을 추고, 소리를 지르고 있었고, 흥겨운 음악에 맞춰 무대가 빙글빙글 돌아가고 있었다.

할로윈이 뭔지 할로윈 파티가 뭔지 여전히 잘 모른다. 오늘 필리핀의 할로윈 파티를 처음 경험했다. 그냥 노는 것은 아니었다. 오늘을 위해 일과 후에도 집에 돌아가지 않고 연습을 하는 모습을 보았다. 대단한 상품이 걸린 것은 아니다. 약간의 상금과 상품이 걸려 있었다. 그것을 위해 땀을 흘렸다기보다는 땀을 흘리는 자체를 즐기고 할로윈을, 할로윈의 무대를 즐겼다고 해야 할 것이다. 학생들에게는 추첨을 통해 일종의 장학금이라고 해야 할까, 2주일 무료 수업, 한 달 무료 수업, 기숙사 무료 티켓 같은 것들을 주었다. 무엇보다도 행복했던 것은 모든 이들의 웃는 얼굴이었다. 모두들 웃고 있었다. 집을 떠나온 학생들도, 어려운 여건 속에서 외국 학생들을 가르치는 선생 님들도 모두 웃고 있었다.

석 달, 지금 내 영어는 어디에?

2013. 10. 27. 일. 맑음

세부에 온 지 석 달이 지났다. 엊그제는 안 보던 토익 시험도 보고, 예상했던 일이지만, 여전히 들리지 않는 영어에 충격도 받았다. 영어 카페에서 내려 받은 문법 정리 노트를 보다가 "I think him honest"란 문장을 보고는 깜짝 놀랐다. "What I want is water"란 표현도 그랬다. 이렇게 간단한 영어 표현조차 아직 자연스럽게 하지 못한다. 카사 베르데Casa Verde란 식당에 전화를 걸어서 예약을 하고 싶다고 얘기했을 때, 처음 듣는 영어가 나와 당황했었다. 다시 한 번 얘기해 달라고 하자 조금 천천히 얘기해 주었다. 그제야 자기네는 예약을 받지 않는다. 아이티 파크IT Park 점도 마찬가지고, 오직 본점에서만 예약을 받는다는 얘기라는 걸 이해할 수 있었다.

석 달, 지금 내 영어는 어디에 와 있는 걸까? 어학원에 일본 학생들이 많다 보니, 그들과 일본어로 얘기할 기회가 있다.

"이름이 뭡니까? 어디서 왔습니까?"

"일본어는 어디서 배웠습니까? 얼마나 배웠습니까?"

한국에서 공부했다고 하면 깜짝 놀라는 척을 하면서 굉장하다는 말을 연발한다. 그러면 나는 그렇지 않다고 겸손을 떠는 게 통상 대화의 시작이다. 겸손이 아니라 사실이 그렇다. 일본어를 배우기 시작한 것은 10년 전이다. 기독교방송에서 '정재환의 행복을 찾습니다'를 진행하고 있을 때, 새벽에 영등포에 있는 학원에 가서 히라가나부터 배우기 시작했다. 일본어를 시작한 이유는 우리 역사를 공부하다 보니 일본책을 읽어야 할 필요가 생겼기 때문이었다. 동시에 영어가 싫었기 때문이기도 했다. 영어가 싫으니까, 영어 안 하고 할 수 있는 방법을 찾았던 것이고, 자연히 일본어에 눈을 돌리게 된 것이다.

햇수로 10년. 그렇지만 일본 학생들이 얼마나 공부했느냐고 물을 때마다 대답하기가 참 민망하다. 10년이나 했는데, 그것밖에 못 하느냐고 비웃을 것 같다.

"시작한 지는 10년 가까이 되지만, 도중에 그만 두었다가 다시 시작했다가 또 그만 두었다가 다시 시작했다가 뭐 이런 식이었기 때문에 아직도 일본어가 엉망입니다."

그래도 일본어는 한국어를 많이 닮았다. 어순이 같아서 작문하기가 비교적 수월하다. 단어 열심히 외우고, 문법 공부 좀 하고, 한자가 난공불락이긴 하지만, 그래도 접근이 용이하다. 하지만 영어는 다르다. 한국어하고는 말 순서도 다르고 너무 이질적이어서 이해하기도 어렵고 입에 붙이기도 어렵다. 한 예로 한국어에서는 조사가 중요한 역할을 한다.

"철수가 영희에게 노란 꽃다발을 준 것은 그 때 그 일 때문이었죠?"라는 문장에는, '가', '에게', '을', '은' 같은 조사가 있어서 주어와 목적어를 쉽게 알 수 있다. 하지만 영어에는 조사가 없고, 위치에 따라서 똑같은 말이 주어가 되기도 목적어가 되기도 한다. "I love Tom"이란 문장에서 'Tom'은 목적어이지만, "Tom doesn't love me"에서 'Tom'은 주어다.

한국어에는 없는 전치사가 영어에는 있다. 문제는 전치사로 쓰이는 'as'의 경우, 다른 품사로도 쓰이고, 뜻도 다양하다는 점이다. 사전에서 as를 찾아보면, 부사로서 4가지, 접사로서 12가지, 관계대명사로서 3가지, 전치사로서 2가지의 의미가 나와 있다. 의미도 이유, 시간, 원인, 양보, 비교 등등 다양하다. 친절하게 '그 때'라든가 '그 때문'이라든가 설명을 해 주지 않는다. 어떤 문장 속에서 어떤 자격과 어떤 뜻으로 쓰였는지에 대한 판단은 독자나 화자의 몫이다. 그러므로 as를 만나면 꼭 물어보아야 한다. '너는 누구냐?'

이렇게 까다로운 영어가 쉽게 통할 때도 있다. 한국 학생들과 일본 학생들이 대화할 때 그런 장면을 목격하게 된다. 저녁에 일본 학생 생일 파티가 있는 날이었다. 수업 시간에 그 이야기가 나오자, "I go your birthday party?" "You? OK" 의외로 간단히 소통이 이루어진다. 가깝게 살다보니 잘 통하는 것일까(?). 그런데 'You, Ok'야 문제없겠지만, "I go your birthday party?"는 "I'd like to go to your birthday party"나 "I'm going to go there" 혹은 "Can I join with you?" 정도로 말해야 하지 않을까? 한국 학생들하고 일본 학생들하고 만나면, 서로 서툴다보니 부정확한 영어로 소통하게 되는데, 이런 영어가 습관이 되면 곤란할 것이다.

난 기대했었다.

> '하루 11시간 이상 공부하고 1년 정도 지나면 기초는 잡을 수 있지 않을까, 어느 정도 할 수 있지 않을까?'

그러나 현실은 캄캄하다. 벌써 3개월이 지나가고 있는데도 말이 잘 나오지 않는다. 어젯밤에도 문법책을 열심히 읽었다. 매일 운동하면서 녹음도 열심히 듣고 있다. 단어를 따로 외우거나 문장을 외우는 것은 성격 탓인지 잘 되지 않는다. 여기에 심각한 문제가 있는 것일까? 여하간 불안하다. 남은 기간은 9개월. 과연 웃으면서 비행기를 탈 수 있을까?

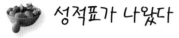

성적표가 나왔다

2013. 10. 31. 목. 맑음

 3교시에 들어가니, 마리즈가 성적이 궁금하다고 했다. 사무실에 가서 성적표를 받아 확인하니 조금 올랐다. 마리즈가 나보다 더 좋아한다. "I'm happy." 마리즈가 한 말이다. 그 말을 듣는 순간 뭔가 가슴을 탁 쳤다. 진정으로 자기 일처럼 저렇게 좋아할 수가 있을까?

 사실 성적은 보잘 것 없었다. 토익 레벨은 엘아이Low Intermediate, 리스닝 레벨 엘아이, 에세이 레벨 엘아이, 오럴 테스트 레벨 아이Intermediate다. 마리즈가 기뻐하는 것은 단지 성적이 올랐다는 점이다. 첫 시험 결과와 비교하면 오르긴 했지만, 석 달이란 시간을 잡아먹고도 요만큼밖에 늘지 않았다. 시간이 걸려도 너무 걸린다.

 오후 4시 수업 변경을 하러 사무실로 갔다. 레벨이 바뀌었으므로 시간만 변경하면 되는데도 간단하지가 않다. 1교시를 스토리 라인에서 리딩 앤 언더스탠딩으로 바꾸고, 3교시 마리즈 일대일 수업을 2교시로 바꾸고, 3교시는 스피치 클리닉으로 했다. 전과 마찬가

지로 점심시간 포함해서 3시간 쉬고, 6교시는 일대일 훼이, 7교시
는 스토리 라인으로 하고, 7교시였던 마얀이 8교시가 되었다. 이렇
게 쓰고 보니 간단하지만, 그룹 수업 시간표와 일대일 수업 시간표
를 대조해 가면서 비어 있는 시간과 레벨 등을 확인하면서 수업 시
간을 변경하는 일은 한바탕 전쟁을 치르는 것과 같았다. 다음 주 옵
셔널 클래스는 오후 5시 수업인 인터내셔널 어웨어니스International
Awareness로 했다.

선생님들과 저녁을 먹기로 한 날이라, 6시에 기숙사 앞에서 마리
즈와 쎄아를 만났다. 마리즈가 카사 베르데 빅뱅 햄버거를 먹고 싶
다고 했고, 빔은 자리를 잡기 위해 5시쯤 먼저 출발했다. 택시를 잡
기가 힘들었다. 한 10분 걸려서 간신히 차를 탔고, 교통체증이 심해
6시 45분쯤에야 아얄라 몰에 도착했다. 빔이 미리 와서 대기자 명단
에 이름을 적어 놓았는데도, 한 20분 기다렸다.

카사 베르데가 처음이라는 마리즈가 제일 즐거워했다. 빅뱅 하나,
립 하나, 스테이크 하나, 샐러드 하나 그리고 음료를 주문했다. 음식
이 나오자 사진부터 찍는다. 필리핀 스타일이라고 한다. 필리핀 스
타일이라기보다는 휴대전화에 카메라가 들어간 이후 전 세계적으
로 보편화된 현상이라고 해야 할 것이다. 나도 빅뱅 햄버거를 스마
트폰에 담았다.

특별한 화제는 없었다. 마리즈는 여전히 즐거워하고 있었고, 쎄아
도 만족해하는 표정이었다. 빔도 맛있게 음식을 먹고 있었다. 간간
이 얘기를 주고받았지만, 그다지 많은 얘기를 할 수는 없었다. 하고

싶은 얘기가 입안을 맴돌다 사라지는 경험은 새삼스러운 것이 아니다. 그래도 자연스럽게 앉아서 같이 밥을 먹고 있었다. 쎄아가 집에 일이 생겼다면서 먼저 일어섰고, 셋이서 아얄라 몰 정원으로 나가 사진을 찍었다. 사진 찍는 것을 참 좋아한다. 마리즈는 '사진을 찍고 추억을 나눈다'고 했다.

바깥바람을 쐰 뒤에 1층에 있는 젤라티시모Gelatissimo에서 아이스크림을 먹었다. 제일 작은 컵이 100페소(약 2,700원)인데도 문전성시, 입추의 여지가 없다. 우리도 큰 컵 하나, 중간 컵 하나를 들고 가게 바깥쪽에 있는 테이블에 앉았다. 세부는 더운 곳이고 한낮에는 불볕더위지만, 그래도 밤이 되면 더위가 식는 듯하다. 에어컨이 없어도 괜찮다. 밤바람도 상쾌하다. 나도 아이스크림을 좋아하지만, 다들 맛있게 먹는다. 사실 선생님들이지만 나이는 20대 초중반이다. 맛있게 먹는 모습, 웃는 모습, 즐거워하는 모습을 보면 나도 즐겁고 행복하다.

슈퍼 태풍 하이옌海燕이 세부를 강타하다

2013. 11. 9. 토. 흐리다 맑음

　지진을 경험한 지 불과 20일 만에 태풍을 만났다. 수업은 없다. 들리는 소식에 의하면 금세기 들어 가장 강한 태풍이라고 했다. 과연 어느 정도일까? 다들 긴장하고 있었다. 아침을 먹고 나서부터 강한 바람이 불기 시작했다. 기숙사 휴게실 창문을 단단하게 닫아 두었지만, 윙윙 바람 지나는 소리가 불안을 더했다. 길 건너 숲의 나무들은 벌써 몇 그루가 바람에 쓰러졌다. 직접 부딪히면 몸이 날릴 것 같은 바람일까? 밤샘 근무를 마친 경비원 한 명은 바람에 지붕이 날아갔다면서 울며 집으로 달려갔다. 마음이 아프다.

　세찬 바람 속에서 정전이 되었고, 물도 끊겼다. 전기가 끊긴 방 안에서 책을 보는 일은 고역이었다. 눈도 침침하고 집중도 되지 않았다. 침대에 누워서 사전을 뒤적거리다가 깜빡 잠이 들었다 깬 게 몇 번인지 모른다. 책을 붙잡고는 있지만, 도무지 능률이 오르지 않는다. 휴게실로 나가니 다들 바깥에 나와서 시간을 보내고 있었다. 불안한 기색이 역력하다. 그래도 점심도 먹고 저녁도 먹을 수 있었다. 출근을 못 했는지 안 했는지, 청소와 세탁은 멈췄지만, 기숙사 식당 직원들은 평소나 다름없이 일을 하고 있었다.

오후 2시경 기승을 부리던 바람이 저녁때가 되자 잠잠해졌다. 지나갔나? 다들 안도의 숨을 내쉰다. 큰 피해는 없다. 그러나 바깥소식은 알 수 없다. 틀림없이 바닷가, 낮은 지대, 빈민가는 큰 피해를 입었을 것이다. 꽤 많은 학생들이 오늘밤 떠나는 일본 학생 송별회를 한다면서 근처 맥줏집으로 갔다. 전기도 물도 끊긴 기숙사에 있는 것보다는 나을 것이다.

저녁을 먹고 운동을 하러 나갔다. 늘 그렇듯이 학교 건물 안을 도는 것이므로 괜찮으리라 생각했지만, 전기가 나간 교실 복도나 계단은 칠흑 같은 어둠에 싸여 한 치 앞도 보이지 않았다. 게시판이 쓰러져 있었고, 바람에 꺾인 나뭇가지도 교실 복도에 떨어져 있었다. 뭔가가 발등에 차였다. 간신히 한 바퀴를 돌고 나서 병원 쪽으로 걸음을 옮겼다. 경비원들이 뭐라 하면 어쩌나 걱정도 됐지만, 그나마 돌 수 있는 곳은 여기뿐이었다. 다행히 아무도 제지하는 이가 없어 조심조심 복도를 걸으며 운동을 했다. 스마트폰으로 녹음한 내용을 듣고 따라하면서 공부를 시작한 지 한 달여의 시간이 지났다.

앤서니(한국 대학생, 남자)와 함께 기숙사 옆에 있는 식당에 가서 음료수를 마셨다. 태풍에 대한 얘기, 정전, 단수 그리고 어학원 생활에 대해서, 영어 공부에 대해서 이런저런 얘기를 했다. 앤서니는 하루에 9시간 정도 공부를 한다고 했다. 할 수 있으면 3시간 더 하라고 했다.

그렇지 않으면 큰 성과를 기대할 수 없는 게 현실이다. 휴게실에 모여 앉아 카드나 하고, 바비큐 보스BBQ Boss에 가서 맥주잔이나 기울이고 있으면 영어가 될까? 절대 될 리가 없다. 회계사 시험에 붙기까지 3년 동안 하루 12시간씩 공부했다는 일본 학생 타카 얘기도 했다. 앤서니는 고개를 *끄덕끄덕*했지만, 과연 잘 해나갈지 모르겠다.

밤이 깊으니 역시 전기가 문제고 물이 문제였다. 단수로 인해 씻지도 못하고 화장실에도 가지 못하는 상황이 되자, 다들 불편해했다. 나도 마찬가지였다. 땀을 흘린 탓에 온몸이 *끈끈*했다. 정원에 있는 수도꼭지까지 몇 군데 확인해 봤지만 물이 나오지 않았다. 꼭지를 틀면 물이 *쪼르르* 나오다 바로 끊겼다. 간신히 얼굴만 씻고 포기할 수밖에 없었다. 방에 돌아와 잠을 청하려고 자리에 누웠지만, 잠이 오지 않았다. 물이 없어서 고작 하루 씻지 못했을 뿐인데, 잠자리가 불편해서 잠을 이루지 못하고 뒤척거렸다. 평소에는 흔한 게 물인데.

아침 8시쯤 전기가 들어오고 학생들 얼굴에 미소가 되살아났다. 와이파이도 연결되었다. 태풍 피해는 예상 외로 컸다. 뉴스에 따르면 인명 피해도 엄청나다. 이번 태풍으로 100명이 넘는 사람들이 목숨을 잃었다. 해안가 집은 물에 잠기고 파손되었다. 많은 사람들이 집을 포기하고 대피소에서 숨을 돌리고 있었다. 빔한테 카톡이 왔다. 고향 집이 파손되고 두 아주머니 집도 파손되었다고 했다. 울고 있었다. 울지 말라고 답장을 하고 기도를 했다. 할 수 있는 일은 기도밖에 없다. 페북에 들어가니 몇몇 친구들이 걱정스럽다며 안부를 묻고 있었다. 괜찮다고 댓글을 올렸다.

나는 괜찮다. 불과 20일 사이에, 평생 경험한 적 없는 강력한 지진과 가공할 태풍을 만났지만, 지난 월요일에는 목이 돌아가지 않는 등 신체적으로 문제도 있었지만, 지진과 태풍으로 고통을 당하는 사람들을 생각하면 마음이 아프지만, 나는 괜찮다. 상황은 열악하지만, 나는 내가 하고 싶은 공부를 하고 있다. 선생님들하고 잘 지내고 있고, 다행히 기숙사 건물은 지진과 태풍에 쓰러지지 않을 정도로 튼튼하고, 어학원 직원들이 열심히 일하는 덕에 밥도 잘 먹고 잠도 편안히(?) 자고 있다. 이번 태풍으로 울창한 숲이 앙상한 숲이 됐지만, 강한 태풍에도 쓰러지지 않은 나무들처럼 나는 쓰러지지 않을 것이다.

덧붙임: 11월 10일 오전 11시 연합뉴스 보도에 따르면 태풍 하이옌에 의한 사망자 수가 1만 명에 가까울 것이라고 한다. 어떻게 이렇게 엄청난 비극이 있을 수 있단 말인가? 삼가 고인들의 명복을 빈다.

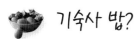

기숙사 밥?

2013. 11. 14. 목. 맑음

11시 오전 수업을 마치고 머리를 자르러 갔다. 어학원 앞에 미용실이 있는데, 50페소(약 1,350원)면 머리를 자를 수 있다. 머리를 자르러 가는 길에 잠시 생각했다. '머리를 자르고 길 건너 졸리비Jollibee에 가서 햄버거를 사먹고 들어갈까?' 머리를 자르고 보니 시간도 11시 25분밖에 되지 않은데다가 여기저기 박힌 머리카락도 신경 쓰여서 그냥 기숙사로 돌아와 샤워를 하고 식당으로 내려갔다.

점심 메뉴는 로스트치킨이었다. 말 그대로 로스트(굽다?)한 것인데, 대체로 닭고기는 바비큐처럼 굽든가 튀기든가 아니면 로스트해서 나오든가 하는 식이다. 그런데 오늘 로스트치킨은 정말 맛있었다. 졸리비에 갔더라면 크게 후회할 뻔 했다.

사실 날마다 기숙사에서 밥을 먹는 처지이다 보니 밖에서 먹고 싶을 때가 있다. 지니하고 제니, 켈리(ㅊㅂ대 여학생들)는 토요일 점심은 시원치 않다면서 자주 나가서 먹는 눈치였다. 그렇다고 해서 기숙사 밥이 맛없었다거나 형편없다는 건 아니다. 집에 있을 때도 가끔은 식구들하고 외식을 하지 않나? 뭐 그런 기분이라고 해도 크게 틀리지 않을 것이다.

그러나 일본 학생들은 음식 때문에 고생한다. 왜냐하면 식당에서 주는 음식이 대부분 한국 음식이기 때문이다. 한국 학생들한테는 가끔 입에 맞지 않는 반찬이 나오더라도 크게 불편할 게 없다. 거의 날마다 김치가 나오는데, 어떤 날은 한국에서 먹는 김치보다 더 맛있다. 다른 반찬이 좀 맛이 없으면 밥하고 김치만 먹어도 될 것 같다. 하지만 일본 학생들한테는 괴로운 일일 것이다. 그들도 낫토라든가 미소시루(일본식 된장국), 돈부리(일본식 덮밥), 소바(일본 메밀 국수) 같은 일본 음식이 무척 먹고 싶을 것이다.

어떤 일본 학생은 밖에서 주꾸미를 먹고 2주일 동안 배탈로 고생했단다. 아마도 갑자기 매운 것을 먹어서 위염에 걸렸을 것이다. 나는 아주 매운 음식을 싫어한다. 그래도 기숙사 식당에서 나오는 음식은 괜찮다. 하지만 일본 학생들은 그것도 매워서 먹지 못한다. 그런데 "먹어 봐, 괜찮아" 하면서 그 매운 주꾸미를 먹였으니, 탈이 안 나는 게 오히려 이상할 것이다. 매운 주꾸미를 강권한 한국 학생들은 우리 음식을 소개하고 싶은 마음이었겠으나, 차이를 이해하지 못하는 데서 오는 강요나 폭력에 다름 아니다.

식당 메뉴를 생각나는 대로 간추려 보면 다음과 같다. 김치찌개, 김치볶음, 감자볶음, 달걀프라이, 소시지볶음, 가지무침, 찐 고구마, 돈가스, 카레라이스, 삼겹살을 비롯한 여러 가지 방식의 돼지고기 요리, 찜닭을 비롯한 여러 가지 방식의 닭고기 요리, 불고기를 비롯한 여러 가지 방식의 소고기 요리, 육개장, 소고기 콩나물국, 볶음밥, 망고와 파인애플, 수박 같은 과일. 그리고 가끔은 이름을 알 수 없는 필리핀 음식과 라면이나 자장면도 나온다. 아침 메뉴는 딱 두 가지인데, 죽과 토스트다. 죽은 닭죽과 소고기 죽이 주로 나오고, 토스트는 구울 수 있는 식빵과 계란을 입힌 토스트, 그리고 시리얼과 우유, 주스 등이다. 아침은 비교적 간단히 나오는 편이다. '오늘 저녁에는 뭐가 나올까?'

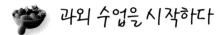
과외 수업을 시작하다

2013. 11. 17. 토. 맑음

　지난 월요일, 평소와 다름없이 저녁 때 운동을 하다가 문득 과외 수업을 받아야겠다는 생각을 했다. '훼이하고 하는 일본어 수업을 평일로 옮기고 토요일에 과외를 받는다면 좋지 않을까?' 다음 날 훼이에게 평일로 수업을 옮기자고 했다. 훼이도 좋아했다. 왜냐하면 토요일에 일부러 어학원 근처까지 오지 않아도 되기 때문이다. 그러고는 바로 마얀에게 선생님을 소개해 달라고 부탁을 했다. 마얀에게 수업을 해 달라고 해도 좋지만, 마얀은 석사 논문을 써야 해서 좀 바쁘다.

　훼이하고 수업은 수요일 저녁 탈람반Talamban에 있는 브라운 컵Brown cup에서 저녁을 먹고 9시까지 진행했다. 훼이에게 영어를 배우는 게 아니고 내가 훼이에게 일본어를 가르치는 것이니 상황이 조금 다르긴 하나 여하간 설명을 하는 과정에서 영어를 해야 하기 때문에 영어 공부에 도움이 되리라 기대하고 있다.

86
　"테이블 위에 책이 한 권 있습니다."라는 일본어 문장 "テーブルの

上に本があります."을 설명하려면, "There is a book on the table." 이라는 영어로 설명해야 한다. 간단한 문장이지만 설명하고 반복하는 동안에 조금 더 익숙해지는 게 사실이다. 우리가 영어를 잘 못하는 것은 영어를 아주 모르거나 전혀 이해를 못해서가 아니라 연습이 부족한 탓에 바로 바로 입에서 나오지 않는 것이 가장 큰 문제일지도 모른다.

금요일 저녁에 마얀과 메리 조이Mary Joy를 만났다. 마얀과는 8년 전부터 학교 친구이고, 전공은 교육학이라고 했다. 마얀처럼 졸업을 했어야 했는데 도중에 임신을 하는 바람에 학교를 휴학했다고 했다. 아이를 낳았지만 결혼을 하지 않았다고 했다. 더 깊은 얘기를 물어볼 수는 없었다. 영어가 딸려서일까, 사생활을 묻는 것이 실례여서였을까?

필리핀에는 젊은 미혼모가 많다. 가톨릭 국가라 원칙적으로 임신 중절 수술을 할 수 없다. 종교적인 믿음으로 인해 자신들도 중절을 원하지 않는 경우가 많다고 한다. 아이 아빠하고 문제가 있어도 아기는 낳는다. 가만 얘기 들어보면 필리핀 남자들이, 물론 어려서 그렇겠지만 책임감이 없다. 여기저기 애를 낳는 경우도 적지 않다고 한다.

저녁을 먹으면서 수업에 관한 얘기를 중심으로 대화를 했다. 신기한 것은 셋이 이야기를 하는데, 마얀이 통역을 했다는 점이다. 이상하게 들릴지 모르지만 사실이다. 내가 하는 말을 조이가 잘 못 알아듣기도 했지만, 조이가 하는 말을 나 또한 잘 알아들을 수 없었다.

속도가 빠른 탓도 있고, 그녀의 목소리가 생소하고 마얀과는 말투가 다른 탓도 있다. 이런 상황이다 보니 자연스럽게 마얀이 이야기를 중계하게 되었다.

오늘 첫 수업을 하면서 조이도 엊저녁 상황을 이야기했다. 내 말을 자기는 못 알아들었는데, 마얀이 알아듣는 게 신기했다는 것이다. 한 예로 'forget'을 들었다. 내 'r' 발음이 정확하지 않았기 때문에 자기는 알아듣지 못했는데, 마얀은 알아들었다는 것이다. 나는 이 상황을 충분히 이해한다. 마얀은 나를 비롯해서 한국과 일본 학생들의 부정확한 발음을 오랫동안 들어온 덕에 잘 알아듣는다.

이건 대부분의 어학원 혹은 학생들이 안고 있는 문제라고 할 수 있다. 어학원에서는 학생들이 발음을 잘못해도, 문법이 틀려도, '브로큰잉글리시Broken English'도 통용이 된다. 왜냐하면 교사들은 한국과 일본 학생들을 상대한 경험이 풍부해서 웬만한 말은 다 알아듣는다. 말이 틀려도 의도를 파악한다. 정확한 영어를 구사하기 원한다면 이런 점에 특별히 주의해야 한다. 여기서는 단어로 구로 절로, 얼굴 표정으로, 눈치로 대충 소통이 되지만, 밖에서도 통할까? 한국이나 일본으로 돌아가서 어떤 필요한 상황에서 영어를 말할 때 과연 받아들여질까? '내가 지금 언제 어디서나 활용할 수 있는 영어를 공부하고 있는 걸까?' 이건 정말 어학원에서 장기간 공부하는 학생들이 심각하게 성찰하고 고민해야 할 대목이다. '어, 통한다, 알아듣는다.'하고 넘어가면 큰코다칠 것이다.

과외 수업은 낮 2시부터 5시까지이다. 수업료는 3시간에 500페소

(약 13,500원)다. 우리에게는 얼마 안 되는 돈이지만, 어학원 교사들의 하루 일당보다 큰돈이다. 애당초 시간당 100~150페소를 얘기하기에 그냥 500페소를 주기로 마얀과 얘기했었다. 그런데 조이가 교통체증으로 20분 늦게 도착했다. 첫날이어서 시간 계산이 어려웠을지 모른다. 미안했는지 늦은 만큼 수업료를 깎아도 좋다고 했다. 나는 그럴 수는 없고, '필리피노 타임(옛날 한국인들이 그랬듯이 약속 시간보다 30분에서 1시간까지도 늦는다)'이 있다는 얘기를 들었지만, 다음부터는 시간을 잘 지켜주기 바란다고 정중하게 부탁을 했다.

첫 수업이라 내 영어가 어느 정도인지 알고 싶다고 했고, 그런 분위기 속에서 수업을 진행했다. 가능한 대로 영어 공부를 하면서 느낀 점들도 이야기했다. '문법을 아주 모르지 않는다. 책을 들여다보면 이해가 되지만, 입에 잘 붙지를 않는다. 간단한 문장도 바로 바로 떠오르지 않고 입에서 나오지 않는다. 외우고 연습을 많이 해야 되겠지만, 외우고 연습을 한다는 자체가 매우 어렵다. 또 같은 문장이라도 어떤 날은 정확하게 구사하고, 어떤 날은 틀린다. 간단한 표현도 이게 맞는지 틀리는지 확신이 서지 않는다. 문장이 길어지면 꼬이고, 급기야는 갈 길을 잃는다. 자주 혼란에 빠진다.'

조이는 발음, 단어, 숙어, 문장, 청취 등에 걸쳐 두루두루 질문을 했고, 나는 최선을 다해 대답을 했다. 조이는 교육학 전공자답게 가르칠 준비가 되어 있었다. 사실 어학원 교사들은 잘 훈련돼 있다. 더러는 영어 교육 자격증이나 초등교사 자격증을 갖고 있다. 간호학을 전공한 이들도 많은데, 필리핀에서는 우수한 학생들이 간호학과에 많이 진학한다고 한다. 대부분은 간호사가 되는 게 목표겠지만, 선생님, 특히 어학원의 영어 선생님이 되는 경우도 많다고 한다. 이들은 초등학교 때부터 영어 교육을 받았고, 학창 시절에 열심히 했다. 이들은 표준 영어를 구사한다. 우리나라에서 문제가 되는 무자격 원어민 영어 교사의 부정확한 영어, 슬랭, 비속어 구사 같은 문제가 없다.

1월 말이면 세부를 떠나야 하기 때문에 조이와 공부할 수 있는 것도 불과 열 번 정도일 것이다. 진작 시작했어야 했다는 아쉬움이 있지만, 후회해도 소용없는 일이다. 그저 남은 기간 최선을 다하는 수밖에 없다.

일인일어一人一語의 시대

2013. 11. 20. 수. 맑음, 한 때 소나기

　수업 시간에 마얀이 친구 이야기를 했다. 대학 때까지 영어를 잘하지 못했지만, 어느 날부터 분발하더니 지금은 자기처럼 이에스엘 ESL 선생님을 하고 있다면서 영어를 공부할 때 중요한 것은 학습자가 얼마나 흥미를 갖고 공부하는가 하는 점이 아니겠느냐는 얘기였다. 그렇지만 과연 흥미만으로 해결될 수 있을까? 학습 동기, 학습 환경, 적성, 재능, 성실한 태도, 인내 등등 수많은 점을 고려해야 할 것이다. 여기에 보태고 싶은 한 가지가 '어학은 시간이 많이 걸린다'는 점이다.

　일본어를 시작한 것은 10년 전이다. 히라가나와 가다가나를 떼는 데만도 상당한 시간이 걸렸다. 일주일에 2, 3일 학원에 나갔지만, 바쁠 때는 몇 달씩 쉬는 바람에 학원 1년 다녀도 진도가 나가지 않았다. 최근 3, 4년 동안은 논문에 집중하느라 따로 공부할 수도 없었다. 10년 동안 열심히 공부했다고 말 할 수 있는 기간은 1, 2년이나 될까? 그 결과 5, 6년이 지나면서 일본어 능력시험 1급을 간신히 따고, 학원에서는 프리토킹 반에서 수업을 듣게 되었다. 프리토킹 반에 들어갔을 때 비로소, '아, 일본어 이제부터 시작이구나!' 하고 외국어 학습의 지지부진함을 절감했었다.

불길하게도 영어는 더 많은 시간이 걸릴 것 같다. 일상회화를 구사하기까지 집중했을 때 최소한 3년이 걸린다는 얘기들을 많이 한다. 괌에 사는 어떤 교민은 3년 만에 입이 터졌다고도 했지만, 남편 따라 미국 가서 3년을 살다온 아주머니 한 분은 영어가 한마디도 늘지 않았고, 미국에서 살고 있는 후배 역시 7년이 지났지만, 영어를 잘 하지 못한다고 했다. 이런 사례를 보면 본토에 가서 산다고 해서 저절로 영어가 되는 것이 아니고, 얼마나 열심히 하느냐가 관건일 것이다.

왜 영어를 공부하느냐는 질문을 받을 때마다 답하는 것이 참 어렵다. 왜냐하면 영어로 답해야 하기 때문이다. 물론 한국어로 답하는 것도 쉽지 않을 것이다. '영어가 꼭 필요하지 않은 시대를 살아왔지만, 글로벌이라는 말처럼 지역 간 교류가 많아졌다는 점을 고려할 때, 영어를 구사할 수 있다면 상당히 쓸모가 있지 않을까?' 게다가 한국에 와 있는 외국 학생들에게 한국 역사를 가르치고자 한다면 영어는 유용한 수단이 될 것이다.

그렇다고 해도 영어에 대한, 혹은 영어 교육에 대한 생각은 여기 와서도 크게 바뀌지 않았다. 왜 영어를 배우는가? 누가 영어를 배워야 하는가? 얼마나 어느 수준까지 배워야 하는가 하는 점들은 정말 신중하게 검토해야 할 내용들이다.

이런 얘기하기 좀 미안하지만, 여기 있는 학생들 중 80%는 오지 않아도 된다고 본다. 일단 열심히 하지 않는 것 같다. 우리나라에서 학교 수업 끝나면 밥 먹으러 가고, 커피 마시러 가고, 맥주 마시러 호프집 가듯이 어학원 주위를 빙빙 돌거나 아얄라 몰 혹은 에스엠 몰 같은 곳을 오락가락하는 학생들도 적지 않다. 왜 왔을까? 그냥 학교에서 보내서 왔을까? 필리핀 체험하러 왔을까?

하긴 그 나이에 정규 수업 듣고, 옵셔널 수업 듣고, 숙제하고, 자습하고, 연습을 반복하는 생활은 따분하고 지루하고 고독할 것이다. 말이 쉽지 하루 12시간 이상 공부하는 거 쉬운 일 아니다. 그러니 애당초 뚜렷한 목적의식과 학습 능력을 갖춘 20% 정도의 학생들만 이런 데 와서 고생하면 되지 않을까? 영어를 좋아하는, 배우고 싶어 하는, 학습 능력이 있는 일부의 학생들에게 완벽한 교육 환경을 제공하는 쪽으로 가는 것이 효율적이고 바람직하다. 지금처럼 감자, 고구마 구별하지 않고 몽땅 영어의 늪에 빠뜨리고 살아나오는 20%에게만 월계관을 씌워주는 식의 구조는 근본적으로 잘못됐다.

한편으로는 영어의 늪에서 성공적으로 탈출할 수 있는 이들이 제한적임에도 불구하고 모두가 영어를 배우느라 귀중한 낭비하고 있다는 점 역시 간과해서는 안 된다. 간단히 '낭비'라는 단어를 썼지만, 영어의 늪에 빠져 허우적거리다가 죽도 밥도 되지 않은 80%의 비통한 낙오자 혹은 희생자들에게 낭비라는 말은 먼지처럼 가벼울 뿐이다. 그 엄청난 시간과 정열을 일찌감치 다른 곳에 투자하는 게 낫지 않을까?

어떤 학생은 프랑스어가 전공이지만, 대기업에 취업하려니 토익 점수 900점이 필요하다. 프랑스어 공부할 시간을 영어에 할애할 수밖에 없고, 그만큼 프랑스어 학습에서 손해를 볼 수밖에 없다. 다른 전공도 마찬가지다. 문학이나 심리학이나 경영학이나 실력을 쌓기 위해서는 책도 더 보고 생각도 더 많이 해야 하는데, 영어하고 씨름하다가 이도저도 아닌 어중간한 상태에서 졸업하게 된다. 언젠가 학교 화장실에서 '아, 영어 때문에 미치겠네'하고 탄식하던 남학생의 목소리가 지금도 귓전에 생생하다. '전공 공부만 열심히 하면 안 될까?'

돌이켜 보면 우리 세대는 전공이면 됐다. 물론 그때도 영어 잘하면 대우 받았지만, 전공만 열심히 해도 취직이 됐다. '일인일기一人一技'라는 말도 있었다. 누구나 한 가지씩 전문 지식 혹은 기술을 쌓자는 얘기였을 것이다. 기술자가 되든 혹은 의사, 변호사, 교사가 되든 뭐든지 한 가지 지식 혹은 기술을 습득하자, 어떤 분야의 전문가가 되자, 뭐 그런 얘기였다. 간단히 얘기하면 '일인일기'만으로도 살 수 있었다. 그러나 21세기는 20세기와는 좀 다른 세상이 됐다. 지구촌 내 지역 간 교류가 동서남북 사방팔방으로 왕성하고, 교류의 수단으로서 외국어가 필요하므로 일인일기에 일어를 더해야 한다. 한 사람이 한 가지씩 외국어를 하는 것이 좋다. 21세기는 일인일어一人一語의 시대다.

현실적으로 영어의 통용이 막강한 만큼 영어를 배우려는 사람이 가장 많겠지만, 영어를 의무로 해서도 안 되고 강제할 필요도 없다.

자유롭게 배우고 싶은 외국어를 선택할 수 있는 제도와 환경이 만들어져야 글로벌 세상에 제대로 대응할 수 있을 것이다. 영어 일변도의 외국어 학습 풍토에서 벗어나 중국어, 일본어, 독일어, 프랑스어, 아랍어, 베트남어, 필리핀어, 인도어, 스페인어 등등 다양한 외국어를 자유롭게 배울 수 있어야 한다. 자신이 습득한 외국어 실력으로 대학도 가고, 취직도 할 수 있어야 한다. 조금만 곰곰이 생각해 보면 영어 하나만이 아니고 여러 외국어를 구사할 수 있는 사람들이 있는 것이 세계와 소통하는 데 훨씬 유리하다는 점을 삼척동자도 알 것이다. 진정한 세계화를 위해서라면 영어의 함정에서 빠져나와 일인일어의 넓은 바다로 나가야 한다. 그러나 일인일어 역시 필수나 의무가 되어서는 안 된다. 어디까지나 선택이어야 한다.

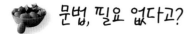
문법, 필요 없다고?

2013. 11. 21. 목. 맑음

I waiting mariz.

She runaway.

I sad.

마리즈 방 칠판에다가 누군가가 쓴 문장이었다. 이 문장을 보면서 골똘히 생각에 잠겼다. 이렇게 짧은 문장조차 제대로 쓰지 못하는 것이 우리 학생들의 수준이다. 물론 나도 숱하게 틀리고 수없이 틀린다. 아주 기초적인 것을 틀리거나 실수할 때마다 자괴감에 빠진다. 솔직하게 말하면 상황은 매우 절망적이다. 그러나 그러면서도 스스로 위로한다. '괜찮아, 잘 할 수 있을 거야.'

지금 내 상태는 나쁘지만 오류를 인식하고 고치려고 애쓰고 있다. 아마도 이 문장을 적은 학생과 나의 차이는 오류를 인식하느냐 못하느냐 하는 정도의 차이일 것이다. 문득 문법 공부 하지 말라고 했다는 어떤 호주 교민의 말이 떠올랐다. 한마디로 문법 공부, 필요 없다는 것이다. 그 얘기를 들었을 때, 과연 그래도 될까 반문하면서 물었었다.

"그래서 그 분은 영어 하는데 시간이 얼마나 걸렸답니까?"
"5년 지나니까 들리더랍니다."

돌아온 대답은 너무나도 황당했다. 기가 막혔다. 현지에서 그 나라 사람들하고 섞여 살면서 5년 만에 영어가 들리기 시작했다면 문제 있는 거 아닌가?

문법 공부는 절대적으로 필요하다. 글쓰기를 할 때는 물론이고, 대화를 할 때도 문법을 모르면 작문이 되지 않는다. 토머스(한국 남학생: 가명)가 일본 친구하고 얘기하는 것을 옆에서 들으면, 'you'만 들린다. 모든 질문을 'you'로 시작하기 때문이다. "You went there?, You are ate a dinner?, You go Ayala tomorrow?" you가 앞에 온다고 해서 다 틀리는 것은 아니지만, 왜 얘는 are you ~, do you ~, were you ~, did you ~ 라고는 묻지 않는 걸까?

어제 한 친구에게 문법책을 선물 받았다. 공부하려고 큰맘 먹고 가져왔는데, 시간이 없어서 책을 제대로 보지 못했다고 했다. 다음 주에 돌아가야 하는데, 짐도 많아 주고 싶다는 거였다. 내게는 천금 같은 선물이었다. 짐을 줄이느라고 문법책 한 권 들고 오지 않은 탓에 인터넷에서 구할 수 있는 자료만 갖고 공부하고 있던 터였다.

『Grammar in use intermediate(한국어판)』 제목을 보니 여기서 공부하고 있는 책하고 같은 것이다. 물론 여기서 보는 책은 영어판이고 기초 편이다. 이 책은 한국어판이고 중급이다. 설명이 친절한 한국어다. '그래, 뜻하지 않은 선물을 받았으니 또 열심히 해보자!'

싼 물가는 공부의 적?

2013. 11. 22. 금. 맑음, 한 때 소나기

금요일 밤 10시, 3층 휴게실이 텅 비었다. 다들 외출한 모양이다. 금요일 밤부터는 통금이 12시다. 주말답게 여유 있게 밖에서 시간을 보낼 수 있다. 아얄라 몰이나 에스엠 몰, 아이티파크가 아니면 가까운 비티시 몰이나 가이사노 컨트리 몰Gaisano Country Mall에서, 그것도 아니면 어학원 인근 바비큐 보스나 카페 마루 같은 곳에서 주말을 즐기고 있을 것이다. 시간적으로도 여유를 느낄 수 있는 주말이지만, 금전적으로도 여유를 부릴 수 있는 곳이 필리핀이다. 필리핀은 한국보다 물가가 싸다. 이 물가가 공부와 아주 밀접한 관계가 있다.

영어를 배울 수 있는 곳을 고를 때 캐나다나 호주를 제치고 필리핀이 꼽히는 이유 중 하나는 저렴한 비용 때문이기도 하다. 기간과 사람에 따라 편차가 있겠지만, 대략 다른 지역의 1/2에서 1/4정도로 저렴하다. 어학원에 내는 등록금과 기숙사 비용 등도 저렴하지만 생활비도 크게 들지 않는다. 숙식을 어학원에서 제공해주므로 추가되는 비용은 용돈인데, 물가가 싸다보니 젊은 학생들도 큰 부담을 느끼지 않는 듯하다.

학생들이 잘 가는 졸리비 햄버거는 제일 비싼 챔프 세트가 우리 돈으로 4,000원 정도다. 피자도 가게에 따라 다르지만, 유명한 옐로우 캡Yellow Cab에 가더라도 1인당 4,000~5,000원 정도면 먹을 수 있다. 사실 이런 집들은 보통 필리핀 음식점들에 비하면 비싼 축에 든다. 평범한 필리핀 식당으로 가면 1,000~4,000원 정도로 한 끼를 해결할 수 있다. 카오나 그릴Kaona Grill의 바비큐 정식은 밥과 돼지고기 바비큐 두 꼬치, 아이스티가 나오는데 1,500원 정도이고, 바비큐 정식으로 유명한 망인아살 같은 곳도 3,000원 정도면 한 끼 해결할 수 있다. 길거리 곳곳에서 볼 수 있는 빵집 줄리스Julie's에서 빵과 음료수로 간단히 먹는다면, 1,000원 정도로 한 끼를 때울 수 있다. 이상하게도 한국과 일본 음식점은 본토와 가격이 비슷하다.

커피 값도 싸다. 스타벅스나 커피빈, 보스커피 같은 곳은 여기서는 아주 비싼 가게들이지만, 아메리카노는 2,000원 정도다. 한국과 일본하고 비교하면 아주 저렴한데다가 와이파이를 이용할 수 있다는 이점으로 인해 늘 자리가 없을 지경이다. 그만큼 커피숍에서 시간을 보내는 학생들이 많다. 실제로 북적거리는 시간에 자리를 차지하고 앉아있는 이들을 보면 한국인과 일본인이 반수는 된다. 택시비도 싸다. 기본요금이 1,000원 정도이고, 아얄라 몰이나 에스엠 몰까지 3,000~4,000원 정도 나오므로 큰 부담 없이 이용할 수 있다. 현지 생활에 익숙해진 학생들은 8페소(약 200원)에 지프니를 타고 다니기도 한다. 이렇게 교통비가 저렴하니 동에 번쩍 서에 번쩍 쏘다니는 친구들이 적지 않다.

맥주도 싸다. 식당이든 카페든 큰 차이 없이 산미구엘 한 병에 1,000~1,500원 정도다. 여기 학생들이 잘 가는 바비큐 보스는 한 병에 1,000원이다. 한국의 1/5, 1/6, 1/7 수준이다. 안주도 저렴하다. 돼지고기 바비큐 한 꼬치에 150원, 감자튀김이나 땅콩이나 다 그 수준이다. 한 서너 시간 홍청(?)거리면서 마셔도 1인당 만 원 정도면 충분하기 때문에 맥주 좀 좋아한다 하는 친구들은 수업 끝나면 쪼르르 달려가는 경우가 적지 않다. 영어 단어 하나라도 더 외워야 할 시간에 산미구엘 빈병만 늘어가는 것이다. 싼 물가가 고맙기도 하지만, 독이 될 수도 있다.

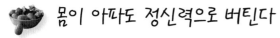

몸이 아파도 정신력으로 버틴다

2013. 12. 1. 일. 맑음

　지난 금요일 밤 12시가 넘도록 학생들이 복도에서 떠드는 바람에 잠을 청하기가 힘들었다. 잠들지 못하고 뒤척이다 보니 무척 더웠다. 창문을 다 열어 놓았지만, 열기를 참기 어려웠다. 선풍기를 1단으로 돌려놓고 잠을 청했다. 그 때문인가, 어제 낮부터 목이 따끔거렸다. 과외 수업 가는 길에 약국에 들려 감기약을 샀다. 카페에 도착하자마자 약을 먹고, 저녁에도 약을 먹었다. 그런데 아침 6시, 도저히 일어날 수가 없었다. 몸이 천근만근 무거웠다.

　세부는 덥다. 낮에는 정말 찌는 듯이 덥고 햇볕에 살이 따가울 정도다. 2월까지 계속 더울 것이라고 한다. 물론 교실에 있을 때는 모른다. 워낙 에어컨을 세게 틀다 보니, 오히려 추워서 긴소매 옷을 입어야 할 판이다. 한참 동안 교실에 있다가 복도로 나오면 마치 봄날 해바라기를 하듯 따사로운 햇살이 편안하게 느껴질 때도 있다. 하지만 그것도 잠시, 금방 뜨거운 햇볕을 의식하고 교실 쪽으로 들어가게 된다. 하루 종일 온탕과 냉탕을 오락가락하는 듯하다.

이렇게 온도 변화가 극심한 생활을 하다 보니, 더운 지방이면서도 감기에 걸리는 일이 드물지 않다. 나뿐만 아니라 감기나 몸살로 고생하는 학생들이 꽤 많다. 재밌는 것은 감기에 걸렸을 때, 처음에는 각자 본국에서 가져온 약을 먹는다. 나도 처음 감기 걸렸을 때 그랬다. 그런데 이상하게 감기가 낫지 않는다. 감기란 게 원래 하루 이틀에 떨어지지 않는다. 본국에서 가져온 약이 떨어지고 현지 약국을 찾게 되고, 그 약을 먹는다. 그러고는 감기가 낫는다. 사람들이 그런다. '이상하게 여기 감기는 여기 약을 먹어야 나아.'

공부하는 데 건강관리가 참 중요하다. 몸이 아프면 하고 싶은 공부도 맘껏 할 수 없다. 여기 올 때 대부분 보험을 든다. 정말 많이 아프면 병원에 가면 된다. 하지만 그게 시간도 걸리고 좀 번거롭다. 수업도 빠져야 한다. 그래서 우선은 가까운 약국을 찾는다. 그런데 여기 약이 세긴 좀 센 거 같다. 아침에는 죽을 것 같았는데, 지금은 좀 기분이 나아져서 이렇게 책상 앞에 앉아 글을 쓰고 있다. 물론 아주 안 아픈 것은 아니다. 그저 아침처럼 죽을 것 같지 않다는 뭐 그런 정도다. '좌우지간 일어나야 된다. 여기서는 어지간하면 병원 안 가고 병을 물리치는 게 최고다. 약이 듣지 않으면 정신력으로 버틴다.'

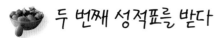

두 번째 성적표를 받다

2013. 12. 6. 금. 맑음 가끔 비

지난주 토요일에 시작된 감기로 몸이 안 좋았고, 정신력으로 버틴다 어쩌고 했지만, 실은 너무 힘들었다. 나뿐만 아니라 많은 학생들이 비슷한 증상을 겪은 것을 보면 유행성 독감이었던 것 같다. 많은 학생들이 병원 신세를 지는 와중에 병원에 가지 않고 버티기는 했지만 그저께는 하루 수업을 쉴 수밖에 없었다. 약 먹고 방에서 쉬면서 감기가 낫기를 기다렸다. 침대에 누워 잠이 들었다 깨기를 반복했다. 한 이틀 초죽음이 되었었지만 다행히 살아나고 있다.

어제 성적표가 나왔다. 한 달 만에 치른 시험이었다. 과연 얼마나 오를까? 떨어지지는 않을까 하는 걱정도 없지 않았다. 간혹 오히려 성적이 떨어졌다면서 탄식하는 학생들을 봤기 때문이다. 다행스럽게도 성적이 올랐다. 토익 점수도 올랐고 모든 레벨이 올랐다. 토익 엘아이(LI), 에세이 아이(I), 오랄 에이치아이(HI)다. 어젯밤에 선생님들(Mariz, Bim. Mayan, Thea, Joann, Faye, Jonai)에게 각각 고맙다는 메시지를 보냈다.

"My English is still bad, however, I feel I'm improving step by step. So I really thank for my teachers. Thank you, Mariz. Good night."

빔하고 마얀에게서 답장이 왔다.

"I'm so glad to hear that. I'm really happy and honored to be your English teacher. If you need help, please don't hesitate to tell me. I would love to help you. You're always welcome! Thank you also for being so kind to me. Good night!" - BIM
"You're also a great student, Sam. Keep it up!" - Mayan.

존아이는 얼마 전 암 수술을 받게 되는 바람에 어학원을 쉬고 있지만, 그녀에게도 고맙다는 문자를 보냈다. 그녀도 무척 반가워했다. 30살이 안 된 젊은 여성이 자궁암 수술을 받았다. 아기를 가질 수 없을 거라는 얘기도 들었다. 마음이 아프다.

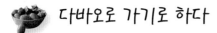

다바오로 가기로 하다

2013. 12. 11. 수. 맑음

　다음 학원을 정하는 일은 간단치 않았다. 어디로 가야할지 고민하다가 유학원에 모든 것을 맡겼다. 11월 말에 클라크, 일로일로에 있는 어학원을 추천받았지만, 왠지 마음이 끌리지 않았다. 유브이의 송성호 팀장, 그리고 김옥란 세부지사 정진영 매니저에게서 다바오가 좋다는 얘기를 듣고 그쪽으로 마음이 쏠렸다. 결국 다바오에 있는 학원을 알아봐 달라고 다시 부탁을 했고, 이앤지 어학원E&G Academy 하고 연결이 되었다.

　바닷가 바로 앞에 있는 어학원이다. 다바오 자체가 조용한 곳이라는 생각이 들지만, 어학원 역시 여기보다 규모도 작고 조용한 곳이라는 생각이 들었다. 원어민 교사가 단 1명이라는 게 마음에 걸렸지만, 원어민 교사가 꼭 필요한 것은 아니다. 필리핀 교사한테 얼마든지 배울 수 있지 않을까? 그렇게 마음을 정리하고 나니 망설일 이유가 없었다. 다바오로 가겠다고 유학원에 통보하고 나머지 일들을 부탁했다.

내년 2월 9일 다바오로 간다. 원래는 1월 24일이어야 하지만, 이앤지 쪽에 기숙사가 없어서 2월 9일까지 기다려야 한다. 그리고 기다리는 만큼 이쪽 체류 기간을 연장했다. 유브이 4주 연장 학비는 유학원으로부터 할인을 받아서 134만 원을 내야 한다. 다바오 학비는 23주에 774만 원이다. 1년 학비에다가 체류하는 데 필요한 비용과 잡비 등등해서 2천만 원, 생활비를 6백~7백만 원 정도 잡으면 전체 비용은 3천만 원이 조금 못 된다. 적지 않은 돈이지만, 비교적 저렴하다는 데 다시 한 번 고마움을 느낀다.

어제는 세부퍼시픽Cebu Pacific 홈에 들어가서 다바오 행 항공권을 구매했다. 마침 프로모션 하는 게 있어서 1,818페소(약 4만3천 원)에 표를 샀다. 출발 시간은 2월 9일 일요일 오후 2시 10분이고 다바오 도착은 3시 20분이다. 구매 후 김옥란 어학원 이동호 신촌지사장에게 전자우편을 띄워서 공항 픽업을 부탁했다.

내친걸음에 하나투어에 전자우편을 보내서 내년 7월 20일 귀국 항공편을 문의했고, 오늘 오전에 바로 항공권이 왔다. 그런데 약간의 착오가 있었다. 나는 7월 20일 일요일 밤 세부 출발 비행기를 생각했는데, 그만 7월 20일이라고만 해서 20일 오전 0시 50분으로 발권이 되었다. 이렇게 되면 7월 18일 금요일에 수업이 끝나고, 19일바로 세부로 날아가서 그날 밤으로 귀국해야 한다. 별 문제 없지만, 숨 가쁘게 움직여야 한다는 느낌이 들었고, 토요일 하루 정도는 여유가 있는 게 좋을 것 같아 날짜 변경을 요청했다. 사소한 듯하지만,

자정을 경계로 날짜가 바뀌는 점 등도 신경 써야 한다.

유브이에는 2월 9일까지 머무르게 된다. 불과 2달밖에 남지 않았다. 2달 동안 얼마나 공부할 수 있을까? 영어가 얼마나 늘까? 두 달 후 다바오로 가서 2월 10일부터 이앤지 어학원 일정을 시작하면 그때부터 꼭 23주간을 공부하게 된다. 저쪽에 가서 잘 할 수 있을까? 귀국은 7월 21일 월요일 오전이다. 남은 기간을 모두 합쳐도 7개월 반이다. 그러고 보니 벌써 4개월하고 반이 지나갔다.

세부노멀대학Cebu Normal University
그리고 마얀의 동네

2013. 12. 21. 토. 종일 흐리고 비

지난번 밤늦은 시간에 마얀을 집까지 데려다 주면서 보았던 거리
의 불빛이 줄곧 뇌리에 박혀 있었다. 며칠 후, 다시 한 번 그곳에 가
보고 싶다고 했는데, 지난주 수업 시간에 마얀이 말했다. 부모님에
게 학생을 집에 데려와도 되냐고 여쭈었더니, 왜 안 되냐며 허락했
다는 거다. 나는 마얀이 다니는 학교도 보고 싶다고 했다. 세부노멀
대학은 필리핀에서 으뜸가는 학교라고 했다. 국립사범대학(?)이어서
한마디로 필리핀의 수재들이 다니는 학교다. 학교도 보고 싶었고, 도
서관도 보고 싶었다.

12시 20분에 세부노멀대학 앞에서 조이를 만났다. 근처에 있는
망인아살에 가서 점심을 먹고 학교로 들어갔다. 정문 앞에서 출입
을 통제하는 모습은 우리나라와 사뭇 다르다. 신분증을 맡기고 방
문 패찰을 들고 안으로 들어갔다. 학교는 생각보다 크지 않았다. 간
호학과, 예술학과, 교육학과 3개만 있다는 설명을 들었다. 학교도 크

지 않고 학생도 많지 않지만, 1902년에 설립되었으니까 역사가 100년이 넘는다. 일본 제국주의 시대에는 일본 군대 시설로도 사용되었다는데, 행정동 지하실은 감옥으로 쓰였고, 많은 사람들이 처형당하기도 했단다.

전체 건물은 부속 고등학교와 초등학교를 포함해서 열 개 정도로 퍽 고풍스러웠다. 도서관은 정원 앞 건물 2층에 있었는데, 두 개의 공간으로 나뉘어져 있었지만, 무척 작았다. 서고도 몹시 작았고, 열람실에도 책상이 많지 않았다. 우리나라로 치면 대학 도서관이라기보다는 중학교나 고등학교의 도서실 같은 정도의 규모였다. 물론 장서 수나 열람실의 크기가 절대적으로 중요한 것은 아니다. 요즈음은 온라인으로도 많은 자료에 접근할 수 있다. 그래도 너무 협소하다는 생각이 들었다. 책이 너무 없다.

2시쯤, 조이와 함께 정원으로 나오는데 정문에서 마얀이 손을 흔든다. 같이 뮤지엄(기념관?)을 보려고 했으나 문이 닫혔다. 일본군들이 감옥과 처형실로 썼다는 지하실을 돌아보고 밖으로 나오니, 뜰 가운데에 철제로 지구 모양을 본뜬 제2차 세계대전 기념물이 설치돼 있었다. 전쟁을 기억하는 방식의 하나겠지만 그냥 둥근 구형의 철제 조형물에 'WWⅡ'라고만 적혀 있는 게 어리둥절하기도 했는데, 곰곰이 생각해 보니 전쟁으로 황폐해진 지구를 속살 없이 뼈대만으로 형상화 한 것 같았다.

3시에 근처에 있는 이 몰Elizabeth Mall에서 과외 수업을 하고 1층에 있는 빵집 레드 리본Red Ribbon에서 케이크를 두 개 산 다음 마얀과 조이 집으로 향했다. 콜론Colon 쪽으로 걸어가서 왜건을 탔다. 택시로 갈 수도 있지만 군이 타보고 싶었다. 왜건은 말이 끄는 자그마한 마차로 정원은 4~5명이다. 외관은 절대 근사하지 않다. 관광지에서 타는 그럴듯한 마차가 아니기 때문이다. 1인당 요금 6페소(약 200원)를 받는 매우 서민적인 교통수단이다. 15분 정도 달려서 목적지에 도착했다. 지난번 마얀을 내려줄 때 보았던 그 거리다. 레촌 마녹(Lechon Manok: 닭고기 바비큐)과 레촌 바보이(Lechon Baboy: 통돼지 바비큐)를 파는 식당들이 죽 늘어서 있다. 바랑가이 맘발링Brgy. Mambaling이라 했고 동네 이름은 '하이 알라이Jai-alai'다. 바랑가이는 서울로 치면 행정명으로 '구' 정도 된다.

　좁은 골목길로 들어가니, 시장이 나온다. 길 양옆으로 상점이 늘어서 있다. 과일도 팔고 생선도 팔고 고기도 팔고 옷도 팔고 잡화도 판다. 사람들과 승객을 태운 세 바퀴 자전거가 북적거리는 길을 지나 골목길로 들어서니 허름한 주택들이 눈에 들어온다. 판잣집도 많다. 동네 아저씨, 아줌마들, 그리고 아이들, 아이들은 옷도 입지 않았다. 팬티만 입은 아이, 벌거벗은 아이들이 길에서 흙장난을 하며 놀고 있다. 문득 깨벗고 집 앞에서 놀던 어린 시절 나와 친구들의 모습이 떠올랐다. '그래 우리도 저렇게 놀았다.'

　먼저 조이 집으로 갔다. 입구가 좁아 몸을 잔뜩 웅크리고 집 안으로 들어갔다. 신발은 벗지 않았다. 어두컴컴한 공간에 플라스틱 벤치가 두 개 있었다. 카본 마켓Carbon Market에서 생선 장사를 한다는 조이 아버지가 몸이 아파 일을 나가지 않고 집에서 쉬고 있었다.

나하고 비슷한 나이일 것이다. 정중하게 인사를 하고 의자에 앉았다. 4살짜리 조카와 아기, 그리고 조이의 아들 알렉스가 있었다. 집 뒤로 흐르는 개울에는 구정물이 흐르고 있었고, 오염된 하천에서 나는 역한 냄새를 맡을 수 있었다. 이런 곳에서 사람들이 살고 있었다. 하지만 아주 낯선 풍경은 아니다. 우리도 이런 시절이 있었다. 검게 오염된 하천, 이모님이 살던 성남시 판자촌, 어렸을 적 청계천도 저랬을 것이다.

마얀 집 가는 길에 구호 단체가 집을 짓는 지역을 돌아봤다. 화재가 빈번히 발생하는 바람에 집을 잃고 거리에 나앉게 되는 사람들이 많아 새 집을 짓는 프로젝트가 추진되었다고 했다. 현장에 걸어놓은 안내판을 보니 꽤 많은 단체들이 이 커뮤니티에 후원자로 참여하고 있었다. 새로 지은 집들 뒤로 2층짜리 건물을 교사로 쓰고 있는 초등학교가 있었는데, 이 동네에서 제일 번듯하고 깨끗해 보이는 건물이었다.

마얀의 집 역시 입구가 좁고 어두웠다. 안쪽으로 들어서는 순간 눈앞이 캄캄해지면서 머리로 벽을 들이받았다. 통로를 지나는데 양 어깨가 벽에 닿도록 좁았다. 집 바깥에다 신발을 벗고 안으로 들어갔다. 나중에 보니 현관과 골목의 경계가 없었다. 현관과 거실의 경계도 없다. 거실에는 아버지, 어머니, 오빠, 여동생들이 모두 한자리에 있었다. 중앙에 작은 식탁이 있었고, 식탁 뒤로 싱크대가 있었으며, 40인치쯤 돼 보이는 벽걸이 텔레비전이 벽 한 면을 차지하고 있었고, 그 옆에는 마얀의 대학교 졸업 사진이 걸려 있었다. 우리 기준으로 보면 결코 깨끗하다고 말할 수 없는 집이었지만, 마얀은 부끄러워하지 않았다.

마얀네는 조그만 가게를 하고 있었다. 우리 식으로 말하면 옛날 구멍가게 같은 것이다. 담배나 음료수, 과자 등을 팔고 있었고, 1페소를 넣으면 6분간 쓸 수 있는 컴퓨터도 5대 있었다. 담배를 갑째 파는 게 아니라 개비씩 팔고 있는 게 눈에 띄었다. 그 모습을 보고 있자니 젊었을 때 개비 담배를 사서 피웠던 일들이 기억났다. 담배 한 갑을 살 돈이 없어서 한 개비씩 사서 피우던 시절이 있었다는 사실을 까맣게 잊고 있었다. 이것을 마얀은 스몰 비즈니스라고 했다. 마얀은 밝고 구김살이 없고 당당하다. 늘 웃고 자신감이 넘친다.

레촌 마녹을 먹을 거냐고 물어서, 식당에 가는 줄 알고 먹겠다고 했는데, 15분이나 지났을까, 마얀 오빠가 오토바이를 타고 나가서 레촌 마녹을 사왔다. 식탁이 작아 다 함께 식사를 할 수 없는 상황이었다. 마얀은 나한테 먼저 밥을 먹으라고 했다. 필리핀에서는 다 같이 식사를 못할 경우, 손님이 먼저 먹는 것이 관습이라고 했다. 사양할 수도 없는 상황이어서 염치 불구하고 마얀, 조이와 함께 식사를 했다. 밥하고 닭고기하고 아찰라(Atchara: 파파야를 썰어서 만든 김치 같은 반찬)가 전부다. 밥 하고 반찬 한 가지, 전형적인 필리핀 식사라고 설명했다.

우리가 자리를 물리자 동생들이 식사를 시작했고, 마얀과 조이는 케이크를 먹었다. 텔레비전도 보았다. 잠깐 화장실에도 갔다. 매우 좁았지만 깨끗했다. 밥을 먹고도 한참을 앉아 있었다. 비좁은 거실에 앉아 있으면서도 불편하다는 생각이 들지 않았다. 간혹 남의 집에 가면 공간이 쾌적하고 편안한 소파가 있어도 왠지 불편할 때가 있는데, 이상하게도 불편하지 않았다. 마냥 앉아 있을 수 있을 것 같은 기분이었다.

픽처 픽처Picture Picture라는 방송이 다 끝나도록 앉아 있다가 마얀 어머니에게 마얀 칭찬도 하고 초대해 주셔서 고맙다는 인사를 하고는 7시 반쯤 집을 나섰다. 마얀하고 조이가 놀이공원에 가자고 했다. 멀지 않은 곳에 놀이공원이 있었다. 에스알피Cebu South Road Properties라고 했다. 우리나라로 치면 지역의 조그만 놀이공원 같은 곳이었다. 옛날 월미도나 장흥의 두리랜드 같은 곳이라면 짐작이 가능할까?

크리스마스가 코앞이라선지 사람들로 붐비고 있었다. 그네도 타고 호러 열차도 타고 롤러코스터도 탔다. 총도 쐈다. 인형을 하나 맞추면 사탕을 하나 준다. 조이가 인형을 다섯 개나 맞춰서 연신 박수를 쳤고, 과자 두 봉지에 사탕을 하나 받았다. 바비큐 코너에서 망고 셰이크를 마시면서 다리를 쉬고, 9시 반쯤 택시를 탔다. 마얀과 조이를 내려주고 기숙사로 돌아오니 10시 반이었다. 짧고도 긴 하루, 지금 시각은 22일 오전 1시 29분이다. 어학원이 있는 바닐라드Banilad 와 옆 탈람반은 우리나라로 치면 강남 같은 부자 동네다. 이곳에 와서 평범한 서민들이 사는 곳을 보고 싶었는데, 마얀과 조이 덕분에 볼 수 있었다. 그런데 가슴이 아프다.

5개월 만의 휴가 그리고 좌절

2014. 1. 4. 토. 맑음

지난 12월 27일 밤 2시 집사람이 왔다. 막탄Mactan에서 4일, 시내에서 4일을 묵고 갔다. 마리즈를 만나 같이 저녁을 먹었고, 마얀과 조이하고는 1일 시내 관광을 했다. 마젤란 크로스Magellan's Cross, 산토 니뇨 성당Santo Nino Church, 산 페드로 요새Fort San Pedro, 도교 사원Taoist Temple, 탑스 힐Tops Hill 등을 돌아보았다. 세부에 온 지 5개월이 됐지만 그동안에는 갈 기회가 없었는데 집사람 덕에 가 볼 수 있었다.

문제는 영어였다. 첫날 호텔에서 체크인을 하면서 영어가 좀 될까 하고 내심 기대했지만, 5개월 동안 공부한 영어가 좀체 입에서 나오지 않았다. 방의 위치가 어디냐, 전망은 좋은가, 수영장 앞인가, 방에서 비치까지는 얼마나 걸리나 등등 묻고 싶은 게 많았지만 작문이 되지 않았다. 그저 직원의 설명을 들으면서 고개를 끄덕이거나 한두 가지 물은 게 고작이었다. 5개월 동안 뭘 배운 걸까? 굳이 달라진 점을 꼽자면 직원의 설명을 어느 정도 이해했다는 것일까?

상점에서 물건을 살 때도 마찬가지였다. 신발이나 옷의 색깔과 크기 등을 어떻게 물어야 할지 몰랐다. 그저 직원의 설명과 안내에 따르다가 큰 거 작은 거, 가격 정도를 물어보는 것으로 간신히 쇼핑을 할 수 있었다. 밥을 먹을 때도 마찬가지다. 어떤 게 맛있는지, 어떤 식으로 만드는 음식인지, 어떤 재료가 들어가는지 등등 묻고 싶은 것이 많았지만, '추천 음식이 뭡니까' 정도가 내가 할 수 있는 질문의 전부였다.

집사람 앞에서 영어가 술술 나오면 좋으련만 이상과 현실의 간극은 너무나도 컸다. 이상하게 짧은 문장들이 작문이 되지 않는다. 상대가 어떤 얘기를 했을 때 바로바로 대화를 이어가면서 뭔가 질문을 해야 하는데, 그 때마다 꿀 먹은 벙어리가 되었다. 한마디로 좌절했다. 집사람과 함께한 8일은 모처럼 휴식을 즐길 수 있는 시간이었지만, 동시에 영어의 높은 벽을 뼈저리게 절감한 시간이었다.

지난 5개월 동안 배운 영어는 '어학원 안 영어'인 것 같다. 어학원에서는 뭐든 차근차근 설명을 해준다. 영어로 하는 설명을 이해하는 것도 어려운 일이지만, 그래도 끈기 있게 들으면 조금씩 들린다. 대답을 할 때도 마찬가지다. 바로 영어가 입에서 나오지 않더라도 작문이 될 때까지 궁리하고, 선생님 또한 끈기 있게 기다려 준다. 기다려 줄 뿐만 아니라 무슨 말인지 다 알아듣고 잘못을 고쳐준다. 더디게라도 대화를 이어나간다.

이게 바로 어학원 안 영어의 함정이다. 어학원 안에서는 단어만 얘기해도 통한다. 자칫 '아, 통하는구나!'하고 깊은 수렁에 빠질 수 있다. 선생님들하고 얘기할 기회가 많으면 영어가 늘 것으로 생각하지만, 일일이 잘못을 지적해 주는 선생님이 아니라면 정확한 영어를 익히기 어렵다. 한국과 일본 학생들은 서로 영어로 대화해야 하지만, 양쪽 다 서툴기 때문에 큰 도움이 되지 않는다. 따라서 누구하고 얘길 하든 간에 정확하게 하려는 노력을 스스로 해야 한다.

짧은 휴가 기간에 체험한 바깥세상은 어학원과는 너무나도 달랐다. 친절하게 설명도 해주지 않고 기다려 주지도 않는다. 대충 통한다는 것은 '라스베이거스에서는 절대 있을 수 없는 일'이다. 귀를 쫑긋 세워야 하고, 들리지 않으면 필사적으로 알아들으려고 노력해야 한다. 한두 마디라도 순발력 있게 내뱉어야 한다. 하지만 몹시 어렵다. 이제 남은 기간은 7개월! 과연 영어가 될까?

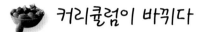

커리큘럼이 바뀌다

2014. 1. 10. 금. 흐리고 가끔 비

1월 6일 2014년 새로운 커리큘럼에 따라 수업이 시작되었다. 시간적으로 큰 변화는 8시에 시작하던 1교시가 7시 30분으로 당겨진 것이고, 5시에 끝나던 정규 수업은 4시 15분에 끝나게 되었다. 옵셔널 수업 역시 각각 5시, 7시에 시작해서 50분간 진행되었었지만, 각각 4시 35분, 5시 20분에 시작해서 40분씩 진행되고 모든 수업은 6시에 종료가 되었다. 쉬는 시간은 기존에 10분씩 쉬던 것에서 각각 5분, 10분, 20분씩 상황에 따라 달리 적용되었다.

작년 말 휴가 들어가기에 앞서 시간표를 정리한 것이지만, 새로운 과정에 맞추는 것이 쉽지는 않았다. 내 경우는 2교시 8시 15분 스피치 클리닉(담당 빔)으로 시작해서 3, 4교시는 일대일(담당 마얀), 5교시 픽토그램(Pictogram: 담당 티나Tina)을 들으면 11시 30분이다. 점심 식사 후에 다시 1시 15분부터 일대일(담당 마리즈) 2시간, 비즈니스 잉글리시(Business English: 담당 제임스), 스토리 라인(담당 쎄아)을 들으면 4시 15분이다. 정규 수업은 끝났지만 작년과 마찬가지로 옵셔널 수

118

업을 신청했으므로 4시 35분 시작해서 5시 15분에 끝난다. 현재 옵셔널 수업은 카툰잉(Cartooning: 담당 앨저)을 듣고 있다. 정규 수업 8교시, 옵셔널 1교시까지 해서 모두 9교시가 되었다.

시간보다 중요한 변화는 수업 내용이 세분화 되었다는 점이다. 그룹 수업도 분야별로 가르고 같은 분야에 속한 수업은 중복 수강을 못 하게 되었다. 내 경우는 기존에 스토리 라인과 리딩 앤 언더스탠딩을 듣고 있었지만, 두 과목이 같은 분야, 즉 읽고 이해하고 쓰기를 공부하는 분야에 들어있는 관계로 하나만 신청해야 했다. 그래서 스토리 라인을 선택하고, 새롭게 픽토그램을 듣게 된 것이다. 또한 기존에는 그룹 수업을 3개 듣도록 되어 있었는데, 4개로 바뀌었기 때문에 비즈니스 잉글리시를 추가로 신청하였다.

일대일 수업도 큰 변화가 있었다. 작년에는 일대일 수업을 3교시 들을 수 있었고, 담당교사가 3명이었다. 올해부터는 2교시만 들을 수 있고, 담당교사 역시 2명이 되었지만, 한 교사가 2교시(40분+40분)를 지도하게 되었다. 핵심은 2명의 교사가 각각 듣기와 말하기, 읽기와 쓰기를 담당하면서 전문성을 강화하고자 한 것이다.

새로운 커리큘럼이 적용되고 불과 5일밖에 안됐지만, 이상의 변화는 학습에 도움이 되는 방향으로 틀을 잘 잡은 것으로 보인다. 특히 영역을 나누고 전문성을 강화한 일대일 수업의 변화는 매우 고무적이다. 다만, 쉬는 시간 5분은 너무 짧고, 20분은 쓸데없이 길게 느껴졌다. 아무래도 쉬는 시간 10분이 오랜 세월 몸에 밴 까닭에 적응하기가 어려운 것 같다.

119

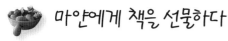

마얀에게 책을 선물하다

2014. 1. 16. 목. 해, 구름, 비, 쌀쌀

수업을 마치고 마얀을 만났다. 어학원 앞 식당에서 밥을 먹은 다음, 비티시 몰로 향했고, 2층에 있는 페이지스Pages라는 헌책방으로 갔다. 입구 앞에 진열된 책들은 권당 100페소(약 2,700원)이지만 새 책이나 다름없고, 모두 고전들이라 석사 과정에서 문학을 공부하는 마얀에게 도움이 될 거라 생각했다.

마얀을 그곳으로 데리고 간 것은 며칠 전 수업 시간에 마얀에게 들은 이야기 때문이다. 교수님하고 다른 학우들이 제임스 조이스에 관해서 얘길 하는데, 자기는 제임스 조이스의 책을 읽은 게 없어서 대화에 낄 수가 없었다고 했다. 그 얘기를 들으면서 이 헌책방에 제임스 조이스의 책이 꽂혀 있던 것을 기억해 냈고, 마얀에게 책을 사줘야겠다고 생각했다.

박사학위 논문을 쓰면서 2011~2012년 1년 동안 200권 정도 책을 샀다. 새 책, 헌 책 가리지 않고 필요한 책, 구할 수 있는 책은 대부분다 구입했다. 정확히 몇 권을 샀는지도 알 수 없지만 책값이 얼마나 들었는지도 알 수 없다. 다만, 나는 필요한 책을 사서 볼 수 있었다. 마얀은 책을 많이 봐야 한다. 그렇지만 필요한 책을 다 사 보기는 어려울 것이다. 이곳은 책값이 너무 비싸다. 물론 도서관에서 필요한 책을 빌려 볼 수 있다. 연구자라고 해서 모든 책을 다 사지는 않는다. 대부분 도서관에서 빌려 보고 자주 봐야 하는 책들을 우선해서 사기 마련이다. 책을 사면 좋은 점이 있다. 밑줄도 마음대로 그을 수 있고, 책장에 테이프를 붙일 수도 있다. 내 책이니까 가능하다.

마얀에게 필요한 책을 찾아보라고 했다. 역시 제임스 조이스의 책을 뽑아 들었다. 로렌스나 에밀리 브론테 등도 있었지만, 마얀은 눈길을 주지 않았다. 낌새가 바깥 책장에는 필요한 책이 그다지 많지 않은 듯했다. 마얀을 데리고 안쪽으로 들어갔다. 안쪽 책장에는 또 다른 책들이 꽂혀있다. 같은 고전 문고지만 바깥에 꽂혀있지 않은 책들도 있다. 가격은 좀 비싸다. 그렇지만 역시 안쪽에는 마얀의 흥미를 끄는 책들이 있었다. 찰스 디킨스, 단테, 셰익스피어 등등. 찰스 디킨스와 제임스 조이스는 그들의 작품을 한 권에 묶어놓은 바람에 두께가 상당했다. 쪽수를 확인하지는 않았지만 1,500쪽 정도 될 것 같았다.

마얀은 코난 도일에도 흥미를 보였지만, 당장 필요하지 않다면서 앞의 책들로 충분하다고 했다. 값을 치르기 위해 책들을 정리하다가 코난 도일을 빼다 넣었다. 마얀이 의아해 하기에 셜록 홈스는 재미있으니까 동생들도 읽을 수 있을 거라고 말해 주었다. 마얀에게

121

는 여동생이 셋 있다. 바로 밑은 대학생, 그 아래로 고등학생 그리고 초등학생이다. 책값은 2,500페소(약 67,500원)다. 마얀이 앞으로 공부하면서 읽어야 할 책의 1/100밖에 안 되는 책이지만, 그래도 당장은 도움이 될 것이다. 마얀은 공부를 해야 하고, 공부를 하는 사람에게는 책이 필요하다. 마얀은 책을 읽을 수 있고, 책을 선물한 나는 작은 행복을 느낀다.

입시 지옥, 영어 지옥!

2014. 1. 24. 토. 맑음

교학사 교과서 문제로 교육부 장관 사퇴를 요구하는 목소리가 들려온다. 뉴 라이트에서 만든 역사 교과서, 마치 일본의 입장을 대변하는 듯한 서술까지 적나라하게 묘사돼 있다는 그 문제의 역사 교과서 때문이다. 이쯤 되면 일본의 역사 교과서 왜곡을 비판할 수 없다. 역사를 바로 보지 않는 국가와 국민은 진정한 선진국이 될 수 없다. 우리 자신을 먼저 돌아봐야 한다.

일본은 세계 강국 중 하나다. 많은 강점을 갖고 있다. 상업에 능하고 발달된 과학 기술을 가지고 있다. 시민 의식도 성숙하다. 그러나 역사를 대하는 그들의 자세는 후진성을 벗지 못하고 있다. 그들은 그들의 과거가 부끄럽다. 그래서 자꾸 숨기려고 한다. 그러다 보니 다음 세대를 제대로 가르칠 수 없다. 정확한 역사를 가르칠 수 없으니 미래에 대한 명확한 청사진을 제시할 수 없다. 그래서 한편으로는 다행이다. 웬 소리? 생각해 보라. 만일 그들이 역사까지 바로 보

123

는 성숙한 태도를 지닌다면 정말 따라잡기 어려울 정도로 멀리 가 버릴 것이다. 그렇다면 역사에 대한 그들의 무지와 오만에 감사해야 할지도 모른다.

며칠 전 중국어, 일본어, 무역을 전공하는 학생들과 얘기를 나눌 기회가 있었다. 중국어를 전공하는 학생은 중국에서 연수를 한 경험도 있고, 중국어를 잘 하지만, 막상 취직하려니 기본적으로 요구하는 게 영어 점수라 어쩔 수 없이 왔다고 했다. 일본어를 전공하는 학생도 상황은 마찬가지였다. 더 깊이 있게 일본어를 공부하고 싶지만, 영어를 하지 않으면 취직이 어려울 것 같아 불안해서 왔다고 했다. 무역을 전공하는 학생 역시 학교를 휴학하고 영어 공부에 전념하고 있다.

이런 상황에 부조리를 느낀다. 왜 이 학생들은 전공 공부를 맘껏 할 수 없는 걸까? 중국어나 일본어, 무역 분야의 전문가가 되는 것도 쉽지 않은데, 왜 영어를 의무로 해야 할까? 대기업일수록 높은 영어 점수를 요구하기 때문이다. 그러나 한번 생각해 보자. 마이크로소프트 같은 외국계 기업이나 외국과의 무역을 전문으로 하는 기업이 아니라면 모든 업무를 영어로 처리하지 않는다. 그런데 왜 분야와 업종을 가리지 않고 영어 점수를 요구하는 걸까? 국어 잘 하는 인재도 필요하고, 중국어나 일본어 하는 인재들도 뽑아놓으면 필요할 때 요긴하게 활용할 수 있지 않을까? 영어로 중국인들 혹은 일본인들과 소통할 수 있지만, 그들을 감동시킬 수 있는 것은 그들의 언어라는 영어학자 김미경 박사의 말을 곱씹어봐야 한다.

입시에서 영어 특기자를 우대하고, 대학의 영어 강의를 늘리고, 영어 마을이나 영어 특구를 만드는 영어 몰입 정책은 기업의 이기주의와 맞물려 있다. 어차피 몰릴 테니까 높은 영어 점수 요구하고, 당장 필요하든 그렇지 않든 일단 뽑아놓고 보자는 것이다. 문제는 이런 기업 이기주의 때문에 구직자들은 헤어 나올 수 없는 영어의 수렁에 빠져 있다. 전공 불문하고 영어를 의무적으로 해야 하므로 전공 분야를 깊이 있게 공부할 시간이 없다. 둘 다 잘하면 되지 않느냐고도 얘기하지만, 우리는 슈퍼맨이 아니다. 슈퍼맨은 미국에 하나밖에 없고, 천재, 수재도 그렇게 많지 않다. 평범한 지능을 갖고 태어난 대다수의 보통 사람들에게 다 잘하라고 하는 것은 무리한 요구다. 한 가지만이라도 성실하게 해서 제몫을 할 수 있도록 환경과 제도를 만들어주는 것이 정답이다. 그런데 이런 얘기를 아무리 떠들어도 귓등으로도 듣지 않는다. 답답하다. 대한민국에는 귀머거리 아니면 바보들만 사나?

영어해야 돼, 영어 안 하면 죽는다고 협박하는 상황이 10년 넘게 계속되고 있고, 지금 젊은 세대는 이런 상황을 당연한 것으로 받아들인다. 과거 우리 세대는 입시가 문제였다. 대학에는 가고 싶었으니까 싫든 좋든 공부에 매달려야 했다. 지금 50대가 청춘이었을 때에는 사당오락이라는 말도 있었고, 성문종합영어 때문에 고생도 했지만, 그래도 지금과 같은 지독한 영어 스트레스는 없었다. 그러고 보면 지금 청소년들은 입시와 영어라는 이중고에 시달리고 있다. 실제 생활도 우리 때와 다르다. 우리 때는 막말로 놀 시간이 좀 있었다.

숨 돌릴 시간이 있었다.

요즘 고등학생들은 밤 10시까지 학교 혹은 학원에서 공부한다. 2학년이 되면 취미 활동, 동아리 활동은 포기해야 하고, 오직 입시와 영어 공부에 매달려야 한다. 이게 우리 교육의 현실이다. 불쌍하지 않은가? 청소년들을 이런 상황에 몰아넣은 건 바로 우리 세대다. 신문이나 방송에서 청소년들의 비극적인 삶을 취재하고 보도도 하지만, 변화는 없다. 무엇이 문제인지 알면서도 바꾸려고 하지 않는다. 정말로 이런 세상을 보고만 있을 건가? 정말로 이런 세상을 빛나는 (?) 유산으로 남겨줄 것인가?

변해야 한다. 고등학생들에게는 집에 일찍 가고, 친구들도 만나고, 동아리 활동도 할 수 있게 해 주어야 하고, 대학생들에게는 좋아하는 공부를 열심히 할 수 있게 해 주어야 한다. 영어 좀 못해도 대기업에 들어갈 수 있어야 한다. 그래야 영어 하나만 하는 절름발이가 되지 않는다. 영어 하나만 가르쳐서 영어밖에 모르는 바보 만들지 말고 여러 가지 하고 싶은 공부를 할 수 있도록 해 주어야 한다. 진정한 세계화는 영어화가 아니다. 저마다 개성을 살리면서 다문화에 대응할 수 있는 시각과 실력을 길러야 한다. 이런 거 할 수 있는 사람이 교육부 장관 하고 대통령 해야 하는 거 아닌가?

케이 팝K-POP은 강하다

2014. 1. 26. 일. 흐림

가끔 택시 안이나 거리에서 싸이의 노래 젠틀맨을 듣는다. 행사장에서도 싸이의 노래가 자주 나온다. 젠틀맨뿐만 아니고 강남스타일도 여전히 흘러나온다. 대부분의 필리핀 사람들이 싸이를 알고 싸이의 노래를 즐긴다. 댄스 경연 같은 것을 열 때면 빠지지 않는 것이 싸이의 노래다. 슈퍼 주니어, 소녀시대, 포미닛, 유키스 등의 인기도 상당하다. 이들 모두가 케이 팝이 강하다는 것을 그 인기로 보여주고 있다.

지난번 맘발링에 있는 필리핀 노래방에 갔을 때, 사실 난 깜짝 놀랐다. 함께 간 마얀과 조이가 흘러간 팝송을 줄줄이 꿰고 있었기 때문이다. 카펜터스의 톱 오브 더 월드Top of the world, 비틀즈의 예스터데이Yesterday, 렛 잇 비Let it be, 존 덴버의 테이크 미 홈 컨트리 로드Take me home country road. 심지어는 토니 올란도의 타이 어 옐로우 리본 라운드 올드 오크 트리Tie a yellow ribbon round old oak tree까지 내가 어렸을 때 듣던 노래들을 계속 부르고 있었다. 그들은 이제 21살이다. 도무지 세대가 맞지 않는다. 그런데 어떻게 그 노래들을 다 알고 있는 걸까?

나는 중학교 1학년 때 팝송을 듣기 시작해서 20대 중반까지 꽤나 오랫동안 팝송을 들었다. 날마다 라디오를 들었고, 녹음을 했다. 뜻도 잘 모르면서 따라 불렀다. 그래도 고등학교 때 대학가요제가 시작되면서 우리 노래를 듣기 시작했고, 20대 초반에 발라드 열풍이 일면서 라디오 방송에서 팝송 프로그램이 서서히 자취를 감추기 시작했다. 사람들이 팝송보다 우리 노래를 듣기 시작한 것이다. 단순한 바람이 아니라 우리 노래가 그 시기에 상당히 성장했고, 그만큼 좋아졌기 때문이라고 생각한다. 그 이후 우리는 우리 가요를 제일 많이 듣고 있다. 실제로 요즘 우리 젊은이들은 옛날 팝송을 잘 모른다. 비틀스, 딥 퍼플, 레드 제플린, 아마 이름 정도 알 것이다.

마얀에게 어떻게 옛날 노래들을 다 알고 있느냐고 물어 보았다. 마얀은 어렸을 때부터 들었고 지금도 듣고 있다고 했다. 라디오에서 나오는 음악은 미국 팝송이거나 필리핀 노래인데, 미국 팝송은 옛날 노래, 지금 노래 다 나온다고 했다. 앞에 제목을 언급한 노래들은 옛날 노래라는 것을 알고 있지만, 좋다고 했다. 하긴 죽 들어왔고, 계속 듣고 있다면 조금도 이상하게 생각할 일이 아니다. 하지만 그만큼 미국 문화에 예속돼 있는 증거라고 할 수 있다, 과거 우리가 그랬던 것처럼. 그리고 보면 케이 팝 정말 대단하다.

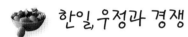

한일, 우정과 경쟁

2014. 1. 30. 목. 맑음

언제나 목에 큰 수건을 둘러매고 다니는 일본 학생이 하나 있다. 이름은 크리스. 한때 같은 반에서 공부했지만, 현재는 다른 수업을 듣고 있어 교실 안에서 본 지는 꽤 오래 되었다. 하지만 이 친구는 정말로 눈에 띈다. 목에 건 큰 수건도 그렇지만, 기숙사에서 어학원을 오가는 도중에도 노트를 들여다보며 걷는다. 행여 부딪힐까 아슬아슬해 보이기도 하지만, 한 번도 발을 헛디디거나 기둥을 들이받는 것을 보지 못했다. 좌우지간 지독하게 공부만 한다. 토요일 과외 수업을 하던 날 브라운 컵에서 만난 적이 있는데, 그때도 혼자 커피를 마시면서 영어 책을 들여다보고 있었다.

지금은 마닐라에서 공부를 하고 있겠지만, 슈라는 일본 학생도 기억에 남는다. 유럽사를 공부하는 역사학도. 영어 공부도 하고 경제적으로 발전하지 못한 지역을 경험해 보고 싶어서 필리핀을 선택했다고 했었다. 9월 말인가 마닐라로 지역을 옮긴 것도 다양한 지역, 특히 필리핀의 수도를 경험해 보고 싶은 이유 때문이라고 했다. 저녁 시간 이후 늘 3층 휴게실에 앉아 영어 책을 보면서, 이어폰을 귀에 꽂고 있던 모습이 지금도 눈에 선하다. 아마 지금 이 순간에도 마닐라에 있는 어느 학교에 똑같은 모습으로 앉아 있을 것이다.

컴퓨터 그래픽을 전공한 한국 학생이 한 달 동안 열심히 공부를 하다가 갔다. 같은 옵셔널 수업을 듣기도 했지만 고작 일주일이어서 깊은 얘기를 나눌 시간은 없었다. 그리고 여기 와서 같이 보홀 섬에 여행을 갔던 스티브가 열심이었지만, 얼마 전에 귀국한 로이는 아침 수업을 자주 빼먹고는 했다. 로이를 처음 만났을 때, "저는 영어 공부도 공부지만 휴가예요"라고 했던 말을 생각하면 이해 못할 일도 아니다. 그동안 ㅊㅂ대, ㅈㅂ대, ㅂㅅ대, ㅂㅅㅇ대 등 학생들이 다녀가고, 현재도 ㅈㅂ대 학생들이 60여 명 와 있지만, 모든 학생들이 다 열심히 하는 것은 아니다. 머나먼 이국 필리핀까지 온 이상 하루 12시간 이상은 공부해야 하지 않을까 했을 때, "어떻게 12시간을 해요?"라며 눈을 동그랗게 뜨던 친구도 있었다.

어찌하다 보니 일본 학생들하고 우리 학생들을 비교하는 듯한 글이 됐다. 양국의 학생들이 함께 생활하는 공간이다 보니 자연히 비교하면서 보게 되는 것 같다. 그런데 일본 학생들을 더 성실하게 묘사한 것 같아 마음이 불편하다. 그러려고 그런 게 아니라 여기서 본 대로 느낀 대로 적은 것이다. 언젠가 교사 젠은 일본 학생들과 한국 학생들에 대해서 이렇게 얘기했다.

"일본 학생들은 목적이 스터디예요. 그런데 한국 학생들은 첫 번째 목적이 엔조이, 두 번째 목적이 엔조이, 세 번째 목적도 엔조이예요."

요즘 한일 관계가 좋지 않다. 최근 일본의 아베 수상은 한국은 어리석은 나라라는 막말까지 했다. 독도가 자기 영토라고 서슴지 않고 주장한다. 독도에 관한 교과서 기술 문제, 위안부 문제는 한일 간의 뜨거운 감자다. 한일 관계가 삭막하다고 해서 여기 있는 학생들까지 서로 눈을 부라리라는 것은 아니다. 이곳에서는 서로 친밀하게 지내는 모습을 자주 발견한다. 정치인들이 싸운다고 젊은 친구들까지 싸워서는 안 된다. 서로 우정을 나누고 도울 수 있는 친구가 되는 게 좋다. 하지만 그렇다고 해도 선의의 경쟁을 피할 수는 없다. 한국의 자동차와 일본의 자동차가 미국이나 유럽, 필리핀에서 정면 대결을 펼치듯이 언제 어디서 맞붙을지 알 수 없다. 그래서 상대를 잘 보고 장점과 단점을 참고해야 한다.

에나미Enamy라는 일본 학생이 있다. 에너미enemy가 아니지만, 발음이 비슷한 탓에 단박에 이름을 기억했는데, 이 친구도 눈에 참 잘 띈다. 키가 작으면 잘 안 보일 것 같지만, 그렇지 않다. 160센티미터 정도 돼 보이는 단신이지만, 등에 맨 큰 가방 때문인지 기숙사에서나 어학원에서나 부지런히 걸어 다니는 모습을 자주 본다. 한동안 같이 옵셔널 수업을 들었었는데, 영어를 잘했다. 이미 다른 지역에서 영어를 공부하다가 이쪽으로 왔다고 했다. 상당한 기간 동안 영어를 공부하고 있는 듯한데, 여기서는 옵셔널 수업 2과목을 다 듣고 있다. 비교적 공부를 열심히 하는 학생들도 옵셔널은 1과목 정도 든는다. 내 경우는 2과목을 들으려고 해도 체력이 받쳐주지 않는다. 역시 젊음이 부럽다. 여하간 정규 수업 8시간 다 듣고, 옵셔널 2시간을 듣고 있으니 수업만 10교시를 하고 있다. 저녁을 먹은 이후에는 무얼 할까? 맥줏집이나 커피숍에 다니는 눈치는 보이지 않는다. 오로지 영어 한길만을 가고 있는 것 같다. 그래서 좀 긴장이 된다. 언젠가 에나미가 에너미가 될지도 모른다. 우리 젊은 학생들도 에나미를 보면서 좀 긴장을 하고 있을까?

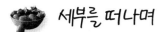

세부를 떠나며

2014. 2. 7. 금. 흐리고 비

 오늘은 세부 마지막 날이다. 마지막 수업을 듣고, 마지막으로 사람들과 인사를 나눈다. 이곳에서는 마지막 날 선생님에게 이별의 선물을 한다. 어린 학생들은 편지를 많이 쓰고, 자그마한 장신구 같은 것을 선물하기도 한다. 편지를 쓰기는 좀 머쓱해서 일찌감치 선생님들 사진을 액자에 넣어 두었다. 마리즈와 마얀, 빔, 쎄아에게는 사진, 티나에게는 아기 퍼즐 놀이를 선물했다.

 빔과 마리즈에게 편지를 받았고, 함께 찍은 사진이 들어간 텀블러도 받았다. 내가 들고 다니던 금 간 텀블러가 눈에 걸렸었나 보다. 텀블러에 새겨진 사진을 보는 순간, 손으로 써내려간 편지의 글줄을 읽는 순간, 가슴이 뜨거워졌다. 그동안 정이 많이 들었다. 예정돼 있었던 일임에도 막상 떠나려 하니 마음이 아프다. 이런 기분은 나이가 들어도 어쩔 수 없나 보다. 마리즈, 마얀, 빔, 쎄아, 티나, 벤, 늘 건강하고 행복하게 잘 살기 바란다. 만일 한국에 온다면 경복궁에도 데려가고, 속초, 경주 같은 곳에도 데리고 가고 싶다.

내일은 일본 학생 이쿠에하고 점심을 먹기로 했고, 2시 30분에는 마지막 과외수업을 해야 한다. 수업 후에는 마얀과 합류하기로 했다. 마얀은 박사가 되고 교수가 되는 게 꿈이다. 21살 처녀의 야무진 꿈이 꼭 이루어지기 바란다. 조이, 마얀과 함께 저녁을 먹고, 맘발링에서 헤어지면 밤늦은 시간이 될 것이다. 일요일 아침 짐을 꾸려서 공항으로 나가면 세부하고는 이별이다.

어느 새 6개월이 지나갔다. 영어는 좀 늘었을까? 오늘 마지막 수업을 하면서 한참 멀었다는 걸 새삼 느꼈다. 새삼스러운 사실이 아니지만 표현이 안 되는 게 너무나 많다. 간단한 대화에 불과한데도 말이 나오지 않는다. 어떻게 표현해야 하는지 도무지 알 수가 없다. 한참 먼 게 아니라 걸음마도 못 뗀 것 같은 기분이었다. 비참했지만, 다시 각오를 다졌다. '그래, 다바오에 가면 다시 시작하는 마음으로 심기일전하자.'

2부
이앤지E&G, 다바오

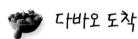

다바오 도착

2014. 2. 9. 일. 흐리고 비

11시 20분에 유브이 기숙사를 나섰다. 길이 막히지 않아 막탄 공항까지 30분 정도 걸렸고, 요금도 155페소밖에 안 나왔다. 12시 조금 지나 탑승 수속을 하고 짐을 부친 다음에 샌드위치로 점심을 때웠다.

비행기는 정확하게 2시 10분에 세부 공항을 출발해서 예정보다 10분 일찍 다바오 공항에 도착했다. 마중 나온 사람이 보이지 않아 한 5분 기다리다가 이앤지 아카데미 원장님께 전화를 했다. 그러고는 한 5분쯤 후에 어학원 직원을 만났다. 어학원 차로 이동했는데, 공항에서 멀지 않은 라낭Lanang이라는 곳에 어학원이 있었다.

내 방은 구 기숙사 207호다. 2인실 같은데 구분 없이 사용한단다. 창가에 서면 바다가 조금 보인다. 마당에 나무만 없으면 더 많이 보일 것 같지만, 그래도 날마다 바다를 볼 수 있는 곳에서 5개월 반을 살게 되었다. 새 어학원 새 기숙사, 모든 게 낯설다. 방은 청소돼 있었지만, 간단히 책상과 옷장을 닦고 짐을 정리했다. 짐을 싸는 것도 푸는 것도 여간 성가신 일이 아니다.

6시에 식당에서 밥을 먹었다. 김칫국에 밀가루 전 그리고 새우조림이 반찬이었다. 국은 약간 짰지만, 맛있게 먹었다. 밀가루 전도 새우도 맛있었다. 밥을 먹고 바로 장을 보러 나섰다. 제일 가까운 에스엠 몰로 갔다. 1층이 슈퍼마켓이다. 너무 넓어서 장보기가 힘들다. 당장 필요한 일용품들을 사는 데 한참을 걸어 다녀야 했다.

8시 반쯤 택시를 타고 기숙사로 돌아와서 물건들을 정리한 다음 설거지를 했다. 기숙사 첫날은 으레 이런 법이다. 청소하고 장 보고 설거지하니 잘 시간이다. 자기 전에 다시 와이파이를 이용하려고 노트북을 들고 식당에 갔었지만, 이상하게 연결이 되지 않아 그냥 돌아왔다. 지금 시각 11시 33분, 내일 아침 6시에 일어나야 하니 그만 자야할 것 같다. 다바오 생활 시작이다.

이앤지 오리엔테이션

2014. 2. 10. 월. 흐리고 소나기

아침 6시 기상, 7시 아침 먹고, 8시 이앤지에서의 첫 일정이 시작되었다. 20명 정도가 들어갈 수 있는 토익 테스트 방Toeic Test Site에서 테스트가 시작되었다. 듣기, 말하기, 읽기, 쓰기 네 부문에 대한 간단한 테스트였고, 1시간 정도가 걸렸다. 다 어렵지만 특히 듣기가 매우 약하다. 왜 안 들리는 걸까? 다른 친구들도 마찬가지일까?

시험 후에 어학원 생활에 대한 설명회가 있었고, 어학원의 규칙을 따른다는 문서에 서명했다. 설명을 하는 김성현 대리의 입에서 '퇴교'라는 말이 연거푸 나왔고, 스파르타 학원답게 엄격하다는 느낌이 들었다. 평일 외출 시간은 오후 5~6시뿐이고, 주말인 금, 토는 통금이 다음 날 오전 1시 반, 일요일은 그날 밤 10시로 비교적 여유가 있지만, 선생님과 외출은 사전에 신고해야 하고, 이성 선생님과 일대일 외출은 금지되어 있다. 남학생과 여학생이 여행을 갈 경우에는 각각 부모님께 확인 전화를 하고 부모님 동의하에 여행을 갈 수 있다. 그 밖에도 수업, 지각, 결석 등등 학생이 지켜야 할 내용들이 상당히 많았다.

단체로 온 ㄱㅇ대 학생들은 토익시험을 치렀고, 개별적으로 온 나하고 한 학생만 따로 설명을 듣고, 에스에스피SSP, 비자 연장 비용, 전기세 등등 35,770페소를 냈다. 에스에스피는 필리핀 정부로부터 인가를 받은 어학원과 학교에서 공부할 때 받는 특별학업허가증으로, 이것 없이 공부하는 것은 불법이다. 한 번 발급 받을 때 내는 비용은 6,000페소고 유효기간은 6개월이다.

홍희주 실장하고 수업에 관해 상담했는데, 이앤지는 유브이와는 방식이 다르다. 유브이는 일주일에 한 번 학생 스스로 원하는 수업을 신청할 수 있다. 원하는 그룹 수업, 원하는 일대일 수업 뭐든지 가능하다. 물론 인기 있는 수업은 아침 일찍 서둘러야 한다. 그런데 여기는 한 달에 한 번, 사무실에서 수업을 조정한다. 학생과 상담을 해서 학생의 의견을 고려하고 반영한다지만, 일단은 한 달에 한 번 있는 테스트 결과에 따라 조정한다고 했다. 교사와 갈등이 있을 경우 상담할 수 있고, 좋은 교사를 만났을 경우에는 상담 후 한 달 정도 수업을 연장할 수도 있다고 했다.

장단점이 있다. 학생이 원하는 대로 수업을 정할 경우 원하는 선생님과 죽 공부할 수 있다. 친밀도가 높아지고 편하다. 인간적인 관계가 돈독해지는 것은 좋은데, 친해지면 수업을 바꾸기 어려운 상황이 되기도 한다. 반면에 어학원에서 한 달에 한 번 수업을 변경해 줄 경우 같은 선생님과 오랫동안 공부할 수 없다는 게 단점일 수 있지만, 그저 어학원의 규정을 따르면 되고, 선생님들과 사사롭게 얽히는 일을 피할 수 있다. 이앤지는 학생과 교사의 관계에 신경을 많이 쓰는 것 같다.

점심을 먹고, 어학원 주위를 둘러보았다. 정문을 나가서 왼쪽으로 들어가면 블루재즈 리조트Blue Jazz Resort다. 경비원에게 안을 봐도 되냐고 물어본 다음 리조트 선착장까지 들어가 바다를 볼 수 있었다. 탁 트인 바다도 바람도 시원하다. 이쪽에는 선착장과 간단한 체육 시설과 바비큐 시설 등이 있고, 정면으로 건너다보이는 곳이 사말 섬이고 리조트 중심인 것 같았다.

큰길로 나가 워터프론트 호텔로 향했다. 저녁마다 운동할 수 있는 곳을 물었더니 워터프론트 호텔 안이 가장 좋을 거라고 했다. 입구에 경비실이 있고 경비원도 있었지만 제지하지 않았다. 안으로 들어가는 길이 제법 길고 호텔 정원답게 조경이 잘 되어 있다. 마치 손님인양 호텔 안쪽으로 들어가 수영장과 바다 쪽 시설까지 둘러보았다. 워터프론트 전망과 어학원 전망이 갔다더니 정말로 다르지 않았다.

학원으로 들어가는 길목에 졸리비가 있고, 건너편에 초이스 마트 Choic Mart가 있어 잠시 들렀다. 적당한 크기의 마트인데 어지간한 물건은 다 있다. 마트 안에는 약국도 있다. 특별한 물건이 필요한 상황이 아니면 굳이 에스엠 같은 큰 쇼핑몰까지 가지 않아도 될 것 같다. 목욕탕에서 쓸 앉는 의자를 하나 사고 과자를 산 다음 어학원으로 돌아왔다. 돌아오는 길에 빗방울이 비치기 시작하더니 오후에는 한바탕 소나기가 내렸다. 방에서 내다보는 비 내리는 바다 풍경이 근사하다.

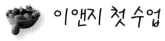

이앤지 첫 수업

2014. 2. 11. 화. 맑음

수업은 오전 8시에 시작되었다. 1교시 말하기Speaking, 2교시 문법Side by Side, 3교시 듣기Listening, 4교시 발음Pronunciation, 12시에 점심 먹고 5교시 쓰기Writing는 1시에 시작, 6교시 토픽Topic, 7교시 패턴Pattern, 8교시 읽고 말하기Reading & Speaking다.

첫날은 으레 그렇지만 자기소개하고 수업 분위기 파악하다 보면 시간이 간다. 오전에는 정말 머리가 복잡했다. 여기는 학생들만 교실을 찾아 이동을 하는 게 아니라 선생님들도 이동을 한다. 정해진 자기 교실이 없으니 선생님들도 불편해하는 것 같은데, 개인 방이 없는 대신에 교무실이 1층과 2층에 각각 하나씩 있다. 선생님들은 여기서 수업을 준비하다가 교실로 이동을 한다. 점심시간에도 대부분 교무실에서 식사를 하는 모습을 볼 수 있었다.

오후에는 정신이 좀 들었다. 이동하는 것도 익숙해지고, 방과 교실이 같은 건물에 있어서 20분 쉬는 시간에는 오전에 한 번, 오후에 한

번 방에 올라가 쉴 수도 있었다. 유브이에 비교하면 이동 거리가 거의 없는 거나 마찬가지다. 첫날이라고 하루 종일 신경을 곤두 세웠더니 허리까지 뻐근했지만, 무사히 수업을 마쳤다.

6시에 저녁을 먹고 바로 운동을 하러 워터프론트 호텔로 갔다. 정원을 중심으로 걷다가 경비원들이 신경 쓰여서 진입로에 있는 직선 보도를 왕복했다. 한참 걷다 보니 자동차 길 옆에 붙은 보도라 차가 지나갈 때마다 매연이 심했다. 아무래도 내일은 어학원 주위에서 운동할 수 있는 장소를 찾아야 할 것 같다.

9시 조금 넘어 인터넷을 쓰기 위해 식당으로 내려왔다. 스파르타학원답게 야간자율학습이 진행되고 있었는데, 일대일 교실에서 혼자 공부하는 학생들도 있었고, 그룹 교실에 모여 여럿이 함께 공부하는 학생들도 있었고, 몇몇 학생들은 식당에서 공부하고 있었다. 너무 조용하고 진지해서 행여 방해될까 컴퓨터 볼륨을 꺼버리고 편지, 페북, 문자, 인터넷뱅킹 등을 처리했다.

필리핀 감기는 우리나라 감기보다 두 배는 독하다

2014. 2. 18. 화. 맑음

지난주 수요일부터 감기 기운이 있었다. 가까운 약국에 가서 약을 사 먹었지만, 증상은 점점 심해졌다. 지난 토요일에는 하루 종일 침대에 누워 앓았다. 목은 아프고, 머리는 터질 것 같고, 몸은 무겁고, 온몸 구석구석 쑤시지 않은 곳이 없었다. 하루 종일 누워 있기는 했지만, 실상 눕기도 앉기도 서기도 힘든 상황이었다.

일요일 오전 조금 나아지는 듯했지만, 오후에는 다시 상태가 악화되었고, 월요일 아침 병원에 가지 않을 수 없었다. 아침 6시 10분에 원장님께 전화로 도움을 청했고, 8시에 김성현 대리와 함께 다바오 닥터스라는 병원에 갔다. 개업의들이 한데 모인 곳으로 종합병원 비슷한 형태를 취하고 있었다. 8시 20분쯤 병원에 도착했는데, 8시 30분부터 진료 시작이라고 적혀 있었지만, 아무도 출근하지 않았다. 잠시 기다리다가 옆방에 있는 간호사에게 감기 환자를 볼 수 있는 의사를 문의하였더니, 3층의 추Chiew라는 의사를 소개해 주었다. 40

대로 보이는 중국계 의사였는데, 간단히 증상을 물어보면서 청진기를 댔다. 특별한 검사 같은 것을 요구하지는 않았고, 5일치 약을 처방해 주면서 낫지 않으면 다시 오라며 명함을 주었다.

진료비 400페소, 약값 900페소, 모두 1,300페소가 들었다. 우리 돈으로 3만4천 원 정도지만, 필리핀 서민들에게는 상당한 금액이다. 문득 빔과 티나가 했던 말이 생각났다. 필리핀 사람들은 병원에 잘 가지 않는다. 의료 보험이 없기 때문에 병원비가 너무 비싸다. 아파도 참거나 약국에 가서 간단한 약을 사먹는다. 병원에 가면 진료비도 엄청나고 비싼 약을 처방해 주기 때문에 갈 수가 없다. 간호학이 전공인 티나는 자신을 포함해서 가족들이 앓는 온갖 질병에 대한 처방을 스스로 한다고 했다. 언젠가 빔은 넘어져서 골절 사고를 당했었는데, 병원에 가지 않고 붕대만 감은 채 뼈가 붙을 때까지 기다렸다고 했다. 아파도 병원조차 마음 편히 갈 수 없는 지독한 현실이다. 감기 때문에 지금도 머리가 지끈거리지만, 필리핀의 이런 현실을 대하고 느낄 때면 마음이 아프다. 필리핀은 가난하기 때문에 어쩔 수 없다고 하지만 그렇기 때문에 가난을 극복해야 한다.

오늘 아침 증상은 조금 나아졌지만, 하루 더 수업을 쉬고 있다. 당장은 수업을 듣는 것도 힘들지만, 선생님이나 다른 학생들에게도 피해를 줄 수 있다. 수업을 빠지는 것이 아깝지만, 이런 상황에서는 쉬는 것이 모두에게 이로울 것이다. 어제부터 마스크를 하고 다녔더니 다들 걱정스러운 눈으로 쳐다본다. 여기는 애들을 데리고 온 아주머니들도 많다. 걱정도 해 주고, 뜨거운 물 먹고, 오렌지주스를 많이 마시라고 조언도 해 준다. 어떤 아주머니는 필리핀 약은 약하다면서 자기가 가지고 있는 약을 주었다. 몸이 아프니까 이렇게 신세를 진다.

문득 내가 이 나이에 왜 여기 와서 고생하고 있나 하는 생각이 든다. 젊은 친구들이야 한창 공부할 때니까 어디서 하든 마찬가지일 수 있고, 외국에 나와서 하는 것이 다른 사회를 체험하는 기회도 되고 견문을 넓힐 수도 있다. 가족을 떠나서 생활하는 것은 불편하겠지만, 떨어져 사는 것도 소중한 경험이 될 수 있다. 하지만 나이 오십 넘어서 이런 데서 혼자 사는 것은 좀 힘들다.

신관 107호로 방을 옮기다

2014. 2. 22. 토. 맑음

이앤지 구관 기숙사 207호는 바다에서 가장 가까운 방이다. 3층 건물이니까 107호와 307호도 마찬가지일 것이다. 손을 뻗으면 잡힐 것 같은 거리에 바다가 있다. 아침부터 잠들기 전까지 언제든지 아름다운 바다를 볼 수 있다. 그래서 이 방으로 들어왔었다. 돌아가는 날까지 좋아하는 바다를 실컷 볼 수 있다는 설레는 마음으로.

그런데 뜻하지 않은 복병이 있었다. 건물이 오래된 탓에 창문 상태가 좋지 않았다. 완전히 닫히지 않아 늘 바람이 방으로 들어왔다. 낮에는 그런 대로 괜찮지만 밤새 방으로 파고드는 바람은 날카로웠다. 여기 오자마자 감기에 걸린 원인이 바람 때문인지도 모른다. 요즘은 이상 기온으로 날씨가 쌀쌀해서 다바오의 주산물 중 하나인 바나나가 잘 안 열릴 정도라고 한다.

지독한 감기 때문에 지난 주말 내내 침대에 누워 끙끙 앓았는데, 또 하나의 복병을 만났다. 해변에서 들려오는 노래 소리였다. 필리핀 사람들은 음악을 좋아한다. 파티도 좋아한다. 그래서 자주 파티를 하고 자주 노래를 부른다. 아름다운 바닷가에 위치한 바는 즐기기에 더할 나위 없이 좋은 장소일 것이다. 하지만 나는 괴로웠다. 음악 소리가 쿵쿵 울릴 때마다 머리가 터질 것 같았다.

월요일부터 수요일까지 결석을 했다. 세부에 있을 때도 딱 하루 결석을 한 적이 있지만, 그때보다 상황이 심각했다. 선생님이나 학생들에게 감기를 옮길 가능성도 있었다. 감기 기운이 약해지기를 기다렸고, 목요일부터 수업에 참가할 수 있었다. 쉬는 동안 어학원을 어슬렁거리다가 기숙사 신관에 들어가 보았다. 바다는 보이지 않지만 지은 지 얼마 되지 않은 건물이라 깨끗했고, 바깥 소음도 없었다. 하루를 고민한 다음 이사를 결심했다. '바다는 보고 싶을 때 가서 보면 된다! 불과 70미터만 걸어가면 된다.'

사무실 직원들하고 의논을 했다. 현재 이앤지는 구관 기숙사 개조 공사를 부분적으로 진행하고 있다. 어떤 방들은 이미 개조가 끝났고, 창문을 한국식으로 달아 바깥 소음을 차단하고 있다고 했다. 그렇지만 당장 내가 들어갈 수 있는 방은 없다. 지금으로서는 신관으로 옮기는 것이 최선이다. 마침 많은 학생들이 귀국하면서 비는 방들이 있었고 순조롭게 이사할 수 있었다.

지금 나는 신관 기숙사 107호에 앉아 있다. 바다는 보이지 않지만 기대했던 대로 매우 조용하다. 여기는 방에서 와이파이도 사용할 수 있다. 짐 정리하고 차분히 책상 앞에 앉아 공부도 하고 글도 쓰고 있다. 여기서 새 출발이다. 7월 돌아가는 날까지 열심히 하자.

단조로운 일상의 반복

2014. 3. 4. 화. 맑음

아침 6시 눈을 뜬다. 커피를 마시고 샤워를 하고 식당에 가서 아침을 먹는다. 이앤지 식당은 마치 동네 백반 집에서 먹는 것 같은 상차림의 밥과 국과 반찬이 끼니마다 나오는데, 어학원 안주인께서 필리핀 일꾼들을 7년 동안 가르친 결과, 프로 주방장도 없이 그들끼리 한국 음식을 만들어 내게 됐단다. 대부분 한국 음식이기 때문에 일본 학생들에게는 불편할 것이다. 학창 시절에 유행했던 일명 '도시락가루(ふりかけ: 밥 위에 뿌려 먹는 식품)'를 들고 다니는 것이 그 증거 중 하나일 것이다.

아침을 먹고 방으로 돌아와서 양치질을 하고 수업 준비를 하다가 7시 55분이 되면 방을 나선다. 교실까지 불과 2~3분이면 가기 때문에 가는 길에 물 뜰 시간도 충분하다.

1교시는 8시부터 8시 50분. 10분 쉬는 시간에는 2층 테라스에 나가서 바다를 보며 스트레칭을 한다. 테라스는 어학원에서 내가 제일 좋아하는 장소다. 푸른 바다와 맑은 하늘을 실컷 볼 수 있고, 스트레칭으로 몸의 긴장을 풀 수 있다. 쉬는 시간마다 나가기를 반복하다 보니 선생님들이 '샘은 2층 테라스에 있다'는 얘기들을 한단다.

2교시는 9시부터 9시 50분. 쉬는 시간이 20분이기 때문에 이때는 방으로 돌아간다. 잠시 침대에 누워서 지친 허리를 쉰다. 그냥 아무 생각 없이 누워 있다가 다시 교실로 돌아간다.

3교시는 10시 10분부터 11시. 10분 쉬는 시간에 2층 테라스로 가서 스트레칭을 하고, 4교시는 11시 10분부터 12시. 12시부터 점심시간인데 일단 방에 가서 책을 두고 식당으로 간다. 점심을 먹고, 방으로 돌아와서 쉬다가 다시 교실로 간다.

5교시는 1시부터 1시 50분. 10분 쉬고, 6교시는 2시부터 2시 50분. 20분 쉬는 시간이라 방으로 돌아갔다가 나온다. 7교시는 3시 10분부터 4시. 10분 동안 2층 테라스에서 스트레칭을 하고, 마지막 8교시는 4시 10분부터 5시.

8교시가 끝나면 방으로 돌아와서 쉬다가 6시에 저녁을 먹는다. 저녁을 먹고 방에서 쉬다가 운동을 하러 나간다. 운동이라고 해봐야 1시간 반 정도 열심히 걷는 것이 전부다. 어학원 안쪽 마당에 있는 어두컴컴한 농구 코트를 빙빙 돌면서 이어폰을 끼고 미리 녹음한 영어 문장을 열심히 듣는다.

운동이 끝나면 방으로 돌아와서 샤워를 하고, 숙제를 한다. 주로 '쓰기 수업Writing' 숙제다. 다른 수업은 별로 숙제가 없다. 커피도 한 잔 마시고 편안한 자세로 문법책을 보다가 11시가 되면 잔다. 어떤 날은 이상하게 잠이 오지 않아서 시체 놀이를 하기도 하지만, 그래도 11시 취침, 6시 기상은 변함없는 하루의 시작과 끝이다.

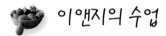

이앤지의 수업

2014. 3. 7. 금. 맑음

일대일 수업 4개, 그룹 수업 4개를 듣고 있다. 일대일 수업은 말하기Speaking, 쓰기Writing, 듣기Listening, 읽기Reading로, 그룹 수업은 문법, 토픽Topic, 패턴Pattern, 발음Pronunciation으로 특화돼 있다. 세부에 있는 유브이와 교과과정이 크게 다른 것은 없지만, 담당 교사의 교수 방식이 좀 다르다고 할 수 있을 것이고, 그룹 수업은 정원이 4명이어서 비교적 소규모로 진행된다.

듣기는 주로 오디오 파일을 들으면서 진행된다. 담당교사는 넬리 Nelly인데, 컴퓨터를 차분하게 조작하면서 강의를 이끈다. 일단 대화를 듣고, 책에 제시된 질문에 답을 하면, 넬리가 대화와 관련된 내용을 물으면서 내가 한 답을 확인한다. 이때 넬리와 자연스럽게 대화가 이루어지므로 말하기 실력 향상에도 노력해야 한다.

오디오 파일은 원어민들의 대화를 담고 있기 때문에 말이 좀 빠르고 발음도 분간하기 쉽지 않다. 월, 수, 목요일은 파일 속 대화를 따라 말하는 연습을 한다. 스피커에서 "Where do you want to eat tonight?"이라고 하면 일단 정확한 문장을 파악해야 하고, 그 다음에는 똑같이 소리 내어 따라 해야 한다. 화요일과 금요일은 같은 방식으로 대화 내용을 파악한 다음 노트에 적어야 한다. 따라 말하기나 적기나 둘 다 쉽지 않다.

패턴은 말 그대로 영어에서 자주 사용하는 패턴을 공부하는 시간이다. 현재 담당교사는 메이Mhae이고, 학생은 모두 4명이다. 메이가 "S + impress + SB + by Ving"와 같은 패턴과 예문(She impresses her parents by having good score.)을 제시한 다음 학생들에게 패턴에 맞는 표현을 요구하면 돌아가며 한 문장씩 말해야 한다. 단순한 방식의 수업이지만, 반복이 매우 중요한 영어 학습의 한 방법이라면 그에 충실한 시간이라 할 수 있다.

발음 수업은 담당교사가 빅Vic이다. 이름에 걸맞게 체격이 큰 남자 선생인데, 발음 선생답게 발성이 좋고 목소리가 우렁차다. 까다로운 발음들을 주로 연습하는데, 발음하기 어려운 어구Tongue Twister로 된 문장을 사용한다. 다음은 입술소리 'P'를 연습하는 문장인데, 실제로 소리 내서 읽어보면 어려움을 실감할 수 있다.

Peter Piper picked a peck of pickled pepper.
Did Peter Piper pick a peck of pickled pepper?
If Peter Piper picked a peck of pickled pepper,
Where's the peck of pickled pepper Peter Piper picked?

만일 위 문장을 물 흐르듯이 정확하게 읽을 수 있다면, 발음 면에서 상당한 경지에 도달했다고 봐야할 것이다. 자, 심심하신 분들은 다음 문장도 한번 해보시기 바란다.

She sells seashells on the seashore.
The shell she sells are surely seashells.
So if she sells shells on the seashore.
I'm sure she sells seashore shell.

빅은 얼마나 연습을 했는지 멋지게 시범을 보인다. 대회가 열리면 우승할 가능성 아주 높다. 농담을 한 다음에는 "I'm so sweating"이라는 말을 바늘 가는 데 실 가듯이 하고, 미국식 영어 발음을 익히는 것이 어렵지만 포기하지 말고 열심히 하자는 말을 누차 강조하면서 학생들에게 "Yes"란 대답을 강요한다. 처음에는 좀 당황했지만, 며칠이 지나자 "Yes"라는 대답이 저절로 나온다. 애향심도 대단해서 금요일이면 밖으로 나가서 다바오를 즐기라는 말을 꼭 한다. 해마다 3월 16일이 다바오가 시로 지정된 날을 기념하는 다바오의 날이고 14, 15, 16일 3일 동안 시내에서 축제가 열린다는 사실도 빅에게 들어 알았다. 수업을 끝낼 때는 꼭 질문이 없냐고 묻는데, 다음 셋 중 하나로 대답해야 한다.

154 ① Crystal clear. ② I don't have. ③ None so far.

이 수업의 장점은 소그룹 수업이므로 학생 1인당 연습할 수 있는 시간이 많다는 점이다. 처음 여기 들어왔을 때에는 정원을 꽉 채워 4명이었지만, 요즘에는 혼자서 수업을 듣고 있다. 50분 내내 선생님께 개인 지도를 받으며 반복해서 연습을 하므로 발음 능력 향상에 상당한 도움이 되리라 생각한다.

토픽(담당교사: 로절린Rogelyn)은 특정 주제에 따른 질문에 대해 자신의 경험과 의견을 돌아가면서 말하는 방식인데, 적절한 답변이 생각나지 않아 언제나 당황하게 되는 수업이다. 한국어로 수업을 해도 좋은 대답을 하기가 어려울 것 같은데, 영어로 해야 하니, 뭘 말해야 할지, 어떻게 말해야 할지 당혹스러움과 답답함은 이루 말할 수 없다. "I have no idea."라고 말하고 얼른 끝내고 싶지만 그럴 수 없으니 죽으나 사나 1시간을 버텨야 한다.

쓰기(담당교사: 메이)는 단순히 쓰기 연습을 하는 시간이 아니다. 『Ready to Write』라는 교재를 사용하고 있는데, 모두 3장으로 이루어져 있고, 1장은 The Elements of Good Writing, 2장은 Types of Essays, 3장은 Writing for Specific Purposes이다. 우리식으로 얘기하면 '글쓰기 정석' 혹은 '좋은 글쓰기' 정도가 될 것 같다. 단순히 영어를 공부하고 영어 작문을 연습하는 시간이 아니고, '글쓰기'를 공부하는 시간인데, 메이의 강의를 들으면서 많이 배우고 있다.

사말Samal 섬에 가다

2014. 3. 8. 토. 맑음

어젯밤은 정말 조용했다. 수업이 끝나자마자 많은 학생들이 어학원을 빠져나갔고, 저녁 먹을 때 보니 나를 포함해서 달랑 3명 있었다. 일요일 밤부터 금요일 수업 끝날 때까지 어학원에 갇혀 있다시피 하니 자연스럽게 그리 되는 것 같다. 토요일에는 건너편에 있는 사말 섬으로 스쿠버 다이빙이나 해수욕을 하러 가는 학생들도 꽤 있는데, 주말을 이용한 이런 야외 활동은 기분 전환도 되고 재충전의 시간이 되기도 할 것이다.

나도 오늘 처음으로 사말 섬에 다녀왔다. 일본 학생 몇이랑 같이 갈 예정이었지만, 크로이(일본 학생)가 친구가 귀국하는 바람에 마지막 시간을 함께 보내야 한다며 양해를 구해서 혼자 가게 되었다. 애당초 해수욕을 하러 갈 생각은 아니었고, 사말 섬에 축제가 있다고 해서 그저 바람 쐬고 구경하고 올 예정이었다.

오전에 워터프론트 호텔 안에 있다는 다바오 박물관, 오후에 사말 섬 일부를 돌아보려고 했는데, 10시쯤 어학원에서 가까운 워터프론트 호텔로 가서 경비원에게 박물관의 위치를 물어보니, 시청 근처로 이사 했다고 했다. 낭패였다. 시청? 사말 섬과 반대 방향인데다가 상당히 멀다! 잠시 고민하다가 박물관은 다음에 가기로 하고, 사말 섬으로 향했다.

지프니를 타고 사사 페리 터미널Sasa Ferry Terminal로 갔다. 도착까지 한 15분 걸린 것 같다. 다바오와 사말 섬을 연결하는 페리가 24시간 운항되고 있다. 24시간이라는 사실이 좀 놀랍다. 이 동네 사람들은 잠을 안 자나? 페리는 사람은 물론이고 차도 실어 나른다. 11시에 출발하는 배를 타니 10분 만에 건너편 바박 페리 터미널Babak Ferry Terminal에 도착했다.

배가 도착하자 오토바이와 트라이시클이 손님을 잡으려고 분주하게 움직였다. 오토바이 기사와 와서 어디로 가느냐고 물었지만, 딱히 목적지가 없는 탓에 나중에 갈 거라고 대답했다. 이런 경우 다른 지역에서는 끈질기게 붙잡고 늘어지기도 하는데, 이상할 정도로 순순히 물러갔다. 찬찬히 주위를 둘러보니 거리 중간쯤 경비 초소가 있고, 정복을 입은 경비원이 있었다. 조심스럽게 시청 쪽에 있는 페나플라타 자유공원Penaplata Freedom Park으로 가는 교통편을 물어보면서 분위기를 살폈다.

사말 섬에 온 목적이 뭐냐고 해서 일단은 축제를 보고 싶었지만, 어제 올 수 없었고, 축제가 끝난 걸 알았지만, 섬을 구경하고 싶어서 왔다고 대답했다. 잠시 얘기를 나누면서 확인한 사실이지만, 오토바이를 대절해서 5시간 정도 섬을 둘러보는 데, 500페소 정도면 될 것 같았다. 보홀 섬에 갔을 때 들은 얘기가 있어서 물어봤더니, 기사 없이 오토바이만 빌리는 것도 가능했다. 운전면허가 있지만, 현재 갖고 있지 않다고 했는데도 빌릴 수 있다고 했다. 아무리 그렇다고 해도 덥석 오토바이를 빌릴 수는 없었다.

다바오시와 사말 섬을 오가는 버스Island City Express가 페리를 타고 도착했다. 진작 버스 노선을 알았다면 어학원 앞에서 저 버스를 타고 바로 건너올 수 있었지만, 그런 걸 어찌 다 알 수 있으랴. 경비원에게 고맙다고 인사를 하고 버스를 집어탔다. 페나플라타까지 20페소, 시간은 20분 정도 걸린 것 같다. 정류장은 페나플라타 몰에 붙어 있었고, 역시 많은 오토바이와 트라이시클이 손님을 기다리고 있었다. 몰 경비원에게 공원 위치를 물었더니 조금만 더 가면 된다고 해서 걷기로 했다.

햇볕은 뜨거웠고, 조금 걸으니 땀방울이 솟기 시작했다. 사말 섬의 한적한 풍경을 감상하면서 공원을 향해 터벅터벅 걸었다. 바다를 끼고 있는 공원이니 공원에 가면 바다도 보고 밥도 먹을 수 있을 거라고 생각했지만, 공원에는 아무 것도 없었다. 어제까지 축제를 치르느라 걸어놓은 현수막과 철거한 임시 판매대 같은 것만 눈에 띄었다. 식당도 없었다. 12시 30분, 배가 고팠다. 공원 아래쪽에 건물이 좀 보여 갔더니, 사말 퍼브릭 마켓Samal Public Market이었다.

우리나라로 치면 시골 읍에 있는 시장 같은 곳이다. 채소, 쌀, 생선, 과일, 철물 등등 온갖 가게가 모여 있다. 한 바퀴 둘러보고 해피치킨이란 간판을 보고 들어갔는데, 치킨을 팔지 않는다. 장사가 안 돼서 문을 닫은 것 같았다. 해피치킨이 아니고 불행한 치킨이다. 바비큐 파는 곳을 물었지만, 그 흔한 바비큐 식당 하나 없어서, 퍼브릭 마켓 2층 식당에서 밥과 소고기국 그리고 돼지고기 채소볶음으로 허기진 배를 채웠다.

식당을 나와 공원 방파제에서 바다를 바라보다가 버스정류장 쪽으로 발길을 돌렸다. 가는 길에 시청 팻말을 보고 호기심에 가 보았다. 2층짜리 조그만 건물. 작은 정원에 동상이 하나 서 있기에, 마침 건물 밖으로 나오는 젊은 여성에게 물었더니 아니나 다를까 호세 리잘이라고 했다. 역시 호세는 필리핀의 영웅이다!

사말 섬에 왔지만 갈 곳도 없고, 할 일도 없다. 사말 섬에는 아름다운 해변을 가진 비치 리조트가 많다고 한다. 사말 섬을 찾는 대부분의 관광객이 비치 리조트로 간다. 몇 군데 동굴이나 폭포 같은 관광지가 없는 것은 아니지만, 사말 섬에는 아름다운 비치 리조트 외에는 아무 것도 없다고 해도 과언이 아닐 것 같다.

페나플라타에서 버스를 타고 그대로 바다를 건넜다. 어학원 앞에 도착하니 3시 50분이었다. 지프니를 타고 아브리자 몰Abreeza mall에 가서 필리핀 이글 센터Philippine Eagle Center로 가는 당일 여행 일정과 펄 팜 리조트Pearl Farm Resort 사무실에 들러 방값 등을 알아보고 돌아왔다. 4월에 집사람이 오기로 해서 이것저것 준비를 해야 한다. 필리핀 이글 센터가 포함된 당일 여행은 보통 4시간 혹은 6시간으로 진행되는데, 두 사람만 갈 경우 1인당 3,000페소가 넘는

159

다. 다른 관광객들과 합류할 경우, 인원이 10명쯤 되면 값이 1인당 1,000페소까지 내려간다. 다른 사람들과 같이 갈 수 있는지 물어보고 연락처를 남겼다.

몰 안에 있는 로빈슨 슈퍼마켓Robinsons Supermarket에서 장을 보고, 필리핀에서는 처음으로 맥도날드에서 저녁을 해결했다. 필리핀 사람들은 졸리비에 대한 애정이 대단하지만, 내 입에는 익숙한 맥도날드 햄버거가 더 맞는 것 같았다. 익숙하다는 것의 편안함과 공포를 동시에 느낀다. 맥도날드는 우리나라에 있는 것과 다를 게 없다. 한 가지 다른 점은 밥과 닭튀김을 판다는 것이다. 마침 옆자리에 앉은 젊은 남녀가 밥과 닭튀김을 먹고 있었다. 우리도 쌀이 주식이고, 롯데리아에 가면 라이스버거를 먹을 수 있다. 하지만 그 역시 햄버거 형태를 하고 있다. 맥도날드에서 밥과 닭튀김을 먹는 모습은 필리핀에서만(?) 볼 수 있는 풍경일지도 모른다. 필리핀 사람들의 쌀 사랑이 대단하다.

어학원으로 돌아오니 8시였다. 하루 종일 걸었으므로 운동은 생략하고, 몰에서 산 영화 '프러포즈The Proposal'을 봤다. 산드라 블록이 주연한 코미디 영화였다. 자막을 영어로 맞춰 놓고 보기 시작했지만, 들리지 않는 대사가 너무 많아 자막을 한국어로 바꿨다. 일단 한 번 보고 내용을 파악한 다음, 일본어를 배울 때 몇몇 애니메이션을 반복적으로 본 것처럼 이 영화를 반복적으로 보면서 영어 공부를 좀 해 봐야겠다.

이앤지 레벨 테스트

2014. 3. 21. 금. 맑음, 비

어디까지나 레벨 테스트이므로 평소 실력으로 보면 된다고 생각했지만, 듣기 시험만은 조금 대비를 했다. 대비라고 해 봐야 목요일 밤에 듣기 교재에 실린 대화를 반복해서 들은 정도가 고작이지만.

8시 첫 시험은 쓰기였다. 쓰기의 경우, 우선 중요한 것은 쓸 거리가 있어야 한다는 거다. 이게 구상이 되지 않으면 답안지 1면을 다 채우는 것이 쉽지 않다. 내 경우는 '조기 영어 교육의 좋은 점을 쓰라'는 거였는데, 좋은 점만으로 1면을 채우기 어렵다. 그래서 전체를 3단락으로 나누었다.

① 한국인에게 영어는 외국어라 배우기 어렵다.
② 그래서 어떤 사람들은 아주 일찍 배우면 흡수가 자연스럽고, 발음도 원어민에 가깝게 흉내 낼 수 있다고 하면서 조기 교육의 필요성을 주장한다.

③ 하지만 안 좋은 점도 많다. 너무 일찍 영어를 배우면 이해하기 어렵고, 모국어와 영어 사이에서 혼란을 겪는다. 조기 교육이 효과가 있는지 없는지 아직 아무도 모른다. 그러므로 모국어를 먼저 습득하고 외국어, 즉 영어를 배우는 게 좋다.

이렇게 세 단락으로 나눈 다음 답안을 작성했더니 그럭저럭 시험지 1면을 다 채울 수 있었다. 쓰기 시간에 열심히 배운 게 도움이 되었다.

9시 30분은 듣기였다. 내게는 가장 어려운 분야다. 시험 방식은 다음과 같다. 문제의 대화를 한 번 들으면서 중요한 내용을 메모한다. 이해한 내용을 바탕으로 10개의 질문에 답한다. 그 다음 한 번 더 듣고 답안을 완성한다. 문제는 '가축을 돌보기에 대한 두 사람의 대화'였는데, 유감스럽게도 거의 들리지 않았다. 10문제 중 3문제 정도 답하고 2문제는 그냥 추측으로 적고 나머지는 빈칸으로 남겨두었다. 아, 듣기는 정말 괴롭다!

10시에는 말하기와 읽기 시험이 시작되었다. 3명의 선생님이 시험관이었다. 먼저 읽기 시험. 주어진 글을 낭독한다. 시험관이 문제지를 회수하고 질문지를 주면, 이해한 내용을 바탕으로 답한다. 사실 이 시험은 기억력 테스트에 가깝다. 왜냐하면 한 번 읽으면서 파악한 내용에 대한 기억을 바탕으로 답을 적어야 하기 때문이다. 음악이 주는 효과, 과학자들의 주장, 록 음악과 클래식 음악, 음악의 기원에 대한 설명 등등이 있었는데, "과학자들은 무엇을 주장했습니까?" 라는 질문에 기억력이 나쁘면 정확한 답을 작성하기가 힘들다.

말하기 문제는 따로 주어졌다. "영어 공부를 잘 하려면 어떻게 해야 하나?" 2~3분 생각하고 나서 자신의 생각을 말해야 한다. 2~3분 동안 메모를 하고 준비가 되면 말을 시작한다. 영어 공부의 시작은 알파벳, 단어, 숙어, 문장 익히기로 시작하는데, 한국인이나 일본인에게는 문법을 공부하는 것이 중요하고, 발음 또한 중요하다고 했다. 개인적으로는 운동을 하면서 직접 녹음한 문장들을 거의 매일 듣고 있으며, 틈날 때마다 필리핀 역사책을 읽고 있다고 했다.

10시 30분 문법 시험. 쉬운 문제부터 어려운 문제까지 모두 100문제가 출제되었다. 괄호 넣기, 맞는 답에 표시하기, 미완성 문장 완성시키기 등등이었는데, 특히 시제에 관한 문제가 까다로워서 여러 번 반복해 읽으면서 답을 찾아야 했다. 답안지를 모두 채우고 나니 11시 20분쯤 되었다.

시험이 끝났다. '듣기' 때문에 좋은 성적을 기대하기는 어려울 것 같지만, 쓰기와 말하기, 문법 등은 무난할 것 같다. 그저 레벨을 확인하는 시험이므로 특별히 스트레스 받을 일은 없다. 그래도 어학원에서는 이 결과를 갖고 다음 수업을 정한다. 레벨이 높은 반으로 배정하기도 하고 그 반대로 하기도 할 것이다. 그런 점에서 보면 중요한 시험이다. 과연 결과가 어떻게 나올까?

일본 역사관 그리고 필리핀 이글 센터

2014. 3. 22. 토. 맑다가 비

금요일 오후 수업이 없어서 다바오 박물관에 갔다. 다바오시청 근처에 있는데, 오스메니아 공원Osmenia Park 건너편에 위치하고 있다. 입장료는 없다. 입구에서 단체로 온 학생들이 방명록에 이름을 적었고, 나도 적었다. 3. 21. Jaehwan Jung. Seoul Korea.

방명록에 이름을 적으니, 해설사가 영어를 할 줄 아느냐고 물었다. 조금 할 줄 안다고 대답했더니, 박물관에 대한 설명을 해주었다. 박물관은 작지만, 1층과 2층 4개의 전시실로 이루어져 있었고, 다바오의 지리적 위치, 기원, 부족, 외국인들과의 접촉, 현재의 모습 등에 걸쳐서 사진과 유물들로 다바오의 역사를 소개하고 있었다. 놀라운 점은 다바오시의 역사에서 일본인들의 역할이 컸다는 사실이었다.

1905년에 오타 교자부로(太田恭三郎)라는 일본인이 다바오에 처음 도착했을 때, 다바오에는 불과 집이 30채 정도밖에 없었다고 한다. 1916년부터 번성하기 시작했는데, 많은 일본인들이 이주해 와서 삼

농사와 무역과 상업을 시작한 때문이었다. 그 결과 제2차 세계대전이 발발하기 전까지 다바오 시내는 대부분 일본인들이 경영하는 회사와 상점들이었다고 한다. 코미야마 사다오(小宮山貞夫)가 그린 "다바오 거리의 그 상점, 그 장소(ダバオの町角 あの商店 あの場所)라는 그림에는 그 당시의 모습이 상세하게 묘사돼 있었다.

해설사는 칼리난Calinan에 일본 박물관이 있으니 기회가 되면 꼭 한번 방문해 보라고 했다. 칼리난이라는 지명을 듣는 순간, 난 생각했다. '어, 칼리난? 필리핀 이글 센터가 있는 곳 아닌가?'

오전 8시 5분, 일본 박물관에 전화를 해서 오늘 박물관을 관람할 수 있는지 확인했다. 간단히 채비를 하고 9시 10분 기숙사 앞에서 택시로 뱅커로한 아닐 터미널Bankerohan Annil Terminal로 이동했다. 터미널에 도착해서 안 사실이지만, 아닐 터미널의 정확한 위치는 산페드로 익스텐션San Pedro Extension이었다.

9시 45분, 버스를 타고 칼리난으로 향했다. 버스 요금은 45페소. 도중에 차장에게 박물관 지도를 보여주며 이 장소를 아느냐고 물었더니, 한참 들여다보고는 라라 스트리트De Lara Street라고 했다. 10시 50분쯤 라라 스트리트에 도착했다. 길옆에 있는 상점에서 박물관을 물었더니, 두 명의 필리핀 사람들이 친절하게 길을 안내해 주면서 트라이시클을 타겠냐고 했지만 그냥 걷겠다고 했다. 날씨는 화창했고 걷기 좋았다. 불과 200미터 정도 거리에 박물관이 있었다.

박물관 입장료는 내국인과 외국인이 구분돼 있었다. 내국인은 성인 20페소, 외국인은 입장료가 정해져 있지 않고, 기부금으로 되어 있어서 100페소를 냈다. 박물관 해설사는 젊은 필리핀 여성이었는데, 나를 보자 아침에 전화한 사람이냐고 물었다. 그렇다고 했더니, 이번에는 일본어로 일본인이냐고 물었다. 한국인이라고 했더니, 다소 의아해 하면서 다시 영어로 일본인인줄 알았다고 했다. 일본 역사에 관심이 있어서 일본어를 배웠다고 했더니, 일본어를 알아듣느냐면서 영어와 일본어로 박물관에 대해 설명해 주었다.

박물관은 아담한 단층 건물이다. 주로 일본인 이주의 역사를 소개하고 있는데, 일본인 이주 1세대들에 관한 사진과 기록들을 전시하고 있고, 그들의 생활 모습 등을 사진과 관련 유물들로 보여주고 있다. 그들의 주된 일이 삼 농사였고 삼 무역이었기 때문에 그에 관한 유물들이 많았다. 농장에서 일하는 모습, 일본인-필리핀인 가족사진, 학교에서 공부하는 모습 등등. 2차대전 당시의 유물로는 칼과 총, 포탄 같은 것들도 있었고, 전쟁에 패한 후 다바오에 남은 일본인들의 어려운 생활을 보도한 신문들도 스크랩되어 있었다.

칼리난, 민탈Mintal 같은 지역에는 많은 일본인들이 살고 있었고, 일본인 남성들은 필리핀 여성들과 결혼을 했다. 2세들은 일본인과 필리핀인의 피를 이어받았다. 전후 많은 일본인들이 자기 나라로 돌아갔지만, 그들의 후손들은 지금도 해마다 다바오를 방문한다. 선조들의 역사가 있고, 피를 나눈 형제들이 살고 있기 때문이다. 박물관 바로 옆에는 필리핀 닛케이진카이 인터내셔널 스쿨Philippine Nikkei Jin Kai International School이 있다. 해설사가 일본어에 능하고 생김새가 양쪽을 닮은 것으로 보아 할아버지나 할머니 어느 한쪽이 일본인일 가능성이 아주 높다.

　12시 20분쯤 박물관을 나섰다. 큰길로 나와 길가에 있는 바비큐 식당에서 밥과 돼지바비큐, 소고기볶음, 콜라로 점심을 해결하고, 옆에 있는 빵집에서 6페소짜리 작은 빵 두 개와 커피를 마셨다. 식당에서도 빵집에서도 낯선 외국인의 출현을 신기해했다. 일본인인지 한국인인지 물었다. 그럴 만한 것이 필리핀 이글 센터를 찾는 외국인들은 많아도 이쪽을 방문하는 외국인은 드물지 않을까? 일본인들이 박물관에 온다 해도 대개 단체로 오고, 차로 이동하니 이런 식당이나 빵집에 들를 일은 거의 없을 것이다.

　갑자기 하늘이 흐려지더니 비가 내렸다. 빗줄기가 꽤 굵었다. 빵집 점원에게 필리핀 이글 센터 가는 길을 물었더니 모터사이클을 타라고 한다. 20페소면 갈 수 있단다. 길 앞에 나와 서 있었더니 한 남자가 오더니 모터사이클을 타겠냐고 물었다. 필리핀 이글 센터까지 50페소란다. 빵집 점원 얘기하고 다르다. 외국인이니까 비싸게 부르는 것 같다. 비도 오고 모터사이클은 위험하다는 생각이 들어서 거절하고, 100페소를 주고 페디캡(Pedicab: 트라이시클과 비슷하다)으로 이동했다.

　필리핀 이글 센터에 도착하니 빗줄기가 가늘어져서 우산 없이 돌아볼 수 있었다. 센터는 산 쪽에 있었고, 말 그대로 자연 속에 자리하고 있었다. 주차장 앞에서 다바오시 수자원 지역Davao City Water District 입장료로 5페소를 내고 안으로 들어간 다음, 다시 센터 입장료를 50페소 냈다. 센터 바로 안쪽에는 휴게 공간과 기념품 판매점

167

이 있었고, 독수리 사진이 들어간 티셔츠, 텀블러, 열쇠 고리 같은 기념품을 팔고 있었다. 작은 연못에 놓여 있는 다리를 건너면 독수리 우리가 있는 공원이다.

센터의 설명에 따르면, 센터는 36가지 종류의 필리핀 독수리의 고향이며, 18가지 종류의 독수리를 보유하고 있다. 뿐만 아니라 다른 조류 10가지와 4가지의 포유류를 보유하고 있다. 비단 전시 우리뿐만 아니라 전체적으로 열대우림의 환경을 조성해서 방문자들에게 필리핀의 산림 생태계를 보여준다고 한다. 독수리만 감상하지 말고 이곳의 나무와 풀 등도 감상하라고 안내하고 있다. 이동로 바닥에는 멸종 위기에 놓인 필리핀 독수리의 보존을 위해 센터에 기부한 사람들의 이름이 새겨진 블록이 깔려 있었다. 1시간쯤 공원을 돌아보고, 공원 중간에 만들어 놓은 정자에서 피곤한 다리를 쉬다가 밖으로 나왔다.

때마침 출발하는 페디캡을 타고 1킬로미터쯤 떨어져 있는 말라고스 가든 리조트Malagos Garden Resort를 방문했다. 페디캡 요금이 얼마냐고 물었더니 20페소란다. 나중에 알고 보니 외국인이서 비싸게 부른 요금이었다. 이곳을 나와서 시내 터미널로 페디캡을 타고 이동했을 때는 8페소를 받았다. 필리핀에서는 택시 요금, 물건 값, 시설 이용료 등이 애매할 때가 많다. 부르는 게 값이라고나 할까? 외국인이어서 손해를 좀 보는 것 같다.

말라고스 가든 리조트는 말 그대로 리조트다. 우리나라로 치면 휴양림 같은 곳으로 숙박과 휴식을 취할 수 있으며, 결혼식이나 세미나 같은 행사도 할 수 있다. 그리고 새를 비롯해서 여러 종류의 가축들을 기르고 있었다, 리조트 접수대에서 입장료 100페소를 내고 안쪽으로 들어가니, 큰 새장이 있었고, 필리핀 여성 방문객 2명이 새들에게 먹이를 주면서 즐기고 있었다. 사육사가 내게도 새 먹이를 주었고, 손바닥을 높이 쳐들었더니 새가 날아와 먹이를 쪼아 먹었다. 이곳 새 공연Malagos Garden's Interactive Bird Show이 유명한 것 같은데, 안내 쪽지를 보니 매주 일요일 오전 10시 30분에 한다고 되어 있다.

숲속을 걷듯이 말라고스 전체를 한 번 둘러보고 밖으로 나와 페디캡을 타고 시내로 이동했다. 터미널로 간다고 했더니, 승합차 터미널 앞에 내려주려고 했다. 승합차가 다바오와 칼리난을 왕복한다는 얘길 들었지만, 버스가 편하다고 판단하고 아닐 터미널로 데려다 달라고 부탁했다. 불과 300미터 떨어진 곳에 버스터미널이 있었다. 복잡한 시내 한복판이다. 온갖 상점들이 모여 있고 바로 옆은 시장이다. 비가 와서 길이 질척거려 걷기 불편했다. 칼리난은 두리안 농사를 많이 짓는다고 해서 시장에 가면 산더미 같은 두리안을 볼 수 있을까 기대했지만, 두리안은 보이지 않았다. 사람들에게 물어볼까 하다가 시계를 보니 5시 가까워져서 그냥 포기하고 버스를 탔다. 교통체증이 심했고, 6시 50분쯤 산 페드로 익스텐션 터미널에 도착했다. 근처에 있는 그린위치greenwich에서 피자 세트로 간단히 저녁을 해결하고, 기숙사로 돌아왔다.

필리핀 이글 센터는 다바오에만 있다는 상징성이 있다. 그래서 다바오를 찾는 이들이 즐겨 방문하는 곳이다. 말라고스 가든 리조트는 이글 센터 덕을 톡톡히 보고 있는 곳이라고 할 수 있을 것 같다. 불과 1킬로미터 떨어져 있는 관계로 같이 돌아보기 좋다고 해야 할까. 대부분의 관광객들이 이글 센터와 말라고스를 방문한다. 일본 박물관을 찾는 이들은 매우 드물 것이다. 나 역시 다바오 박물관에서 해설사에게 얘기를 듣지 않았다면 이글 센터와 말라고스 두 곳만 방문했을 것이다. 이글 센터와 말라고스로 가려면 칼리난 버스터미널에서 내려 페디캡을 타고 이동하면 된다. 일본 박물관이 있는 라라 스트리트는 칼리난 초입에 있다.

필리핀은 16세기부터 19세기 말까지 스페인의 오랜 지배를 받았다. 무슬림과 중국인들은 이주와 교역을 목적으로 그 이전부터 필리핀에 들어와 있었다. 필리핀은 외국인들의 영향을 많이 받았다. 일본 박물관을 알기 전에는 2차 대전 때 일본이 약 3년간 필리핀을 점령한 사실만 알고 있었다. 하지만 전쟁 이전부터 필리핀과 일본은 이미 관계를 맺고 있었다. 특히 다바오가 그렇다. 20세기 초에 형성된 근대적 도시 다바오는 일본인들이 건설했다고 해도 틀리지 않을 것이다. 일본인-필리핀인 가족의 2, 3세들이 지금도 다바오에 살고 있고, 이들은 일본과 필리핀의 가교 역할을 하면서 그들 나름의 역사와 문화를 이어가고 있다.

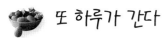

또 하루가 간다

2014. 3. 24. 월. 맑음

 저녁 먹고 농구 코트 위를 걸었다. 이어폰을 꽂고 영어 문장을 들으며 따라하다 보니 1시간이 후딱 지나갔다. 걷다 보면 땀도 나고 다리도 뻐근하다. 물 한 잔 마시려고 식당으로 갔는데, 스무 명 가량의 학생들이 공부하고 있다. 내일 모레 귀국하는 박 장로님도 노트북을 들고 나와 유튜브에서 시엔엔CNN 학생 영어 강의를 열심히 보고 있었고, 책을 읽는 학생, 이어폰을 꽂고 뭔가 듣고 있는 학생, 노트에 뭔가 열심히 끄적거리는 학생 등등 분위기가 조용하다 못해 숙연했다. 지난 주말에 막 도착한 학생들도 어느새 자리를 잡고 앉아있었다. 면학 분위기가 좋다.

 이앤지는 스파르타식으로 운영하는 학원이다. 평일에는 외출 금지다. 수업이 끝나는 오후 5시부터 6시까지 외출이 가능하지만 1시간 동안 할 수 있는 일은 매우 제한적이다. 잠깐 외출하는 학생들은 졸리비에 가서 햄버거를 사 오거나, 초이스 마트에 가서 일용품 정도를 사는 게 고작이다. 수업이 끝나도 대부분 어학원 안에서 시간을 보내는데, 이때 바닷가로 산책을 나가는 학생들도 있고, 농구를 하거나 어학원 바로 앞에 있는 수영장에서 수영을 하는 학생들도 있다. 6시가 되면 저녁을 먹고, 하나둘 식당에 자리를 잡는다. 어떤 학생들은 일대일 수업을 하는 작은 방에 들어가기도 한다.

식당에 같이 끼어 앉아 공부하고 싶기도 하지만, 습관상 방에서 공부하는 게 편하다. 요즘은 내셔널 북 스토어에서 산 필리핀 역사 책을 열심히 읽고 있다. 되도록 소리를 내서 읽는다. 낭독을 하면 책을 읽는 속도는 더디지만 좋은 점이 있다. 읽기 능력이 향상될 수 있고, 발음 연습도 가능하다. 책을 읽다 보면 이해하기 까다로운 내용도 있고, 해석하기 어려운 문장도 있지만, 그럭저럭 내용을 파악하면서 읽어 나가고 있다. 문제는 모르는 단어가 너무 많아 지겹도록 사전을 찾아야 한다는 건데, 처음 보는 단어가 너무 많아 자주 막막한 심정이 된다.

책을 읽은 다음에는 듣기 연습을 한다. 듣기는 수업 시간에 쓰는 오디오 파일을 활용한다. 수업 시간에 듣고 문제를 풀었던 것들이지만, 다시 들으면서 듣기 자체에 익숙해지려고 노력하고 있다. 원어민들 대화의 특징은 축약이 많고, 말이 빠르다는 점이다. 그래서 잘 들리지 않는다. 지난주 레벨 테스트 때 제일 애를 먹었던 것이 '듣기'였다는 사실을 상기한다면 듣기는 그 무엇보다도 열심히 해야 할 과목이다.

다음에는 영화를 보는데, 산드라 블록의 '프러포즈'를 영어 자막

으로 내용을 확인해 가면서 보고 있다. 4번이나 봤지만 여전히 어렵다. 똑같은 영화를 반복적으로 보다 보면 배우들의 대사가 익숙해지는 장점이 있는가 하면 좀 지루하기도 하다. 그래서 지난주부터는 일본 애니메이션 '귀를 기울이면(耳をすませば)'의 영어판인 'Whisper of the Heart'를 같이 보고 있다. 이것도 벌써 두 번 봤지만, 들리지 않는 대사가 수두룩하다. 그래도 자꾸 보고 들으면 나아지지 않을까 기대하면서 보고 있다. 최소한 안 보는 거보다는 낫겠지!

지금 시각 9시 33분. 글 쓴다고 좀 놀았으니, 11시까지는 다시 책 좀 읽고 영화도 봐야겠다. 그러고 보면 참 빤한 하루가 또 지나가고 있다. 그런데 이 빤한 하루가 좋은 점이 있다. 하루 8교시 수업 듣다 보면 저녁이 되고, 저녁 먹고 숙제 하고 책 읽고 영화 보고 하다 보면 어느 덧 잘 시간이 된다. 자고 나면 아침이니 밥 먹고 또 교실로 간다. 이렇게 하루가 가고, 일주일이 가고, 세월이 간다. 시간이 잘 간다. 영어는 늘지 않고 시간만 갈까 두렵다.

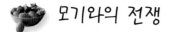

모기와의 전쟁

2014. 3. 28. 금. 맑음

지난주에 비가 많이 오더니 모기가 부쩍 늘었다. 방에는 모기 쫓는 약을 꽂아 놓고, 스프레이까지 준비를 해 두어서 큰 문제가 없었지만, 교실 쪽이 심각했다. 해변으로부터 멀리 떨어진 일대일 교실은 괜찮았지만, 해변 쪽 그리고 어학원 옆 비치 쪽에 있는 그룹 교실은 공기 반, 모기 반이었다. 창밖에 나무와 풀이 많은 것이 원인일 것이다. 지난 수요일에는 계속 모기를 잡아가면서 수업을 해야 했는데 위생 문제도 심각했다. 사실 나는 파리나 모기 등을 내 손으로 죽이는 걸 싫어한다. 가끔 물리는 정도라면 그저 참고 지내는 편이다. 하지만 수업을 위협받는 상황은 그냥 넘어갈 수가 없었다. 그리하여 모기와 전쟁을 결심했다.

수요일 수업이 끝나고 졸리비 옆에 있는 마트 랏츠 퍼 레스Lots for Less에 가서 전기 모기채를 샀다. 배드민턴 채처럼 산뜻하게 생겼지만, 가공할 위력을 지닌 그 무시무시한 살충 기구 말이다. 처음에는 과연 여기에서도 팔까 걱정했지만, 큰 선반 세 칸을 차지하고 쌓여 있는 게 다 전기 모기채였다. 필리핀은 아열대지방이기 때문에 모기가 많다. 모기채가 많은 것도 당연했다. 대부분은 중국제인 것 같은데, 안전을 생각해서 비교적 비싼 것(198페소)으로 샀다.

기숙사로 돌아와서 설명서를 꼼꼼하게 읽었다. 설명이 꽤나 길었지만 학습의 연장이라 생각하고 사전을 찾아가며 즐거운 마음으로 읽었다. 먼저 사용법. 당연히 모기를 죽이는 방법이다. 잔인한 내용이 매우 담담하게 적혀 있다. 과거에는 몰랐는데, 모기가 닿았을 때 전기 충격으로 사망하게 되는 전기 망에 무려 2,500V가 흐른다. 그러므로 사용자는 각별히 주의하라는 부탁을 하고 있다. 한편으로는 이것을 사용하는 게 모기를 제거하는 위생적인 방법이라고 설명하고 있다. 그 다음에는 충전 방법, 안전하게 관리하는 방법까지 읽은 다음 설명대로 우선 충전을 했다.

목요일 아침, 책과 노트, 물병 그리고 모기채를 들고 교실로 갔다. 일대일 교실에는 모기가 많지 않았지만, 그룹 교실에는 평균 10여 마리 정도의 모기가 있었다. 설명서에 적힌 대로 스위치를 켜고 채를 가볍게 휘두르면서 위생적으로 모기를 제거할 수 있었다. 내가 들어가는 교실뿐만 아니라 옆 교실까지도 들어가 모기를 제거했다. 처음에는 학생들이 좀 의아하게 쳐다보더니 모기가 제거되는 소리와 장면을 목격하고는 '고맙다'는 인사를 건네기도 했다.

오늘 아침에는 10분 일찍 방을 나서서 그룹 교실로 갔다. 그룹 3번 방 앞에 리(한국 학생)가 서성거리다가 나를 보고 반색을 했다. 교

2부 이앤지 E&G, 다바오

175

실 안에 모기가 가득하다는 거다. 문을 열고 들어가니 정말 가관이었다. 반상회가 있었는지 모기떼가 춤을 추듯 교실 안을 날고 있었다. 모기채의 스위치를 켜고 휘두르는 순간, 파파파팍 하고 마치 폭죽이 터지는 듯한 소리가 났다. 무려 2분간이나 쉬지 않고 모기를 잡았고, 비로소 수업을 할 수 있는 상태가 되었다. 그 다음, 다른 교실들도 차례차례 모기를 제거하고 내 교실로 발걸음을 옮겼다. 항상 들고 다니는 게 좀 귀찮지만 일단 전기 모기채 구입은 성공적이다.

필리핀은 아열대 지방이다. 어떤 사람들은 필리핀에도 여름과 겨울 두 계절이 있다고 하지만, 우리나라랑 비교하면 1년 내내 여름이나 마찬가지다. 우리나라도 여름에 모기가 많은 것처럼 여기도 그렇다. 비가 온 뒤에는 모기가 더 많아진다. 뎅기 모기도 있다. 이놈한테 물리면 무시무시한 뎅기열Dengue fever에 걸리므로 빨리 병원에 가야 한다. 그러므로 전기모기향, 스프레이, 바르는 모기약 등등 모든 수단을 취하는 것이 좋다.

다바오는 안전한가?

2014. 4. 6. 일. 맑음

와이티엔YTN의 이광연 앵커가 메시지를 보내왔다. 6살짜리 아들하고 세부에 놀러가려고 하는데, 안전하냐고 물었다. '위험한 데 안 가면 안전하다'고 답을 했더니 "여기랑 똑같네요"란 답장이 왔다. 사실 그렇다. 세부는 위험하다는 얘기를 하는 이들이 있지만, 도시 전체가 위험한 것은 아니다. 처음 세부에 갔을 때, 어학원에서는 '혼자 다니지 마세요, 밤에는 다니지 마세요. 위험한 데 가지 마세요'라고 당부를 했다. 겁을 좀 먹었지만 실상 늘 사고가 나서가 아니라 혹시 모를 사고를 막기 위한 예방책 중 하나라고 생각한다.

그런데 도대체 뭐가 위험하다는 걸까? 길이, 사람이, 귀신이? 구체적으로 얘기하면, 첫째 소매치기, 둘째 날치기, 셋째 강도, 넷째 총기 사고를 들 수 있을 것이다. 필리핀은 총기를 소지할 수 있는 나라다. 이것도 미국의 영향일까? 관청이나 은행뿐만 아니라 음식점이나 커피숍 경비원들도 총을 들고 서있다. 길 가는 행인 겁주려는 게 아니라 총 든 강도에 대비한 것으로 봐야 할 것이다. 그렇다고 해도 총 든 강도가 흔한 건 아니다. 세부에 있는 6개월 동안 총으로 무장한 강도들이 어디를 털었다는 뉴스는 듣지 못했다. 일반인들도 총기를 소지할 수 있지만, 허가 절차가 까다롭다고 한다. 게다가 총 값도 만만치 않아서 가난한 사람은 총을 살 수 없단다. 그러므로 일반인들 사이에서 총기 사건이 날 가능성은 희박하고, 자신이 총기 사건의 피해자가 될 가능성은 더더욱 낮다고 봐야 할 것이다.

비교적 가능성이 있는 것은 나머지 셋인데, 밤길이나 으슥한 곳을 조심한다면 노상에서나 혹은 지프니 안에서 강도를 만날 가능성 역시 높지 않다고 봐야 할 것이다. 세부에 있을 때 특히 주의를 받은 것은 날치기와 소매치기이다. 가능하면 가방을 앞으로 매고 다니라고 한다. 소매치기는 카본 시장 같은 곳에 많다. 사람들이 늘 북적거리는 탓에 소매치기가 활동하기 좋다. 시눌록Sinulog 같은 축제는 상인들뿐만 아니라 소매치기들에게도 대목이다. 실제로 지난 시눌록 기간에 축제를 보러 나갔다가 소매치기를 당한 어학원 학생이 한 명 있었다.

그렇다면 다바오는 어떨까? 다바오 생활 어느덧 2개월이 돼 간다. 다바오에 오기 전 '다바오는 필리핀에서 가장 안전한 도시'라는 얘기를 들었다. '범죄 발생률이 필리핀에서 제일 낮다'고 했다. 다바오 공항에서 어학원으로 이동할 때, 다바오는 정말 안전하냐고 물었더니, '디디에스Davao Death Squad'에 관한 얘기를 들려주었다. 다바오에는 범죄자들을 응징하는 디디에스라는 그룹이 있는데, 항간에는 다바오 시장Rodrigo Duterte이 만든 사조직이라는 설도 있다고 했다. 법률로 강력한 처벌이 불가능한 경우, 시장이 사조직을 동원해 범죄자를 응징한다는 것이고, 그래서 다바오는 범죄자들이 설치지 못한다는 얘기였다. 시장으로서 시민의 안전을 위해 노력하는 것은 당연한 일이지만, 과연 그럴 수 있을까?

언젠가 수업 시간에 밀Myle에게 디디에스에 대해 물었더니, 대부분의 다바오 사람들이 디디에스의 존재를 믿는다고 했다. 디디에스 덕분에 범죄가 일어나지 않으니 고마워한다고 했다. 며칠 전 메이Mhae에게 다시 물었더니, 아주 구체적인 일화를 하나 들려주었다. 어떤 범죄자가 총격을 당해 병원으로 실려 갔고, 응급 처치를 받은 후에 조사를 받으러 경찰서에 갔는데, 경찰서 벽에 걸려있는 액자를 보고 놀라 몸을 덜덜 떨었다는 거다. 액자 속 인물이 바로 자기를 쏜 사람이라는 거였다. 그러니까 다바오 경찰관이 사복을 입고 범죄자를 쐈다는 얘기다. 낮에는 경찰관, 밤에는 디디에스, 지킬박사와 하이드 같은 얘기다. 밀도 메이도 디디에스를 믿는다고 했지만, 글쎄다.

여하간 이 같은 분위기 때문인지 다바오는 일단 느낌이 안전하다. 여기 온 첫날 장보러 가면서 지프니를 탔었다. 지프니 이용은 이미 익숙한데 노선을 잘못 보고 타서 엉뚱한 곳으로 갔다. 차를 갈아타려고 내렸는데, 어둠이 내리고 있었고, 택시가 잡히지 않았다. 노점상에게 쇼핑몰을 물었더니 골목을 가로질러 가면 나온다고 했다. 어두컴컴한 골목길이었다. '괜찮을까?'하는 걱정이 없지 않았지만, 달리 방법이 없어 인적도 드문 길을 혼자 걸어갔다. 15분 후 쇼핑몰에 도착했다. 도중에 골목 안 가게나 식당 등이 있었고 사람들도 있었지만, 위험한 상황은 발생하지 않았다.

낮에는 지프니를 이용하고, 밤에는 택시를 이용한다. 낮에 지프니를 타는 것은 교통비도 줄이고 지프니 속 서민 문화를 느껴보자는 속셈이고, 밤에 택시를 이용하는 이유는 돌아다니다 보면 피곤해서 택시를 타는 게 편하기 때문이다. 또한 단거리는 지프니, 장거리는 택시를 주로 이용하는데, 지프니는 보편적으로 키가 작고 체구가 작은 필리핀 사람들의 신체 조건에 맞춘 것이라, 천장이 낮은 지프니를 타게 되면 목적지까지 고개를 숙이고 가야 하므로 상당히 피곤하기 때문이다.

세부에서 또 하나 조심해야 할 것은 교통사고였다. 차나 사람이나 교통질서를 잘 지키지 않았다. 길을 걸을 때도 건널 때도 늘 조심해야 했고, 차를 타면 지프니나 택시 기사들이 운전을 험하게 해서 늘 마음을 졸였었다. 그런데 다바오의 차들은 빨리 달리지 않는다. 다바오 시내 제한 속도가 시속 30킬로미터이기 때문이다. '빨리빨리'에 익숙한 한국 사람들에게 30킬로미터는 좀 답답하다. 거리는 멀지 않은데 시간이 꽤 걸린다. 약속 시간에 맞추려면 시간 계산을 넉넉하게 하고 움직여야 한다. 하지만 좋은 점이 있다. 지프니든 택시든 과속을 하지 않으니 교통사고의 위험이 그만큼 적다.

다바오에서 어디론가 훌쩍 떠나고 싶을 때, 배낭 하나 매고 길을 나서는 것은 어떨까? 지난 달 혼자 사말 섬에 갔었다. 지프니를 타고, 배를 타고, 버스를 타고 돌아다녔고, 한적한 시골길을 걷기도 했었다. 필리핀 이글 센터가 있는 칼리난에도 혼자 갔었다. 특별히 위험하다고 느낀 적은 없었다. 물론 나는 밤에 돌아다니지 않는다. 밤에 나가는 경우는 어학원 앞에 있는 마트 정도다. 흔히 유흥가라고 하는 곳에는 가지 않으니, 위험하다고 느낄 만한 그 어떤 것도 못 봤을 수 있다. 물론 여기도 술집이나 클럽 같은 곳이 있고, 주말이면 삼삼오오 클럽에 놀러 가는 친구들이 있는데, 아직까지는 위험한 일을 겪었다는 얘기를 들어보지 못했다. 그렇다고 해도 누가 혼자 어딜 간다고 하면 말리는 게 정답일 것이다. 경험상 외국에 나오면 조심해야 한다.

민다나오 섬에는 반군들이 있고, 가끔 정부군하고 총격전을 벌이기 때문에 위험하다고 말하는 이들도 있지만, 반군들은 멀리 산속에 있다. 정부와 마찰이 있을 때는 도발을 하기도 하고, 도시에 잠입해 테러를 시도하기도 한단다. 오래 전에 다바오 공항에서 폭탄이 터진 일도 있었다고 하는데, 그런 일이 있었기 때문에 다바오는 더욱 철통같은 대비 태세를 갖추고 있다고도 한다. 좌우지간 민다나오의 반군은 다바오하고는 거리가 먼 얘기라고들 한다. 그래서 다바오는 반군이 있다는 민다나오 섬에 있으면서도 필리핀에서 가장 안전한 도시라는 평가를 받고 있다. 그런 만큼 다바오 시민들에게는 물론 먼 곳에서 다바오를 찾아 온 우리 같은 외국인들에게도 늘 안전한 생활을 보장해 주기 바란다.

고민

2014. 4. 25. 금. 맑음

4월 17일부터 시작된 4일간의 부활절 연휴를 끼고 집사람이 다녀 갔다. 시내에서 5일을 머물면서 제일 먼저 산 페드로 성당San Pedro Cathedral, 에덴 자연 공원Eden Nature Park, 필리핀 이글 센터, 악어 공원Crocodile Park, 일본 터널Japanese Tunnel 등을 돌아보았고, 사말 섬에 있는 펄 팜 리조트에서 이틀을 묵었다. 일주일이 쏜 살같이 지나갔고, 집사람은 엊그제 다시 한국으로 돌아갔다. 문제는 집사람과 함께 한 일주일 동안 호텔, 음식점, 공원, 택시 등에서 사람들과 대화를 해야 했는데, 영어가 매끄럽게 나온 적이 한 번도 없었다는 거다.

어학원 안에서 하는 영어와 바깥 영어가 다르다는 것을 다시 한 번 느꼈다. 바깥사람들은 말이 빠르고, 영어를 잘 못하는 외국인에 대한 배려가 부족하다. 특히 어려운 점은, 어학원에서는 주로 대답을 하는 처지에 있지만, 밖으로 나오면 질문을 해야 하는 처지로 바뀐다는 것이다. 사실 어학원에서는 거의 질문을 하지 않는다. 질문을 하고 싶어도 질문을 할 줄 몰라, 그냥 넘어갈 때가 많다. 책에는 많은 질문들이 적혀있지만, 쉽게 내 것이 되지 않는다. 열 번을 봐도, 그 표현을 외워 두어도, 정작 필요할 때는 입에서 나오지 않는다. 그런 탓에 박물관이 어디에 있는지, 몇 시에 문을 여는지, 어떤 노선의 지프니를 타야 하는지, 길 이쪽에서 타야 하는지 저쪽에서 타야 하는지 등등의 문장들이 만들어지지 않는다.

에덴공원에 갈 때, 택시 안에서 기사와 작은 협상을 했다. 에덴공원과 필리핀 이글 센터에 가고 싶은데, 이 택시를 빌릴 수 있느냐? 빌린다면 삯은 얼마면 되느냐? 하루 3,000페소? 하루를 쓸 필요는 없을 것 같고, 두 군데 다녀오는데 6시간 정도면 될 것 같다. 2,500페소? 조금 비싸니 2,000페소에 가면 안 되겠느냐? 결국 택시 기사가 2,300페소를 제시해서 그렇게 하기로 합의를 보았다.

길옆에 택시를 정차한 채 이 대화를 이어나가는데, 문제는 양쪽에 다 있었다. 우선 40대로 보이는 기사가 영어를 잘 못했다. 학창시절에 영어 공부를 열심히 하지 않은 것 같았다. 단어를 그냥 나열하는 수준이었고, 발음도 좋지 않았다. 내 영어 역시 심각했다. 문법은 실종되었고, 중요한 단어만 강조되었다. 단어가 순서대로 나오지 않았다. 브로큰잉글리시였다. 영어를 공부하면서 제일 경계하는 브로큰잉글리시가 내 입에서 쏟아져 나왔다.

'왜 어학원에서 할 때보다도 더 잘 안 되는 걸까?' 여러 가지 요인이 있을 것이다. 순발력, 유연성 등이 떨어지는 것을 우선 지적할 수 있겠지만, 근본적으로 영어 실력이 그만큼 안 되는 것이다. 필리핀에 와서 벌써 9개월이 지났지만 여전히 영어가 안 된다. 공부를 게을리하는 것도 아니니, 다시 한 번 평범한 두뇌를 가진 내 머리의 한계를 절감한다. 초조해 한다고 해서 영어가 느는 것도 아니다. 스트레스 받지 않으려고 '원래 그런 거지 뭐 하면서' 스스로 다독거리지만, 그래도 마음은 답답하다. 이런 기분은 나만이 아닌 것 같다.

여기 온 지 한 달쯤 되는 학생이 빅에게 물었다. '얼마나 시간이 지나면 내가 영어를 잘 할 수 있겠느냐?' 순간 귀를 쫑긋 세웠다. '지금도 잘 하고 있고 열심히 하면 머지않아 잘 될 것이다'라는 게 빅의 대답이었다. 세상에 이렇게 막연한 대답이 또 있을까? 빅 답변의 모호함을 지적하고자 하는 것이 아니다. 그 학생은 한 달 후면 가족과 함께 캐나다로 가야 하는데, 그 준비를 위해서 필리핀에 왔다. 빨리 영어를 배워야 한다. 마음이 급하다. 초조한 마음에 그런 질문까지 했을 것이다. 이 친구뿐만 아니라 영어 때문에 스트레스 받는 학생들이 상당하다. 선생님 말이 들리지 않는다고 수업 시간에 눈물을 펑펑 쏟은 일본 여학생도 있었고, 이상하게 몸이 아프다고 호소하는 친구가 있는가 하면, 머리카락이 빠지기 시작한 새파란 청년도 있다.

불과 3개월 남았다. 될까? 열심히 하겠지만, 결과를 낙관하기 어렵다. 여하간 7월이면 들어가야 한다. 방송에도 복귀해야 하고, 학교 강의도 해야 하고 한글 운동도 해야 한다. 그럼 영어 공부는 어떻게 해야 할까? 마얀과 의논해서 인터넷으로 수업을 하면 되지 않을까? 여러 가지 일들이 얽히고설키겠지만, 일주일에 5일, 하루 2시간씩 화상수업을 하고, 꾸준히 책도 보고 영화나 드라마를 보면서 공부하면 큰 문제는 없을 것이다. 집사람에게 이런 생각을 조심스럽게 털어놓았는데, 집사람 생각은 달랐다. 일단 나오면 영어 공부에 집중하기 어렵고, 시간도 많이 할애할 수 없을 테니, 시작한 김에 여기서 3, 4개월 연장하는 게 좋지 않겠느냐는 거였다. 3, 4개월 더 한다고 해서 영어가 확 늘지는 않겠지만, 1년이란 시점이 중요하게 작용할 수도 있다는 거였다.

　7월까지 남은 3개월, 열심히 하겠지만 얼마나 늘까? 결과가 탐탁지 않으면 집사람 조언대로 기간을 연장해야 할 것이다. 6월 말에는 가부간 결정을 해야 다음 일정에 차질이 없을 것이다. 만일 4개월을 연장하게 된다면, 다음에는 클라크로 가야 하나? 아, 갑자기 또 머리가 복잡해진다.

덧붙임: 4월 16일 아침 세월호가 진도 앞바다에서 침몰했다. 17일 아침, 산 페드로 성당에서 아내와 함께 기도했다. 휴가 기간 내내 시엔엔CNN과 아리랑 티브이TV 뉴스를 보았다. 많은 분들이 이 사고로 목숨을 잃었고, 지금도 실종자에 대한 수색 작업이 이어지고 있지만 기적은 일어나지 않았다. 정부의 무능에 대해 분노하면서도 그들과 가족들을 위해 아무 것도 할 수 없는 못난 자신을 탓하며 삼가 애도를 표한다.

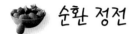

순환 정전

2014. 4. 30. 수. 맑음

저녁을 먹으려고 줄을 서있는데 전기가 나갔다. 6시가 조금 넘은 시각이지만 이미 어두컴컴하다. 식당에 비치돼 있는 플래시를 켜도 전체가 환해지지는 않는다. 어떤 학생들은 스마트폰의 플래시를 켜고 밥을 먹는다. 밥을 먹고 나서는 스마트폰 불빛에 의지해 자율 학습을 시작한다.

저녁 먹고 바로 운동하러 갔다. 전기가 나가면 물도 끊기기 때문에 방 안에 있을 이유가 없다. 한 시간 반 정도 운동을 하고, 전기가 들어오기를 기다렸지만, 오늘따라 이상하게 전기가 돌아오지 않았다. 2층 테라스에서 오디오를 들으면서 전기가 들어오길 기다리다가 어학원 안을 어슬렁거리기도 하고, 선착장에 나가서 어둠에 싸인 밤바다도 감상했다. 꽤 오랜 시간이 지나고 전기가 돌아왔을 때 시계를 보니 10시 5분, 무려 4시간이 지났다. 유례없는 긴 정전이었다.

다바오는 여름이면 순환 정전을 실시한다. 비가 많이 안 와서 발전소는 잘 안 돌아가는데, 날이 더우니 에어컨, 선풍기 등 전기를 많이 쓰는 탓에 전력 사정이 좋지 않다고 한다. 지난 3월부터 가끔씩 전기가 나가더니 4월에는 이틀에 한 번 정도(?)는 전기가 나가는 것 같다. 아침 무렵에 전기가 나가는 경우는 거의 없고, 오전 중이나 오후, 저녁 이후에 순환정전이 실시되는데, 보통 1시간에서 1시간 반, 길면 2시간 정도다.

자주 정전이 되다 보니 그에 대한 대처도 적절하게 이루어진다. 수업 시간에 전기가 나가면 햇빛이 드는 밝은 교실로 자리를 옮기거나, 책상과 의자를 들고 밖으로 나가서 수업을 진행하기도 한다. 땀은 좀 나지만 그래도 공부는 할 수 있다. 따라서 보통 수업은 크게 문제가 없다. 하지만 컴퓨터를 꼭 사용해야 하는 듣기Listening나 영화Movie 수업은 아무래도 지장을 받을 수밖에 없다.

덧붙임(5.16): 일주일 정도 지속되던 심각한 정전 사태는 거짓말처럼 멈췄다. 들리는 말에 의하면 그동안 화력발전소 2기가 고장으로 가동을 못하고 있었는데, 수리가 끝나고 정상 가동을 시작했다고 한다. 통상 여름에 시행하는 순환 정전이 시행되더라도 하루 1시간 정도일 것이라고 한다. 실제로 요 며칠 동안은 전혀 전기가 나가지 않았다.

영화Movie 수업을 포기하다

2014. 5. 16. 금. 맑음

 지난주 월요일부터 영화 수업에 들어갔다. 영화를 감상하면서 줄거리도 파악하고, 담당교사 마리즈Mariez가 대사를 정리한 프린트를 준비해 오면 학생들은 그 장면을 3번 반복해 들으면서 빈칸을 채운다. 3번 들어도 빈칸을 채우는 것이 쉽지 않다. 빈칸이 30개라면 20개를 넘기기가 쉽지 않다. 사실 첫 주에는 15개를 채우기도 힘들었는데, 한 주가 지나면서 빈칸을 채우는 요령이 생기니 20개를 넘기게 되었다. 한 주 사이에 더 잘 들린다는 얘기가 아니고 어디까지나 요령이다. 무슨 얘기냐 하면, 처음에는 '굿바이'하면 'Good bye'를 다 적느라 다음 단어를 듣지 못했는데, 이번 주부터는 'G   b '만 적어 놓고, 정리할 시간을 줄 때 나머지 철자를 적어 넣는 것이다.
 이 수업에 들어가면서 듣기 공부가 좀 되지 않을까 하고 기대했었다. 그런데 딱 2주 만에 내린 결론은 비관적이다. 빈칸 채우기를 하는 동안에는 공부가 되는 것 같은데, 나머지 영화를 보는 시간에는 귀를

188

쫑긋 세워도 한두 마디 외에는 들리지 않아 멍하니 앉았다 나온다. 문득 예전에 미국 살다 온 친구가 한 얘기가 떠올랐다. "미국에서 오래 살다 왔지만 영화를 보면 대사가 안 들려요." 그 친구는 영어를 제법 하지만 그래도 들리지 않는 말이 많다고 했었다. 일본어를 공부한 내 경험에 비춰 봐도 그렇다. 일본 친구들하고 대화를 어지간히 할수 있지만, 영화나 드라마를 보면 안 들리는 대사가 무척 많다. 그렇다면 이 영화 수업은 레벨이 중·상급 아니 상급 이상에서 가능한 수업일 것이라는 생각이 들었다. 물론 어린이들이 보는 만화 영화 같은 것을 보면서 수업을 한다면 상황이 달라질 수도 있을 것이다. 레벨에 따라 반을 나누고 수준에 맞는 영화를 선정해서 본다면 말이다.

　결국 오늘 낮에 수업 변경 상담을 했는데 수업을 바꾸는 게 쉽지 않았다. 토픽은 이미 하나 듣고 있고, 문법은 혼자 하기로 했고, '서바이벌Survival'은 역할극 같은 것을 하는 수업이라고 하는데, 지금 있는 학생들하고 레벨이 안 맞는단다. 노래를 갖고 수업을 하는 팝Pop도 그렇고, 시엔엔CNN 뉴스를 듣는 수업도 그다지 당기지 않았다. 그 전에 듣던 패턴 같은 수업이 좋았는데, 이미 두 달 정도 들어서 더 들을 게 없을 거라고 했다. 고심 끝에 숙어Idiom 수업을 듣기로 하고 상담을 마쳤다. 잘한 선택인지 모르지만, 들리지도 않는 영화를 반복해서 본다고 해서 들리지 않던 영어가 갑자기 들리지는 않을 것이니, 차근차근 숙어라도 하나씩 공부하는 게 낫지 않을까?

다바오의 매력은 바다!

2014. 5. 18. 일. 맑음

어제 아침 사말 섬 남쪽에 있는 카푸티안Kaputian 해변에 갔다가 오늘 오후에 돌아왔다. 제법 먼 곳이어서 발걸음을 떼기가 쉽지는 않았지만, 기분 전환이 필요한 것 같아 간단히 채비를 하고 길을 나섰다. 지프니를 타고 사사페리Sasa Ferry터미널로, 페리를 타고 바박 Babak터미널로, 다시 아일랜드 시티 익스프레스 버스를 타고 페나 플라타로 가서 카푸티안으로 가는 버스를 갈아타고 목적지에 도착 하기까지 1시간 40분 정도 걸렸다. 산타 아나 선착장Sta. Ana Wharf 에서 배를 타고 바로 카푸티안으로 가는 방법도 있다.

필리핀 말인 카푸티안의 의미는 '흰색'이다. 이곳에서는 보기 드 물게 규모가 큰 백사장이 있어서 그런 이름을 가지게 된 것 같다. 해 수욕장은 카푸티안 비치 리조트로 조성돼 있고 그 옆으로 작은 공 원이 있으며, 또 그 옆에는 다바오와 바로 건너편 탈리쿳 아일랜드 Talikud Island를 연결하는 항구가 있는데, 이들을 중심으로 피서객들을 상대하는 상점들이 길을 따라 자리하고 있다.

숙소로 정한 비치 리조트는 작았지만, 바다는 정말 아름다웠다. 테라스에 앉아 푸른 물결을 바라보니 머리가 좀 가벼워지는 것 같았다. 사실 고백하건대 요 며칠 공부가 잘 되지 않았다. 이상하게 집중하기 어려웠다. 그러려니 생각하고 있지만, 답답할 정도로 늘지 않는 영어에 속이 상한 것도 같고, 흔히 말하는 권태기가 온 건지도 모른다.

필리핀에서 와서 10개월이 돼 간다. 10개월을 특별한 생활의 변화 없이 어학원 수업 듣고 어학원 식당에서 밥 먹고, 어학원 기숙사에서 자는 생활을 반복하고 있다. 남들처럼 주말에 커피나 술을 마시러 밖에 나가는 것도 아니고, 젊은 친구들처럼 쇼핑몰을 전전하지도 않는다. 그저 평범한 일상을 반복하다 보니, 나도 모르게 염증이 났는지도 모른다.

다바오에는 역사적으로 유서 깊은 곳도 별로 없고 특별히 갈 만한 곳도 없지만, 그 대신 아름다운 바다가 있다. 주말이면 많은 사람들이 사말 섬을 찾는다. 다바오에도 해수욕장이 몇 군데 있지만, 백사장이 드물다. 백사장이 귀해서인지 필리핀 사람들은 유난히 백사장을 좋아한다. 백사장이 있는 곳에는 열이면 열 리조트가 조성돼 있는데, 그런 백사장이 사말 섬에 많다.

다바오의 바다는 색깔이 예쁘다. 그냥 푸른빛이라고 하지 않고 에메랄드빛깔이라고들 한다. 가까운 곳과 먼 곳의 색깔이 다르고, 그 또한 늘 일정하지 않고 시시각각 변한다. 바닷가에 앉아 변화하는 물빛을 감상하는 것도 하나의 재미다. 다바오의 바다는 물이 차지 않아서 수영하기 좋다. 그래서 들어갈 때 큰 거부감이 없고, 오래 수영을 해도 입술이 파랗게 변하는 일이 없다. 게다가 파도가 높지 않다. 파도가 거의 없다고 해도 거짓말이 아니다. 파도타기를 즐기려는 사람들에게야 좋지 않겠지만, 그냥 수영을 하는 이들에게는 더할 나위 없이 좋다.

토요일 낮부터 오늘 낮 12시 리조트를 나설 때까지 줄곧 바다에서 놀았다. 기온이 35도를 넘어가지만 물속에 있으면 더운 줄 모른다. 수영을 잘 하는 편은 아니지만 이쪽저쪽으로 오락가락하는 것도, 형형색색의 물고기들을 구경하는 것도 바다를 즐기는 방법 중 하나다. 한참 자맥질을 하다가 지치면 그냥 뒤로 누워서 바다 위를 둥둥 떠다니기도 했다. 그렇게 누워서 하늘을 보면 그 하늘 또한 끝없이 높고 맑은 푸른색이다. 다바오의 바다는 아름답고 찌는 듯한 더위를 식히기에 그만이다.

내가 사장이면 토익 점수 따지지 않는다

2014. 5. 24. 토. 맑다가 소나기

지난 16일에 있었던 레벨 테스트 결과가 나왔다. 읽기, 말하기 그리고 모의 토익. 예상은 했지만, 결과는 참담했다. 읽기는 점수가 지난번과 똑같고, 말하기는 오히려 내려갔다. 이유는 시험 중에 무슨 얘기를 해야 할지 갈피를 못 잡고 우왕좌왕했기 때문이다. 끝까지 최선을 다해 말하지 않은 것도 잘못이었다. 주어진 주제에 대해 특별히 좋은 생각이 나지 않더라도 뭔가 열심히 생각하고 얘기해야 했다.

문제는 토익이다. '듣기' 문제가 잘 안 들리는 것은 연습 부족이나 경험 부족 탓이라고 변명할 수 있다 해도 '읽기' 문제를 제대로 풀지 못한 데 대해서는 변명의 여지가 없다. 굳이 이유를 꼽자면, 생소한 단어, 난해한 표현과 문장 구조, 대화가 펼쳐지는 상황에 대한 이해 부족, 제한된 시간 등을 얘기할 수 있을 것이다. 한마디로 아직 실력이 한참 달린다.

토익 점수 올리는 것이 목표는 아니다. 날마다 토익 수업을 듣고 문제 푸는 연습을 했다면 점수가 조금은 올라갔을지도 모른다. 연습을 '하고 안 하고'에 따라 점수가 100점까지 차이날 수 있다고도 한다. 실례로 이번에 모의 토익을 같이 본 한 학생의 점수가 나보다 높다. 이 학생은 지난 두 달 동안 줄곧 토익 공부만 해왔다. 신기한 건 수업 시간에 '받아쓰기'를 해 보면 나보다도 빈칸이 많다. 그런데도 정답을 맞힌다. 이 점에 대해서 그 자신도 놀란다. '다 안 들리는데 어떻게 맞혔을까?'

홍 실장의 권유로 2주 전부터 토익 과목을 수강하고 있다. 특히 듣기를 보강하기 위해 토익 듣기를 하는 게 좋겠다는 의견이었고, 마침 수업을 바꿔야 했는데 내가 원하는 수업이 없었기 때문에 이참에 토익 과목을 경험해 보는 것도 나쁘지 않을 거라고 생각했다. 그렇게 해서 토익 단어, 토익 듣기, 토익 읽기 등을 시작했다. 토익 읽기는 읽기 수업의 교재를 토익 교재로 대신한 것뿐이지만, 지금까지 공부하던 책들보다 내용이 훨씬 까다롭다. 토익 단어는 토익 시험에 자주 나오는 단어들을 뽑아 하루 20개씩 공부한다. 토익 듣기는 듣기 문제로 출제되는 대화를 들으면서 받아쓰기를 하는 수업이다. 궁극적으로 토익 점수가 목표는 아니지만, 영어 공부라는 틀에서 보면 마찬가지일 것이라 생각한다.

그런데 나와는 달리 오직 토익 점수가 영어 공부의 목표인 이들도 있다. 대학을 졸업하기 위해 토익 점수를 따야 한다. 토익 점수 때문에 학점을 다 따고도 졸업을 못하는 학생들이 있다는 얘기도 들린다. 가장 큰 문제는 대기업들이 구직자들에게 높은 토익 점수를 요구하고 있다는 점이다. 700점 혹은 750점이 넘지 않으면 원서조차 낼 수 없다. 그 바람에 대학생들이 토익 공부에 많은 시간을 투자하고 있다. 전공보다도 토익이 더 중요할지도 모른다. 그 결과 영어는 센데 전공이 약한 경우가 없지 않다.

2014년 2월 일본 주간 아사히週刊朝日에 의하면 최근 일본에서도 토익이나 토플에 대한 관심이 고조되어, 국공립과 사립대학에 토익 점수를 따기 위한 강좌가 있고, 대학이 수업료를 전액 부담하거나, 수험료의 일부를 부담하는 경우도 있다고 한다. 그만큼 토익에 대한 관심이 높아졌다는 건데, 일본에는 이런 현상을 비판하는 이도 적지 않다.

게이오慶応대학 오츠 유키오大津由紀雄 명예교수는 영어 공부가 점수를 따기 위한 테크닉 중심이 되다보니, 기초가 없는 학생들이 증가하고 있다고 지적하면서, 논문을 읽거나 외국인과 토론 능력을 기르는 본디 대학 영어 공부의 목적에서 멀어졌음은 물론이고, 점수는 높다 해도 자신의 의사 표현을 못하거나, 상대방의 의견을 비평하지 못한다면 진짜 영어 실력이 아니라고 잘라 말했다. 그러니까 점수가 문제가 아니라 실제로 영어를 이해하고 구사할 수 있는지가 중요하다는 얘기다.

한두 번 생각한 게 아니지만, 우리 사회 구성원 모두가 영어를 해야 할 필요는 없다. 회사의 성격이나 업무 특성상 그게 필요한 곳도 있겠지만, 보통 회사라면 대부분의 업무에서 영어 능력보다는 다른 능력이 더 필요할 것이다. 어떤 직원은 컴퓨터에 능해야 하고, 회계

전문가도 있어야 하며, 창조적이고 독창적인 아이디어를 지닌 직원, 국어 글쓰기 능력이 출중한 문장가 또한 필요할 것이다. 직원들이 영어는 잘하는데 사업 기획서 한 장 제대로 못 쓰고, 자동차, 배, 전화기, 냉장고, 세탁기 등을 잘 만들지 못한다면 그거야 말로 정말 큰일 아닐까!

　대기업에서 근무했던 친구의 말에 따르면, 자기 있던 부서에서는 영어 잘하는 유학파 직원이 영어 관련 업무를 도맡아 했기 때문에 다른 직원들은 영어를 쓸 기회가 없었다고 했다. 이런 것이 현실이라면 영어 잘하는 친구 몇 명 뽑고 나머지는 다른 재능이 출중한 인재를 뽑는 것이 옳지 않을까? 만일 내가 사장이라면, 일단 '토익 점수 몇 점 이상 지원 가능'이라는 제한을 없애고, 모든 구직자들에게 원서를 낼 수 있는 기회를 준 다음, 원서를 잘 살펴보고 재능 있고 실력 있고 개성 있고 장래성 있는 사람을 뽑을 것이다.

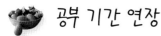

공부 기간 연장

2014. 5. 26. 화. 맑음

　요즘 심란했다. 공부 기간을 연장하면 그만큼을 필리핀에서 더 살아야 하는데, 어학원 생활을 넉 달이나 연장하는 게 좀 두려웠다. 솔직히 최근 열흘은 유난히 힘들었다. 기숙사 밥 먹는 것도 지겹고, 썰렁한 방에 혼자 앉아 있는 것도, 혼자 잠을 자고 혼자 일어나는 것도 기댈 데 없이 고독하다. 이런 상황에서 넉 달을 연장하면 과연 탈 없이 잘 지낼 수 있을까? 넉 달, 이미 열 달을 살아봐서 알지만, 결코 짧은 기간이 아니다.

　집사람하고 통화를 한 후에 모든 게 정리됐다. 일단 공부 기간 연장. 연장할 경우 7월에 일시 귀국을 해야 하는지 어째야 하는지 선뜻 결정을 못하고 망설이고 있었지만, 이 문제도 해결됐다. 일시 귀국 취소, 클라크로 직행. 이가 참을 수 없을 정도로 아프면 여기 치과에서 치료한다. 허리 또한 걱정이지만 크게 말썽을 부리지 않을 것으로 믿는다. 운동 나가기 직전 유학원의 이동호 신촌 지사장과 통화를 했다. 클라크 에이이엘시AELC학원에서 4개월 더 공부할 수 있도록 준비해 달라고 부탁했다. 무엇보다 중요한 건 어떤 과정에 등록하느냐 하는 문제였는데, 그에 대해서는 어학원 담당자와 직접 상담을 해달라고 부탁을 했다.

자판을 두드리고 있는 지금은 두통도 가라앉고, 마음도 편해졌다. 다바오 이앤지 생활은 이제 두 달이 채 남지 않았다. 남은 기간 영어가 얼마나 늘지 모르지만 최선을 다하는 수밖에 없다. 그런 다음, 클라크로 넘어가서 또 새로 시작하는 마음으로 열심히 공부하자. 귀국은 11월 말이 되어야 가능할 것이다. 그래, 몸도 마음도 가볍게 돌아가려면 남은 필리핀 생활, 하루하루 잘 보내는 게 최선이다.

카요가 지갑을 도둑맞다

2014. 5. 30. 금. 맑고 흐리다가 비

　어제 오후 5시에 카요, 아이린과 함께 어학원 문을 나섰다. 초이스 마트에 가서 간단한 물건 몇 가지를 사고, 슬리퍼를 사고 싶다고 해서 랏츠 퍼 레스로 갔다. 카요는 슬리퍼가 진열된 곳으로 갔고, 나는 공책을 사러 옆 진열대로 갔다. 아이린 역시 혼자서 여기저기를 둘러보고 있었기 때문에 우리들은 5분 정도 떨어져 있었다. 이게 실수였다.

　이리저리 둘러보다가 살 만한 공책이 눈에 띄지 않아 소득 없이 카요 있는 곳으로 돌아갔는데, 카요가 울음을 터뜨릴 듯한 목소리로 지갑을 도둑맞았다고 했다. 슬리퍼를 보고 있는데 어떤 여자가 말을 걸며 위쪽에 걸려있는 슬리퍼를 꺼내 달라고 해서 한두 켤레를 꺼내 건네주었다고 했다. 그러고는 옆으로 이동을 하는데 가방 지퍼가 열려 있었고, 놀라 안을 확인해 보니 지갑이 없어졌다는 거였다. 신용카드는 없었지만, 약간의 돈과 항공권이 들어있다고 했다.

웅성거리는 소리를 들은 쇼핑센터 점원이 왔고, 사정을 얘기했더니, 잠시 후 매니저가 와서 시시티브이 화면을 확인해 보겠다고 했다. 그렇지만 기대할 게 없었다. 왜냐하면 카메라는 출입구에만 있고 정작 사건이 벌어진 안쪽에는 없기 때문이다. 지갑을 도둑맞은 카요는 끔찍하다고 하면서 일본으로 돌아가고 싶다고 했다. 아이린과 나는 카요를 진정시키려고 애썼지만 뾰족한 수가 없었다.

화면에 의심스러운 여자들이 잡혔다고 해서 가 보니, 정말로 수상해 보이는 여성이 넷 있었다. 우리가 쇼핑센터 안으로 들어올 때 3명의 여성이 들어왔고, 우리가 간 방향으로 화면에서 사라졌다가 다시 나타났는데, 아무 것도 들지 않은 빈손으로 밖으로 나갔다. 그리고 그 바로 뒤에 가방을 든 중년 여성이 밖으로 나갔다. 매니저는 우리를 따라 들어온 이들이 카요에게 슬리퍼를 꺼내달라고 수작을 건 다음 지갑을 빼서, 가게 안에 있던 패거리 중 한 명인 중년 여성에게 지갑을 넘기고, 가게를 빠져나간 것이라고 설명했다.

경찰서에 신고를 하겠냐고 물었지만, 선뜻 판단이 서지 않아 연락처만 남기고 돌아왔다. 카요는 오늘 아침 그 사건을 어학원에 보고했고, 실장은 다바오 생활 1년 반 만에 처음 겪는 일이라고 했다. 일단 쇼핑센터로 직원을 보내서 상황을 파악한 다음 할 수 있는 조치가 있다면 하겠다고 했다. 그렇지만 기대할 것은 없다. 범인을 잡기도 어렵겠지만, 잡아도 도둑맞은 물건들을 찾을 가능성은 1%도 되지 않는다.

필리핀에 와서 첫 외출을 했던 카요는 잊을 수 없는 나쁜 기억을 가슴에 새겼을 것이다. 아이린도 무척 놀랐고, 나 역시 다른 도시에 비해서 비교적 안전하다고 생각하고 있던 다바오에서 처음 경험한 사건이었기 때문에 놀라기도 했고 실망도 컸다. 어쩌면 안전하다고 생각하고 있던 나머지 경계를 소홀히 것도 사건을 예방하지 못한 원인 중 하나일 것이다. 일반적으로 필리핀 사람들은 외국인 특히 일본인과 한국인은 부자라고 생각한다. 우리는 어딜 가도 눈에 잘 띤다. 그러니 소매치기, 날치기 등 범죄자들에게 아주 좋은 표적일 수밖에 없다. 여기는 필리핀, 우리는 외국인, 늘 조심해야 하는데 방심했다!

서울에서 날아 온 격려 편지

2014. 6. 6. 금. 맑음, 저녁 한 때 소나기

지난 5월 28일 클라크 연수 기간 문제를 의논하기 위해 유학원 담당 이동호 지사장에게 편지를 썼었다.

"지금 인보이스를 보니까 16주 끝나는 게 11월 7일이네요. 실은 제가 일정상 4주를 더 등록해도 되는데요, 일단 저쪽에 가서 생활해 보고 9월쯤에 연장 여부를 결정해도 되겠지요? 힘들면 일찍 들어갈 수도 있으니까요. 사실 요즘 유학 생활에 피로를 좀 느끼고 있거든요. 어떻게 생각하시는지요?"

다음 날 답장이 왔다. 연수 기간에 대한 답변이 들어 있으리라 생각하고 편지를 열었는데, 뜻밖에도 긴 글이었다. "사실 요즘 유학 생활에 피로를 좀 느끼고 있거든요"라는 구절이 마음에 걸렸나 보다. 개인적으로 주고받은 편지지만, 내용 일부를 소개한다.

"제가 딱 40세인데요. 박사님에게 조언을 드린다는 게 무례할 수가 있을 듯싶습니다. 그렇지만, 제 경험을 참고하시라고 말씀드릴 수 있을 듯싶습니다.^^ 저도 캐나다에서 어학연수를 할 때 박사님처럼 10개월째 들어서 조금은 힘들다고 생각을 한 적이 있었습니다. 10개월이라는 시간 동안에 영어는 제가 생각을 했던 것보다 레벨이 낮았습니다. 게다가 캐나다에서의 10개월이라는 시간이 너무 지루하고 무료했는데, 이 부분 또한 문제가 컸습니다만, 계속해서 더 열심히 하자는 결심을 하게 된 것은, 여기까지 와서, 그리고 10개월이라는 시간이 아까워서라도, 더 열심히 해서 현지 캐나다에서 대학을 못 들어간다고 해도, 영어는 가지고 가자는 생각이었습니다.

제 하루 일과를 조금 바꾸어보자고 생각을 했었습니다. 매일 같은 일상과 매일 같은 영어 활용을 하기 때문에 영어 공부면에서나 생활면에서 힘들지 않았나 싶었습니다. 그래서 매주 수요일과 목요일에 예전에 보았던 영화를 다시 보기 시작했습니다. 영화는 예전에 제가 한글 자막으로 한국에서 보았던 영화였습니다. 예를 들어서 '주라기 공원' 같은 것 말이죠. 단어사용, 말의 빠르기, 표준어 구사 등에 걸쳐 리스닝 공부에 많은 도움이 되었습니다. 한 편의 영화를 한 주에 세 번씩 봤습니다. 처음에는 영문 자막 없이, 다음번에는 영문 자막을 깐 후에, 마지막 세 번째에는 영문 자막 없이 디테일하게 보았습니다. 그렇게 2개월 정도 하니, 리스닝에서 아주 많은 성과를 보았습니다. 그리고 주말에는 혼자서 여행을 떠났습니다. 호텔이나 리조트, 아일랜드로 놀러갈 때에 혼자서 모든 준비, 예약 등등을 하면서 여행했습니다. 3~4개월 후에는 전과 다르게 영어 실력이 향상돼 있었습니다.

그런 후, 밴쿠버에서 대학에 입학했습니다. 대학에 들어가서는 다른 비영어권 국가의 학생들이 영어 때문에 고생할 때 저는 그만큼 고생을 하지 않았던 것으로 기억하고 있습니다. 현재 박사님께서도 10개월이 되신 듯싶습니다. 딱 제가 경험을 했던 답답함과 무료함이 온 듯싶습니다. 문제는 지금까지 10개월 동안 공부는 하셨지만, 축적된 영어 지식을 다 활용하지 못하고 계시는 거라 생각합니다. 앞으로 4개월간 생활 패턴을 더 효과적으로 꾸리신다면, 영어 실력이 충분히 올라갈 거라 믿습니다. 더 드릴 말씀이 많지만, 글로 쓰기에는 너무너무 한계가 있습니다. 두서없는 글 이해 부탁드립니다.^^"

이 편지를 읽으면서 2년 전 박사 논문 쓰다가 실의와 절망에 빠졌을 때, 선아가 보내 준 편지를 받고 다시 마음을 추스르고 힘을 냈던 기억이 났다. 여기서 멈추지 않고 꿋꿋하게 밀고 나가면 정말로 지난 10개월간 공부한 영어가 머릿속 혹은 몸 안 어딘가에 있다가 하나씩 둘씩 튀어 나올까?

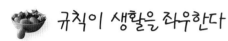

규칙이 생활을 좌우한다

2014. 7. 5. 토. 맑음

이앤지에서는 학생과 교사가 외출을 할 때, 사전에 신고를 해야 한다. 게다가 이성 간인 학생과 교사의 일대일 외출은 금지돼 있다. 필리핀의 어학원들은 이런 규칙을 가진 곳과 안 가진 곳으로 나눌 수 있다. 세부 유브이에는 이런 규칙이 없었다. 어떤 차이가 있는지 짚어볼 필요가 있다. 왜냐하면 이 규칙으로 인해 유학 생활에 큰 차이가 발생할 수 있기 때문이다.

그동안 관찰한 바를 토대로 얘기한다면, 대부분의 학생들이 밖에서 교사들과 어울리는 것을 선호한다. 한국, 일본과 필리핀의 경제력, 물가 차이 때문에 대부분 학생이 밥값이나 찻값을 부담하게 되지만, 교사들과 어울리면서 한 시간이라도 더 영어를 배우고 해 보겠다는 거다. 세부 유브이에서는 학생과 교사 간 만남이 자유로웠다. 어떤 학생들은 삼삼오오, 어떤 학생은 일대일로 교사를 만났다. 여행을 갈 때, 동행 교사의 이름을 여행신고서에 쓰기도 하지만, 그 정도가 다녔다. 수업 후 사생활까지 관여하지 않았다.

간혹은 자유분방한 만남 속에서 부작용이 생기기도 한단다. 학생과 교사가 음주를 하다가 통금 시간을 넘기기도 하고, 금전 거래를 하는 경우도 있고, 연애 사건이 발생하기도 한단다. 사실 남녀 간의 사랑은 지구상 어디서도 발생할 수 있는 일이지만, 자녀를 외국에 보낸 부모들이 가장 걱정하는 문제일 것이다. 여하간 이앤지의 경우는 학생들의 건강하고 건전한 유학 생활 관리를 위해 위에 기술한 규칙을 갖고 있다. 물론 이런 규칙이 있다고 해서 위와 같은 문제가 발생할 가능성이 제로가 되는 것은 아니겠지만.

한편으로는 이런 규칙에 불편을 느끼는 학생과 교사들이 있다. 외출 좀 하는데 일일이 신고를 해야 한다니, 사생활이 노출되는 것도 같고, 귀찮기도 하고, 얘기하기 싫기도 해서 신고를 하지 않는 경우도 많다. 신고 없이 외출을 했을 경우, 자연히 그에 대해 쉬쉬하게 된다. 그 결과 학생, 교사와 어학원이 한쪽은 감시를 당하고, 한쪽은 감시를 하는 것 같은 불편한 상황이 된다.

이런 규칙이 있는 곳과 없는 곳, 어느 쪽이 좋고 나쁘다고 얘기할 성질의 것은 아니다. 각각 장단점이 있다. 어디까지나 선택의 문제다. 따라서 어학원을 선택할 때 이런 규칙도 확인하고, 또 다른 특별한 규칙은 없는지도 확인할 필요가 있다. 규칙에 따라 유학 생활이 달라질 수 있기 때문이다.

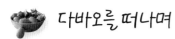

다바오를 떠나며

2014. 7. 18. 금. 맑음. 오후 한 때 소나기

오늘은 다바오 마지막 날이다. 수업 시간에 케빈, 제이크, 팀, 로 간, 저스틴, 아이린 등과 작별 인사를 했다. 케빈은 27살이고, 성실하고 열정적이다. 열심히 공부한다. 로간은 어리지만, 영어를 제법 하고, 캐나다에 있는 대학에 이미 합격했다. 제이크는 온지 얼마 안 됐는데, 역시 성실하다. 팀과 저스틴, 아이린은 일본 학생들이다. 아이린하고는 토익 단어 수업을 같이 들으면서 대화를 많이 했는데, 막상 헤어지려니 참 섭섭하다. 다들 열심히 생활하고 건강하기 바란다.

다바오 이앤지에서 5개월 정도 공부했다. 한다고 했지만, 결과는 기대치에 한참 못 미쳤다. 지난 달 6월 20일에 치른 테스트 결과는 다음과 같았다.

단어와 문법: EH, 말하기: IL, 읽기: EH, 듣기: IH, 쓰기: IL.

글자 그대로 초라한 성적표다. 필리핀에 와서 1년이나 영어를 공부했는데, 이제 겨우 초등학교나 중급 수준이다. 기가 막히는 현실이 아닐 수 없다. 엊그제 제니 페이스 북에 글을 남기면서 '많은 단어를 공부했지만, 잘 까먹는 기이한 기억력의 소유자'라고 너스레를 떨긴 했지만, 너스레가 아닌 잔인한 현실이다.

저녁 6시에 아브리자 몰에 있는 야키믹스YakiMix에서 송별회를 했다. 로절린Rogelyn과 에이스Ace는 사정상 참석을 못했고 그동안 함께 공부했던 선생님들이 다 모였다. 메이Mhae, 셰인Shane, 제니Genny, 마리즈Mariez, 사라Sarah, 진Jean, 밀Mhyl, 제니퍼Jennifer, 준Jun, 카이Cai, 퀸Quinn, 겔Guel, 넬리Nelly, 빅Vic 그리고 나까지 모두 15명이 함께 밥을 먹었다. 15명이 모이니 제법 시끌벅적했다. 케이는 오랜만에 만났다. 여기 오고 한 3주 함께 공부한 뒤 그만두었으니 정말 한참 만이다. 반갑게 수다를 떨고, 기념사진을 찍고, 2차로 토레스거리Torres에 있는 케이티브이K-TV에 갔다.

다바오에 와서 처음으로 선생님들과 함께 밥을 먹고 노래방까지 갔다. 한국 노래를 듣고 싶다고 해서 '광화문 연가'를 불렀다. 낯선 이국땅 다바오 토레스거리에서 부르는 '광화문 연가', 왠지 가슴이 뭉클했다. 노래방을 나오기 직전에 마지막 인사를 듣고 싶다고 해서 마이크를 잡았다. 순간 머릿속이 텅 비고 눈앞이 하얬다. 무슨 말을 해야 하나? 생각할 틈도 없었다. 그저 고맙다고 했다. 언제나 건강하기를 바란다고 행운을 빈다고 했다. 그리고 언제 다시 만날지 알 수 없지만, 선생님들 모두 잊지 않겠다고 했다. 메이, 셰인, 제니, 마리

즈, 사라, 진, 밀, 제니퍼, 준, 케이, 퀸, 겔, 넬리, 빅 그리고 참석 못한
로절린과 에이스, 모두모두 건강하고 행복하기 바란다.

2부
이앤지 E&G, 다바오

앙헬레스 도착,
그리고 에이이엘시 일정 시작

2014. 7. 21. 월. 흐리고 갰다가 소나기

다바오-클라크 직항이 없어서 지난 토요일 11시 5분 비행기를 타고 마닐라로 이동, 12시 55분 공항에 도착했다. 점심은 공항 앞에 있는 맥도날드에서 해결하고, 자동차로 클라크까지 이동했다. 토요일 오후라 그런지 교통체증이 무척 심했고 고속도로에서는 큰비를 만나기도 했는데, 3시간 정도가 걸렸다.

클라크 에이이엘시AELC어학원은 캠퍼스가 두 곳인데, 1캠퍼스는 앙헬레스Angeles에 있고, 2캠퍼스가 클라크Clark에 있다. 두 곳 중 어디로 갈까 고민했었는데, 교육과정상 큰 차이는 없지만, 기숙사 비용이 한결 저렴한 1캠퍼스를 선택했다. 2캠퍼스가 있는 클라크는 미국 공군기지가 있던 곳이고, 미군이 철수한 후에는 경제특구로 지정해 특별히 관리하고 있다는데, 모습은 흡사 미국 같고, 현재도 미국인들을 비롯한 외국인들이 많이 거주하고 있단다.

어학원은 정방형 부지에 교사와 기숙사, 식당 건물이 둘러 서 있고, 가운데는 수영장이 있다. 규모가 크지는 않지만 깨끗하게 잘 관리되어 있다. 지은 지 2년 정도밖에 되지 않아서 아직 새 건물 같은 느낌이 든다. 현재 학생은 50명 정도인데 한국 학생이 60% 정도이고 나머지는 일본과 대만 학생들이다. 한국 학생 매니저 하나 씨를 만나 기숙사 205호실을 배정받고, 간단한 설명을 들었다. 방 정리 하다가 저녁 시간을 놓치는 바람에 7시쯤 어학원에서 제일 가까운 네포 몰 Nepo Mall에 가서 밥을 먹고 필요한 일용품을 구입했다. 네포 몰은 서민적인 분위기가 풍기는 곳이었다. 여기는 일반 택시가 없어서 이동은 지프니를 타거나 트라이시클을 이용해야 한다.

일요일 아침 6시쯤 눈을 떴다. 기숙사 식당에서 아침을 먹는데, 한국 음식이고, 입에 맞았다. 밥을 먹고는 마침 클라크로 들어가는 차가 있어서 동네 분위기도 살필 겸 동행했다. 차로 15분쯤 달린 후에 출입문을 통과하니 정말 딴 세상이었다. 녹지가 많았고, 클라크 국제공항도 있고, 어마어마하게 넓은 연병장과 미군들이 살던 집들이 고스란히 남아 있었다. 타이거 우즈가 극찬을 했다는 미모사 골프클럽Mimosa Golf & Country Club이 있었고, 호텔, 카지노 등도 눈에 띄었지만, 전체적으로 한산하고 조용했다. 클라크에서 돌아오는 길에 지나온 워킹 스트리트Walking Street는 앙헬레스의 대표적인 유흥가라고 한다. 주로 관광객들이 술 먹고 노는 곳이고 밤거리 여인들이 많은 곳이라고 하니, 공부하러 온 학생들은 절대적으로 멀리해야 할 곳이다.

에이이엘시에서의 공식 일정은 오늘 아침 8시 레벨 테스트로 시작되었다. 1층에 있는 다목적 교실에서 듣기, 읽기, 쓰기 등이 진행되었고, 말하기는 2층에 있는 작은 방에서 치러졌다. 간단한 테스트지만 이상하게 긴장이 되었다. 특히 말하기 때는 긴장 탓인지 목소리가 크게 나오지 않았다. 그런데다가 좀 더듬었나? 오후에 확인한 결과는 레벨 4였다. 여기는 레벨을 1-8까지 나누고 있는데, 대부분 3-4이고 현재 7-8에 해당하는 학생은 없으며, 그에 맞는 수업 또한 개설돼 있지 않다. 사무실에서 원어민 헤드 티처Head Teacher 마이크Mike와 수업에 관해 상담을 했고, 공부할 책을 정했다. 원어민 교사 일대일 수업 2교시, 필리핀 교사 일대일 수업 2교시, 그룹 수업 2교시, 옵셔널 수업 2교시까지 모두 8교시다.

테스트 후에 오리엔테이션이 있었다. 유학 생활에 필요한 기본적인 정보와 함께 에이이엘시의 독특한 규칙에 대한 설명도 들었다. 예를 들면 이곳에는 벌금 규정이 있는데, 무단결석 시 벌금 100페소, 통금 시간 위반 시 300페소, 레벨 테스트 불참 시 300페소를 내야 한다. 스파르타식 어학원이 아니므로 저녁 때 자유롭게 외출할 수 있지만, 통금 시간은 월~목 12시이고, 금~일, 공휴일 전날은 통금이 없다. 수영장 사용시간은 주중 18:00~20:30, 주말 10:00~20:30이다.

수업은 일주일에 한 번 변경할 수 있다. 어학원 교사하고 외출은 물론 바깥에서 만나 과외 수업을 하는 것은 엄격하게 금지되어 있고, 추가 수업을 원하는 학생에게는 어학원 내에서 토요일 4시간의 수업을 제공한다. 수업료는 원어민 교사 2,500페소, 필리핀 교사 1,000페소로 책정되어 있다. 기타 수업 시간에 너무 짧은 치마를 입거나 속이 비치는 옷을 입으면 안 되고 강사를 만지거나 하면 안 된다.

최근 어학원 내에서 연쇄 도난 사고가 발생해, 범인을 찾고 있으며 재발 방지에 만전을 다하고 있다고 했고, 가능하면 자물쇠를 구입해서 책상 서랍을 잠그라고 했다. 많은 사람들이 모여 사는 곳이다 보니, 이런저런 일이 발생하는데, 도난 사고의 경우, 범인이 학생일 가능성도 높다고 한다. 세부나 다바오도 마찬가지였지만, 청소, 식당, 기숙사 관리 등 필리핀 일꾼들은 불미스러운 일이 있을 경우 일을 그만두어야 한다는 걸 잘 알기 때문에 대부분 그런 짓을 벌이지 않는다고 한다.

점심 먹고 오후 2시, 테스트를 받은 학생들 모두 같이 발리바고 Balibago에 있는 시티은행에 가서 돈도 찾고, 환전소에 가서 환전도 하고 클라크 에스엠 몰에 가서 쇼핑을 하고 돌아왔다. 우리나라는 은행에서 돈도 찾고 환전도 하지만, 필리핀은 환전소가 따로 있다. 오후 5시 어학원으로 돌아왔고, 사무실에 가서 책값 1,000페소와 기숙사 관리비 13,000페소를 냈다. 월요일은 이렇게 하루가 갔다. 토요일과 일요일에도 그다지 피곤한 줄 몰랐는데, 이상하게 오늘은 피곤하다. 테스트 때 긴장한 탓일까? 아니면 여독이 이제 머리를 드는 걸까? 오늘은 운동도 쉬고 일찍 휴식을 취해야겠다.

덧붙임: 어느 날 갑자기 발리바고에 있던 시티은행 지점이 폐쇄되어 더 이상 현금지급기를 이용할 수 없다. 돈을 꺼내려면 다른 은행을 이용해야 하는데, 수수료가 시티은행보다 훨씬 비싸다. 시티은행에 가려면 아마도 마닐라까지 가야 할 것이다.

216

에이이엘시의 수업

2014. 8. 9. 토. 맑음

　우기답게 열흘 동안 비가 내렸다. 지루한 장마 같은 날씨가 계속 되었다. 하루 종일 내리는 비 탓에 햇빛 보기도 힘들었지만, 날은 선선했다. 에어컨을 틀 일도 거의 없었다. 그렇게 일상처럼 퍼붓던 비가 거짓말처럼 멈췄고, 맑은 하늘과 뜨거운 태양을 보니 반가웠다. 그러고 보니 여기 와서 벌써 3주가 지났고, 한동안 새 생활에 적응하느라고 분주해 글을 쓸 시간도 여유도 없었던 것 같다.

　현재 하루 8교시 수업을 수강하고 있다. 아침 8시 50분 2교시부터 시작되는 내 일과는 오전 3교시, 오후 3교시, 저녁 식사 후 2교시로 진행되는데 7시 20분에 끝난다. 8교시 중 일대일 수업 4교시, 그룹 수업 4교시다. 일대일 수업은 필리핀 교사 2, 원어민 교사 2이다. 에이이엘시에는 원어민 교사가 많다. 일대일 수업에서 나를 담당하고 있는 교사는 미국인 마이크Mike와 영국인 필Phil이다. 원어민 일대일 수업은 여기 와서 처음 경험하는 것이지만, 한 사람은 미국인, 한 사람은 영국인이어서 느낌도 좀 다르다.

마이크는 미국 해군 출신으로 내 또래다. 수업 시작 첫 주에 알(r)과 엘(l) 발음의 차이에 대해 설명하면서 알을 발음할 때는 마치 여성과 입맞춤을 할 때처럼 입술을 앞으로 쑥 내밀어야 한다고 설명해 주었다. 그동안 혀의 움직임에 대해서는 잘 알고 있었고, 연습하고 있었지만 잘 되지 않았었는데, 마이크의 설명대로 하니 입과 혀가 쉽게 움직여 주었다. 이런 게 원어민 교사에게 얻을 수 있는 이점 중 하나일까?

필은 58세다. 캠브리지 출신이고, 전공은 수학이지만, 오랫동안 영어 교사로서 학생들을 지도한 경험이 풍부하다. 무엇보다 문법과 발음에 정통하고 열정적이다. 필은 특히 발음을 강조한다. 정확한 발음, 연음, 인토네이션 등등 꼼꼼하게 점검하고 지적한다. 수업 시간에 좀 힘들기도 하지만, 많이 배운다는 느낌이 든다. 필은 또 강조한다. 영어를 말할 때 한국어로 생각한 다음, 그걸 영어로 번역해서 말하면 늦는다고. 영어로 바로 말해야 한다고. 그러고 싶지만 그게 말처럼 되나?

그룹 수업은 필이 맡고 있는 문법과 발음 각각 1교시이고, 미국인 교사 데일Dale이 진행하는 에브리데이 잉글리시Everyday English, 영국인 교사 코치Coach가 담당하는 저녁 특별 수업이 있다. 데일의 수업에서는 호텔 예약하기, 항공권 예약하기 등과 같은 일상 속 회화와 그에 필요한 단어, 표현 등을 공부한다. 현재 수강 학생은 6명 정도다. 그룹 수업으로는 적당한 인원이라고 할 수 있을 것이다. 데일은 한국에서 영어 강사로 살았었기 때문에 한국 사정에 밝고 한국어도 잘 한다.

필이 맡고 있는 문법과 발음 수업은 수강생이 많다. 현재 양쪽 다 열서너 명 내외다. 문법 시간에는 일상에서 자주 쓰는 표현들을 주로 공부하고, 발음 시간에는 기초적인 자음과 모음 각각의 발음을 익히고 연습하는 한편 문장 끊어 읽기 또는 붙여 읽기 등을 공부한다. 짝을 지어 연습을 하거나 그룹을 지어 게임을 할 때는 젊은 친구들과 어울려 영어를 하는 게 몹시 쑥스럽지만, 적응하고 열심히 하는 수밖에 없다.

필리핀 교사는 에이프릴April과 덴Dhen이다. 에이프릴은 20대이고 덴은 30대다. 에이프릴은 처음 두 주 동안 진도가 좀 빨라서 당황스러웠는데, 지난 월요일에 진도를 천천히 나가면서 차근차근 꼼꼼하게 연습을 하고 싶다고 얘기한 후에 단어, 숙어도 점검하고 질문도 일일이 훑으며 진행하고 있다. 덴은 교과서에 충실하고 따로 듣기 연습을 위해 오디오를 준비해 온다. 되도록 내게 말할 수 있는 기회를 주려고 애쓴다. 둘 다 차분해서 편하긴 한데, 세부 유브이, 다바오 이앤지 선생님들 같은 명랑함이나 경쾌함, 유머, 웃음 등이 좀 아쉽다.

여기는 숙제가 많다. 필과 에이프릴은 날마다 숙제를 내 주고, 마이크도 시간이 허락하면 교재 본문을 먼저 읽거나 날마다 두 페이지씩 프린트해서 가져다주는 브레이킹 뉴스Breaking News를 읽어 오라고 한다. 그 바람에 수업 중간 중간 쉬는 시간에도 제대로 쉬질 못한다. 몸은 피곤하지만, 시간은 잘 간다. 그렇다고 해서 영어가 툭툭 튀어나오지는 않는다. 될 듯 될 듯 안 된다.

앙헬레스에는 택시가 없다

2014. 8. 10. 일. 맑음

점심을 먹으러 네포 몰에 갔다. 어학원 앞으로 나가면 트라이시클이 호객을 하지만 모른 척 외면하고 사거리 주유소 앞에서 지프니를 탄다. 트라이시클은 네포 몰까지 요금이 40페소인데, 문제는 지붕이 낮아서 계속 머리를 수그리고 가야 하기 때문에 이만저만 불편한 게 아니다.

택시가 있으면 좋겠지만, 없다. 아니 없는 건 아니고, 전화를 하면 콜택시(?)가 오지만, 공항에 간다든가 에스엠 몰에 간다든가, 병원에 간다든가 할 때, 이용하는 것으로 알고 있다. 요금도 기본 300페소로 상당히 비싸기 때문에 특별한 상황이 아니면 이용하지 않는다.

여기는 일반 택시가 없어서 불편한 트라이시클을 비싼 돈 주고 이용해야 한다. 이쪽에 오래 계신 분한테 연유를 물었더니, 언젠가 택시를 전격적으로 도입하려고 했다는데, 칼부림이 났었단다. 이 지역은 트라이시클 조합(?)이 무지하게 센 것 같다. 문제는 그로 인한 불편을 시민들이 모두 떠안아야 한다. 가장 큰 문제는 무척 위험하다는 거다. 과속에다가 곡예 운전까지 예사로 하기 때문에 자칫 사고라도 나면 크게 다치기 십상이다.

이런 상황이라 지프니가 더 편하다. 네포 몰까지 8페소. 그린위치 피자에서 99페소짜리 피자세트로 점심을 해결하고, 홀리 엔젤Holly Angel 대학 앞에서 다시 지프니를 타고 발리바고에 갔다. 동네 구경할 겸 호기심에 갔는데, 워킹 스트리트 간판이 보인다. 거리 안으로 들어서니 양쪽에 바들이 즐비하다. 낮 2시, 해가 져야 흥청거리기 시작되는 곳의 낮 풍경은 비교적 한가로웠지만, 실은 이런 시간에도 영업을 하고 있단다. 북쪽 끝까지 갔다가 돌아 내려오는데 몇 군데 노천카페에서 서양인들이 커피를 마시고 있었다.

그러고는 앙헬레스 대학Angeles Unversity까지 걸어갔다. 한 40분 걸린 것 같다. 중간에 개천도 하나 건넜다. 이상하게 개천 옆에는 꼭 판잣집들이 있다. 앙헬레스 대학병원 앞 졸리비에서 콜라를 한 잔 마시고, 지프니를 타고 네포 몰로 이동했다. 시내 구경 좀 해볼까 하는 마음이었지만, 정말 갈 데가 없다. 1층에서 간단히 장을 보고, 약국에 가서 비타민을 산 다음에 지프니를 타고 어학원으로 돌아왔다. 쇼핑백을 두 개 들고 지프니를 타니 좀 불편했다. 택시가 있으면 편안하고 안전하고 좋을 텐데.

에이이엘시의 하루

2014. 8. 15. 금. 맑음. 불볕더위

	월	화	수	목	금
06:20	기 상				
07:30	아침 밥				
08:00–08:40	자습: 드라마 엑스트라(Extra)를 자막 없이 보면서 듣기 연습을 한다.				
08:50–09:35	일대일: 마이크				
09:40–10:25	그룹: 필(문법, 문형)				
10:30–11:30	일대일: 에이프릴				
11:30	점심 밥				
12:00	자습: 오전에 수업한 내용을 복습하거나 숙제를 한다.				
12:55–13:40	일대일: 덴				
13:45–14:30	그룹: 데일(Everyday English)				
14:35–15:20	일대일: 필				
15:25	자습: 오후에 수업한 내용을 복습하거나 숙제를 한다.				
17:00	저녁 밥				
17:45–18:30	저녁 특별 수업(Evening Special): 코치				
18:35–19:20	그룹: 필(내추럴 스피킹Natural Speaking)				
19:30–22:00	자습: 모던 패밀리(미드)를 자막과 함께 보면서 단어 찾고 해석하고 발음 연습한다.				
22:00–23:00	운 동				
23:20	취 침				

시간표만 보면 참 열심히 공부하고 있구나 하는 생각도 들지만, 실상은 그렇지 않다는 것을 솔직하게 고백하지 않을 수 없다. 공부를 방해하는 자질구레한 것들이 있다. 아침에 눈을 뜨면 커피를 끓이면서 시간을 잡아먹는다. 그 다음은 스마트폰이다. 고국과 친구들을 연결해 주는 유일한 고리이기는 하지만, 이것도 시간 많이 잡아먹는다. 중독은 아니지만, 수시로 인터넷 뉴스도 보고 페북도 본다. 하루에 한두 번만 보면 좋겠지만, 그게 쉽지 않다. 허리가 좋지 않다는 핑계로 침대 위에서 뒹굴 거리기도 하고, 처음부터 누운 채로 공부를 하기도 하는데, 그러다 보면 깜박 잠이 들었다 깨기도 한다. 어떤 때는 그냥 잠을 자기도 한다. 빈둥거리는 시간 참 많다.

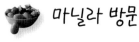

마닐라 방문

2014. 8. 25. 월. 비

지프니에서 소매치기를 당하다

지난 금요일부터 오늘까지 4일간 연휴여서 2박3일 일정으로 마닐라를 방문했다. 금요일 아침, 출발 전 여비 일부는 가방에 넣고, 나머지는 앞주머니(100, 50, 20페소짜리), 뒷주머니(500페소짜리), 그리고 옆주머니(500페소짜리)에 분산했다. 오전 7시 30분에 기숙사를 나섰고, 마닐라 가는 버스를 타기 위해 다우 터미널Dau Terminal로 향했다. 꿋꿋Cutcut 네거리에서 지프니를 타고 네포로, 지프니를 갈아타고 발리바고로, 거기서 다시 지프니를 갈아타고 다우터미널로.

문제는 다우 가는 지프니였다. 주머니에서 돈을 꺼내 차비를 내고 거스름돈을 받아 돈을 주머니에 넣었지만, 터미널에 내린 다음 보니 2,000페소 정도 되는 돈이 감쪽같이 사라졌다. 조심했어야 했다. 애당초 지프니 안에서 차비 8페소를 내기 위해 돈 뭉치를 몽땅 꺼낸 게 실수였다. 신경 써서 돈을 분산해 두었었지만, 조금 더 신경 썼다면 잔돈 주머니에 그런 거금(?)을 넣어두는 게 아니었다. 지프니를 타기 전에 잔돈만 꺼낼 수 있도록 준비했어야 했다. 나중에 들은 얘기지만, 여기 소매치기들은 여러 명이 같이 움직인다고 한다. 비좁은 지프니 안이지만, 한쪽에서 시선을 끌기 위해 수작을 부리고 다른 쪽에서 돈을 뺀다고 한다. 무엇이 내 시선을 빼앗고, 어느 순간에 누가 내 돈을 뺐는지 전혀 기억나지 않는다.

택시, 호텔 그리고 마차

1시간 반쯤 달려 쿠바오 터미널Cubao Terminal에 도착했고, 택시를 타고 호텔로 향했다. 30분쯤 걸려 리잘 파크Rizal Park에 도착했고, 미터로 180페소가 나왔지만, 200페소를 냈다. 마닐라에서 택시를 탈 때는 항상 미터를 켜 달라고 이야기를 해야 한다. 아닌 경우에는 미리 요금을 흥정해야 한다. 달라는 대로 주면 기사야 좋겠지만, 거리나 요금 관계를 잘 몰라도 일단 어느 정도 깎는 식으로 흥정을 해야 바보 취급을 당하지 않는다는 것이 마닐라를 여행하는 여행자들 사이의 상식이다.

예약한 호텔은 리잘 파크 옆에 있는 카사 보코보Casa Bocobo라는 작은 비즈니스호텔이었다. 익스피디어Expedia에서 검색했을 때, 1인실이 있는 곳은 이곳뿐이었고, 방값도 우리 돈으로 35,000원 정도로 저렴했다. 나처럼 잠만 자는 게 목적인 여행자에게는 안성맞춤이다. 한 가지 아쉬운 것은 방에 냉장고가 없다는 점이다.

리잘 파크와 인트라무로스Intramuros를 돌아본 다음, 마닐라 베이 Manila Bay로 가는 길에 마차를 탔다. 목적지에 거의 도착한 것을 알고 있었지만, 다리가 너무 아팠고, 마차 기사가 호객 행위를 하면서 단돈 50페소라고 해서 탔다. 그런데 막상 내릴 때가 되니 250페소를 달라고 했다. 기가 막혔다. 불과 500미터쯤 이동했을 것이다. 어떤 일이 있어도 필리핀 사람들과 언쟁을 하거나 싸우지 말라는 주의의 말이 생각났지만, 너무 어처구니가 없어, 250페소는 줄 수 없다고 했다. 150페소를 달라고 했다. 줄 수 없다고 하자, 필리핀 말로 투덜거리더니 50페소도 받지 않고 그냥 갔다. 위험한 순간이었다. 혹시 해코지를 당하는 건 아닌가 걱정도 됐다. 쓰레기와 냄새로 오염된 마닐라 베이를 흘낏 보고 서둘러 자리를 떴다.

리잘 파크와 인트라무로스

리잘 파크는 넓고 깨끗했다. 필리핀의 영웅 리잘을 기념하는 공원답게 잘 관리하고 있다는 느낌이 들었다. 공원 중간에 리잘이 스페인 정부에 의해 처형되던 마지막 순간을 재현한 공간이 있었다. 입장료 20페소를 냈고, 공원 안내인 폴의 설명을 들으니 당시의 상황을 어느 정도 상상할 수 있었다.

리잘은 죽음을 겁내지 않았고 당당했다. 저격수들이 도열해 있는 처형장에 들어선 리잘의 맥박은 정상이었다. 죽기 전날 썼다는 리잘의 '마지막 인사My last Farewell'에 대한 설명도 들을 수 있었다. 필리핀의 독립을 위해 투쟁했던 리잘은 가족과 동포들에게 마지막 인사를 남겼는데, 노예도 수탈도 억압도 사형도 처형도 없는 평화롭고 해방된 조국 필리핀을 기원했다고 한다.

인트라무로스로 이동해서 스페인 식민지시기 정복자들에 의해 건설된 큰 성채를 돌아보았다. '중국에 만리장성이 있다면 마닐라에는 인트라무로스 성벽이 있다'는 폴의 설명을 들으며 성벽 위를 걸었다. 말처럼 큰 규모는 아니었지만, 마닐라의 중세와 현재를 느낄 수 있었다. 성채 주변으로는 중세에 지어진 스페인식 건물들이 많았고 멀리 보이는 곳에는 현대식 빌딩들이 우뚝우뚝 서 있었다. 많은 학생들이 견학을 나와 있었고, 사진을 찍거나 그림을 그리는 등 그룹 활동을 하고 있었다. 학생들과 기념사진을 한 장 찍었다.

국립박물관에 가보고 싶었지만, 공사 중이어서 방문할 수 없었다. 오후 1시, 맥스Max's라는 식당에서 폴과 함께 점심을 먹었다. 폴이 안내하며 설명을 해주는 것은 좋았지만, 예정에 없던 일이라 조금 당황스러웠다. 친구들과 마닐라에 온다면 자기가 모든 것을 준비할 수 있다면서 연락처도 알려주었다. 점심을 먹고 나서는 마닐라 성당과 산티아고 요새 등도 안내해 주겠다고 했다. 고마운 제안이었지만, 혼자서 느긋하게 돌아보고 싶은 생각에 폴의 제안을 어렵게 거절하고 식당 앞에서 헤어졌다. 우연한 만남이었지만, 나는 멋진 설명을 들을 수 있었고, 그는 점심을 먹을 수 있었다.

산티아고 요새Fort Santiago

산티아고 요새는 스페인 식민지시기에 군사적 목적으로 건설되었고, 리잘이 수감되었던 감옥이 있었다. 리잘뿐만 아니라 스페인에 저항한 많은 독립투사들이 이곳에서 온갖 고초를 겪었을 것이다. 파란의 역사를 잊은 듯 요새는 평온했지만, 모든 시설은 리잘을 기념하고 있었다. 리잘이 갇혔던 방, 리잘이 처형장으로 가던 마지막 모습을 기억하기 위해 길 위에 찍어놓은 리잘의 발자국, 자그마한 리잘기념관 등등. 기념관은 리잘의 마지막 모습을 재현하고 있었는데, 리잘이 남긴 여러 가지 유물들도 흥미로웠지만, 리잘 사후, 만들어진 각종 책, 엽서, 우표, 돈 등 기념물들이 특히 눈길을 끌었다. 리잘의 이야기를 담은 많은 책들, 리잘의 사진이 들어간 우표와 지폐들의 가짓수 이상으로 리잘은 필리핀 사람들의 존경과 추앙을 받고 있었다.

그 많은 기념물들을 보면서 불현듯 김구 선생이 떠올랐다. 우리는 김구 선생을 얼마나 추억하고 있나? 책은 있다. 2001년 김대중 정부 때 기념우표가 한 장 나왔다. 하지만 김구 선생이 들어간 지폐는 없다. 꼭 지폐에 사진이 들어가야 하는 것은 아니겠지만, 김구 사후에 선생에 대한 기념사업이 국가적 차원에서 활발하지 못했던 것은 정적 이승만이 오래도록 정권을 잡았기 때문일 것이다.

몰 오브 아시아Mall of Asia

토요일 오후, 호텔 앞에서 택시를 타고 몰 오브 아시아로 갔다. 아시아에서 제일 크다는 설명만큼 무척 넓어 보였다. 온갖 상점과 식당, 카페 등이 즐비했고, 1층에 있는 아이스링크에서는 많은 젊은이들이 스케이트를 타고 있었다. 바닷가 쪽에는 놀이공원이 조성돼 있었고, 주말 나들이를 나온 사람들이 탁 트인 바다가 선사하는 아름다운 풍광을 즐기고 있었다. 잠시 산책을 하다가 일식당에서 우동으로 저녁을 해결했다. 국물이 좀 더 시원했으면 하는 아쉬움이 있었지만, 필리핀에서 이 이상을 바라는 것은 무리일 것이다.

돌아오는 길에 필리핀의 지하철을 한번 경험해 보고 싶어 지프니를 타고 바클라란Baclaran역까지 갔는데, 9시도 되지 않은 시각에 이미 매표가 중지되어 기차를 탈 수 없었다. 역사 안은 어둡고 지저분했다. 역에 도착했을 때 막 출발하는 열차 한 대를 봤는데, 차량이 상당히 낡아 보였다.

역 앞에서 택시를 탔는데, 호텔까지 250페소를 달란다. 200페소를 얘기하니, 러시아워라면 250페소, 만일 차가 밀리지 않으면 200페소만 받겠단다. 의외로 교통이 순조로워 체증 없이 호텔에 도착했지만, 250페소 달란다. 심지어 "당신이 나에게 크게 팁을 준다면 아주 고맙겠다"며 목청을 돋우었다. 마닐라 택시 기사들이 승객을 대하는 태도가 대충 이렇다는 사실을 다시 한 번 느꼈다.

아쉬운 마닐라 방문

첫날 너무 많이 걸었는지 다리에 탈이 났다. 계속해서 발에 쥐가 났다. 왼발 검지, 중지, 약지가 발딱 일어섰고, 오른발은 엄지가 문제였고 통증이 심했다. 최근 몇 달 동안 발목에 통증을 자주 느끼고 가벼운 쥐가 여러 번 났었지만 이런 증상은 처음이었다. 한참 동안 발가락을 당기고 주물렀지만 쉽사리 가라앉지 않았다.

첫날 마닐라 성당Manila Cathedral과 세인트 어거스틴 성당Saint Augustine Cathedral을 방문했었다. 몇 군데 성당과 박물관을 구경하고 싶었지만, 다음 날 오전에는 방에서 쉬어야 했다. 카사 마닐라 박물관Casa Manila Museum과 세인트 조셉 성당St. Joseph's Cathedral과 마닐라에서 가장 근대적으로 발달한 상업 지역이라는 마카티Makati도 포기했다. 이건 개인 취향의 문제겠지만, 마닐라는 리잘 파크와 인트라무로스, 박물관과 몇 군데 성당을 돌아보면 더 이상 특별한 것이 없지 않나 하는 생각도 든다.

몰 오브 아시아를 방문했을 때, 큰 문제는 없었지만, 그날 밤 상태는 좋지 않았다. 세진정형외과 정 원장님과 연락을 취해야겠다는 생각이 들었다. 여기서 병원에 가야할지 아니면 돌아갈 때까지 버텨도 될지 상담을 받아야 할 것 같다. 12월까지는 여기서 공부를 해야 하는데 건강 때문에 발목을 잡히면 안 된다. 일요일 오전, 택시를 타고 빅토리아 터미널Victoria terminal로 이동한 다음, 버스를 타고 다우 터미널로 돌아왔다.

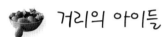

거리의 아이들

2014. 9. 1. 월. 맑음 그리고 소나기

20여 년 전 마닐라를 처음 방문했을 때 목격한 놀라운 풍경 중 하나는 넘쳐나는 거리의 아이들이었다. 그들은 관광객들이 버스에서 내리면 다가와서 돈을 구걸했다. 그때는 어딜 가나 동료들과 함께 움직였기 때문에 특별한 두려움은 없었다. 더러는 동전을 건네기도 하고, 바쁜 척 모른 척하기도 했었다.

작년에 세부에서 지내면서 놀란 것은 전혀 변한 게 없는 거리의 아이들이었다. 마닐라와 세부가 다른 도시이지만, 수도 마닐라가 더하면 더했지 결코 덜하지 않다는 얘기를 들었을 때, 느낀 착잡한 심경과 연민은 적절히 표현하기 어렵다.

필리핀에서 생활하다 보니 거리의 아이들을 자주 만난다. 앙헬레스에도 거리의 아이들이 많은데, 네포 몰에 가면 반드시 마주치게 된다. 다행스러운 것은 이쪽 아이들은 비교적 순하고, 집요하게 따라붙지 않는다는 점이다. 한 명이 다가올 때는 적당히 주위를 살핀 다음에 얼른 동전을 건네기도 한다. 하지만 되도록 모른 척하고 지나는 게 현명한 행동일 수 있다. 자칫 잘못했다가는 한 무리의 아이들에게 둘러싸일 수도 있으니 말이다.

지난 토요일, 번화가인 발리바고로 저녁 먹으러 갔다가, 포춘 Fortune이라는 중국 식당 앞에서 거리의 아이들을 만났다. 열 살 좀 넘어 보이는 소년 하나가 다가와 대뜸 내 허리춤을 잡았다. 보통 다가와서 손을 내밀거나 하지, 다짜고짜 사람을 잡지는 않는데 좀 이상했다. 아니나 다를까 다른 아이들이 몇 명 더 나타나더니 삽시간에 나를 둘러쌌다. 예닐곱 명쯤 되는 아이들에게 포위를 당했다. 예감이 좋지 않았다. 처음 다가왔던 애는 내 뒷주머니 지퍼를 당겼고, 다른 아이들 역시 내 몸에 손을 댔다. 나도 모르게 저리 가라고 소리를 질렀다. 조심해야 한다. 아이들을 떼 놀 의도로 밀거나 하면 문제가 복잡해 질 수 있고, 더 큰 위험에 빠질 수 있다. 아이들 뒤에 어른들이 있다는 얘기를 한다. 소리를 지르는 것도 좋은 방법은 아니다. 자리를 뜨는 게 최선이라 판단하고 약국 안으로 몸을 피했다. 경비원이 다가와 괜찮으냐고 묻는다. 돈은 그대로 있었지만, 손수건이 없다. 가방도 확인했다. 다행히 더 이상 없어진 건 없었다.

지금 생각해 봐도 확실히 그 아이들의 행동은 달랐다. 돈을 구걸할 의도가 아니었다. 처음부터 돈을 빼려고 접근한 것이다. 그런 아이들이 꽤 있다는 얘기를 들었지만, 직접 부딪히기는 처음이었다. 어떤 아이들은 어릴 때부터 소매치기를 배운다고 한다. 심지어 아버지가 가르치기도 한단다. 게다가 죄의식이 없고, 그저 돈을 빼느냐 못

빼느냐가 이 아이들의 과제일 뿐이라고 한다. 급히 몸을 피하지 않았으면 정말 크게 봉변을 당했을지도 모른다.

거리에서 돈을 구걸하는 아이들, 소매치기나 퍽치기를 하는 아이들, 서글픈 필리핀의 자화상 중 하나다. 필리핀 정부는 무엇을 하고 있는 걸까? 이곳 사람들 말대로 정치가 썩은 탓일까? 이 아이들을 평범한 가정의 아이들로 만들고, 이 아이들을 학교에 보내기 위해서라도 필리핀 사회와 경제는 한시바삐 발전해야 하고 바뀌어야 한다. 필리핀이 잘 살게 되면 거리의 아이들도 사라질 것이다.

과외 수업을 시작하다

2014. 9. 2. 화. 맑음

두세Dulce를 만난 것은 지난 8월 16일이었다. 어학원 부원장님 소개로 어학원 앞 졸리비에서 만났고, 첫날 두 시간 동안 수업을 했다. 두세는 22살에 영어 교사를 시작했는데, 클라크 안에 있는 다른 어학원에서 6년 동안 일했고, 최근 그만 두기 직전까지 팀 리더였다고 했다. 부원장님에게서 실력 있는 선생님이란 얘기를 들었지만, 정말 실력이 있었다. 부드럽게 대화를 이끌어 나갔고, 틀린 표현에 대해서는 분명하게 지적을 했으며, 설명은 명쾌했다.

다년간의 경험으로 터득한 건지 아니면 타고난 감각인지 모르지만, 영어를 외국어로 공부하는 학생을 어떻게 가르쳐야 하는지를 잘 알고 있는 것 같았다. 한마디로 실력 있고 가르칠 줄 아는 선생님이다. 흥미로운 것은 잘못된 표현이라든가 발음 등 언어적 오류를 본능적으로 알아차리고 반응한다는 점이었다. 학생뿐만 아니라 같은 필리핀 선생님들하고 대화를 할 때도 그렇고, 심지어는 원어민 선생

234

님들의 실수까지도 잡아낸다고 했다.

매주 토요일 오후 2시에 만나 3시간씩 수업을 진행하고 있다. 진작 이런 선생님을 만났으면 내 영어가 지금보다는 훨씬 낫지 않을까 하는 생각도 든다. 하지만 모든 게 운명이다. 어학원 안에서도 그렇다. 좋은 선생님을 만날 수도 있고, 만나지 못할 수도 있다. 학비를 더 내거나 덜 내거나 한 것도 아니고, 어학원 수업 담당하고 특별한 이해관계가 있어서 혜택을 받는 것도 아니다. 어떤 선생님을 만날지 알 수 없고, 설령 좋은 선생님을 만나도 서로 호흡이 맞을지 어떨지 아무도 모른다.

어학원에서 생활하다 보면 선생님들에 대한 평판이나 풍문을 통해 누가 실력이 있는지 알게 된다. 다들 그런 선생님하고 수업을 하고 싶어 하기 때문에 어학원은 공정한 수업 배정 방식과 규칙을 갖고 있어야 한다. 방학 때 영어캠프를 열면, 간혹 아이들을 따라온 엄마들이 자기 아이에게 좋은 선생님을 붙여달라고 막무가내로 떼를 써서 애를 먹는 경우가 있다고 한다. 대한민국 어머니의 뜨거운 교육열과 도가 지나친 자식 사랑은 이곳에서도 확인할 수 있다. 도대체 이 엄마들은 왜 다른 집 자식들은 눈곱만큼도 생각하지 않는 걸까?

수업이 끝나면 되도록 저녁을 같이 먹는다. 저녁을 먹으면서 계속 대화를 한다. 성격적으로 수다스럽지 못해 풍부한 화제를 이끌어내지 못하는 게 내 단점 중 하나지만, 나름대로 최선을 다해 이런저런 얘기를 해본다. 선생님의 얘기를 듣는 것도 좋은 듣기 공부지만, 말하기를 좀 더 연습하고 싶은 마음에 조바심을 낼 때가 많다.

235

저녁을 먹고 나서는 가능하면 자리를 옮겨 커피나 차를 마신다. 같은 자리에서 밥을 먹고 커피를 마시면 그만큼 함께 있는 시간이 줄기 때문이다.

수업료는 한 시간에 250페소다. 저녁 먹고 어쩌고 하면 적지 않은 비용이 들어간다. 물론 우리나라 사람들의 물가에 대한 감각으로 따지면 얼마 되지 않는 돈이다. 하지만 여기서 생활하다보면 나도 모르게 여기 물가에 적응하게 되고, 그런 감각으로 돈을 생각하게 된다. 처음에는 "우리 돈으로 만 원밖에 안 되잖아" 하지만, 곧 "뭐 400페소나 한다고" 하는 식이 된다. 여하간 지금 돈 문제를 따질 때가 아니다. 한 시간이라도 더 공부를 해야 한다. 어학원 안에서도 열심히 배우고, 두세에게도 열심히 배우는 것이 최선이다.

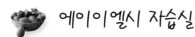

에이이엘시 자습실

2014. 9. 27. 토. 맑음

어학원 교사 1층에 자습실이 있다. 쉬는 시간 대부분을 방에서 보내는 나하고는 거리가 먼 곳이지만, 대부분의 학생들에게는 소금과도 같은 공간이다. 자리는 60석 정도인데, 한 달에 두 번(?) 자리를 추첨하고, 정해진 자리에 앉는다. 벽에는 선반도 있어서 간단한 개인 물품을 두기에도 좋다. 자습실 앞은 휴게 공간이고, 커피나 아이스크림, 컵라면, 과자 등을 살 수 있는 매점도 있다.

수업이 없는 시간, 대부분의 학생들이 자습실에서 공부를 한다. 같은 건물에 교실과 자습실이 있어서 대부분의 학생들이 교사와 기숙사를 오락가락하지 않고, 자습실을 중간 거점으로 활용한다. 시간표에 따라 수시로 학생들이 들락거리기는 하지만 분위기는 늘 정숙하다. 책을 읽는 학생도 있고, 노트북으로 영화를 보거나 동영상 강의를 듣는 이들도 있다. 뭘 하든 다들 영어 공부에 열심이다.

어학원 수업이 모두 끝나는 시간은 저녁 7시 20분이다. 이 시간 이후에는 늘 만석이다. 기숙사 방으로 돌아가는 학생들도 있지만, 대부분은 자습실에서 밤늦게까지 공부를 한다. 방마다 계량기가 있어서 에어컨을 쓰는 만큼 전기세를 내는데, 자습실에서 공부하면 전기세 걱정도 없다. 이런 경제적인 문제도 자습실 이용률을 높이는 데 일조한다고 봐야 할 것이다. 중요한 건, 면학 분위기가 좋다는 거다. 예전에는 자습실 문 닫는 시간이 12시였는데, 학생들이 워낙 열심히 공부하는 바람에 오전 1시로 연장했다. 주말에 밖으로 나가는 학생들도 많지만 자습실을 지키는 학생들 숫자도 상당하다.

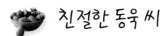

친절한 동욱 씨

2014. 10. 3. 금. 맑다가 오후 늦게 소나기

　이곳에 왔을 때, 클라크를 안내해준 분은 '친절한 동욱 씨'였다. '미스터 리' 혹은 '아버지'로 통한다. 왜냐하면 그의 성이 '이'씨이고, 어학원 대표의 아버지이기 때문이다. 이 글의 제목을 '친절한 동욱 씨'로 한 것은 '친절한 금자 씨'라는 영화 제목을 패러디한 것이기도 하지만 실제로 그가 친절하기 때문이다. 처음에는 '그래도 내가 연예인이고, 과거에 열렬한 팬이었다는 말씀은 안 하셨지만, 동 시대를 살았다는 인연으로 특별히 친절하게 대해 주나 보다'하고 생각했었다. 물론 그런 면이 없지는 않을 것이다. 하지만 두 달쯤 겪어보니 그는 나한테만이 아니고 모든 사람들에게 친절하다.

　어학원에 갓 도착한 학생들을 위해 지역 안내도 하고, 에스엠 몰이나 네포 몰에 가서 생필품 쇼핑을 도와주기도 한다. 일요일 오전에는 기독교 신자인 학생들과 함께 교회에도 간다. 바다가 보고 싶다는 학생이 있으면 직접 차를 몰고 수빅까지 달려가기도 한다. 그런

때면 어김없이 삼겹살과 상추, 고추 등을 준비해서 한국인의 입맛에 딱 맞는 근사한 점심상을 차려준다. 언젠가 센터2에서 공부하던 폴과 함께 바닷가에 가서 먹은 삼겹살은 정말 돼지가 살아있는 것 같았다. 이런 생활 편의뿐만 아니라 아파서 병원에 간다든가 하는 비상사태에도 두 팔을 걷고 나선다.

30대 초반의 대표는 서울 역삼동 사무실에서 열심히 일하고 있고, 이곳 일은 원장과 부원장이 책임지고 있는데, 미스터 리가 아들의 뒷바라지를 하고 있다. 가만 보면 어학원 설비, 청소, 식당 메뉴까지 그의 손길이 가지 않는 곳이 없다. 특히 음식에 많은 신경을 쓰고 있는데, 음식이 어학원 생활에서 아주 중요하기 때문이다. 하루 세 끼를 어학원 식당에서 먹어야 하는데, 음식이 부실하면 정말 곤란하다.

팜팡 마켓Pampang Market이란 시장이 있는데, 새벽 2시에 문을 열고 아침에 문을 닫는다. 미스터 리는 매주 화요일과 금요일 새벽 2시에 손수 장을 보러 간다. 채소든 고기든 되도록 싱싱한 재료를 싼값에 사기 위해서다. 이곳에서 장을 본 다음, 센터1과 센터2 식당으로 배달을 한다. 클라크 안에 있는 센터2 식당은 일반인을 대상으로도 음식을 파는데 영업이 끝나는 시간에 지프니가 없어서 매일 밤 12시 반에 식당 일꾼들을 클라크 바깥 지프니가 다니는 곳까지 데려다 주거나 집까지 바래다준다.

하루 평균 4시간 정도 수면을 취한다고 하는데, 그나마 잠자는 시간이 매우 불규칙하고, 센터1과 센터2를 오가며 일을 보다 보면 잠자는 시간을 놓쳐 쪽잠을 잘 때도 많단다. 나이 60이 내일모레인데 왜 저렇게까지 해야 하는 걸까? 뒤에서 조언만 해도 될 것 같은데, 궂은일들을 도맡아 하고 있다. 건강을 생각해서 너무 무리하지 말라고 말씀드려도 소용없다. 꼭두새벽부터 밤늦은 시간까지 동에 번쩍 서에 번쩍하는 에너지는 과연 어디에서 나오는 걸까? 높고 넓고 깊은 '부정' 말고 무엇으로 설명할 수 있을까?

지난 9월, 친절한 동욱 씨가 정말 친절한 제안을 하나 했다. 성균관대학교 학생 가운데 영어 연수를 하고자 하지만, 형편이 어려워 여의치 않은 학생에게 수업과 숙식을 무료로 제공하고 싶다는 거였다. 기쁜 마음으로 학교로 연락을 했고, 시간은 걸렸지만, 양쪽 담당자가 연결이 되었고, 오는 12월 말부터 학생이 오기로 했단다. 이 모든 것이 친절한 동욱 씨 덕분이니 이 장을 빌려 깊이 감사의 인사를 드린다.

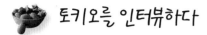

토키오를 인터뷰하다

2014. 10. 5. 일. 맑음

얼마 전 맥도날드에서 우연히 토키오를 만났을 때, 토키오는 대뜸 배가 고프다고 했다. 저녁을 먹었지만 그래도 배가 고프다고 하면서 핫도그 세트를 내 옆에 앉아 맛있게 먹었다. 뜬금없이 한국에 돌아가고 싶지 않느냐고 물었다. 무슨 얘기냐고 했더니, 자기는 일본에 돌아가고 싶다고 했다. 사쿠라가 보고 싶고 가족과 친구들이 그립다고 했다.

그날 이후 토키오를 인터뷰해야겠다는 생각을 했었는데, 드디어 오늘 오전에 한 시간 가량 인터뷰를 했고 좋은 이야기를 들을 수 있었다. 타나베 토키오(Tokio; 田邊登岐央)는 일본 학생이고, 22살이며, 현재 에이이엘시 어학원에서 일본인 학생 매니저로 일하고 있다. 학생 매니저는 수업을 2교시 무료로 들을 수 있고, 사무실 업무를 봐야 한다. 다음은 인터뷰 내용을 요약해서 정리한 것이다.

나 귀한 시간을 내주셔서 고맙습니다. 이름은 토키오, 나이는 22살, 국적은 일본이지요? 직업은 뭔가요?

토 대학생입니다. 일본 상지(上智)대학 법학과 4학년이고 현재 휴학 중입니다.

나 영어 공부는 얼마나 했습니까?

토 중학교 때부터 쓰기, 읽기 등을 공부했고, 대학교 때까지 그런 식의 공부를 계속해서 문법, 읽기 등은 상당히 자신이 있었습니다만, 말은 하지 못했습니다. 그러다가 말하기와 듣기를 시작했고, 현재까지 2년간 지속적으로 하고 있습니다.

나 영어 공부를 시작한 동기는 무엇입니까?

토 제가 다니는 상지대학은 외국어가 강합니다. 국제적인 성격이 강한 학교라고 할 수 있지요. 학교 내에 외국 학생들도 많고, 외국에서 생활하다 온 일본 학생들도 많은데 다들 영어를 잘합니다. 그런 친구들에게 자극을 받았고, 2학년 가을부터 영어 공부, 즉 말하기와 듣기를 본격적으로 시작했습니다.

나 어디서 공부했습니까?

토 일본에서 하려고 했지만, 일본에서는 일본어만 쓰기 때문에 영어로 말하기, 공부하기가 상당히 어렵다고 생각했습니다. 그래서 학교 근처에 있는 쉐어하우스(방을 여러 명이 나누어 쓰는 곳)에서 외국 학생들과 한동안 함께 생활했고, 그 곳에서 필리핀 유학 경험이 있는 여성 친구를 만났는데, 그 친구가 필리핀을 추천했습니다.

나 필리핀에는 언제 왔습니까?

토 2012년 2학년 가을에 필리핀 유학을 결정했고, 이듬해 봄 방학 때 두 달 동안 클라크에 와서 공부했습니다. 그때 불과 2개월이지만 영어가 놀랍도록 늘었습니다. 기초가 탄탄했기 때문이라고 생각합니다. 일본으로 귀국한 다음에 여름 방학 끝나고, 2013년 8월에 다시 필리핀에 와서 아이이엘츠IELTS 과정에서 4개월 동안 공부했습니다. 그리고 일시 귀국했다가, 2014년 1월부터 6월까지 호주 가톨릭대학교에서 지구 환경법을 공부하면서 영어 공부를 병행했습니다. 그러고는 6월에 곧장 이곳으로 왔습니다.

나 아까 잠시 얘기가 나왔습니다만, 필리핀을 택한 이유는 뭔가요?

토 말씀드린 대로 필리핀에서 공부한 경험이 있는 여자 친구가 추천을 했고, 여기 와서 2개월 생활하면서 필리핀 사람들의 낙천적인 성격을 발견하고 놀랐습니다. 일본인은 돈이 많아도 비관적인데 저들은 돈이 없는데도 뭐가 저리 행복할까 생각했지요. 일종의 문화 충격이었습니다. 그러면서 필리핀이란 나라가 좋아졌지요.

나 영어 공부를 하는 곳으로서 필리핀의 장점은?

토 일단 물가가 쌉니다. 맥주 값도 싸지요. 호주, 캐나다, 미국 등은 물가가 몹시 비쌉니다. 당연히 유학 비용이 많이 들지

244

요. 게다가 그곳에는 그룹 클래스뿐입니다. 수업 시간도 3시간 혹은 5시간 정도지요. 수업료, 홈스테이, 음식 모두 따로 부담해야 합니다. 필리핀이 압도적으로 경제적이죠. 호주에서 공부할 때 경험했지만, 거기서 공부하는 학생들 그룹 수업밖에 없어서 실력이 좋지 않았습니다. 필리핀은 일대일 수업이 있는데 이게 정말 좋습니다. 제 생각에는 필리핀 선생님들이 초급, 중급 학생들에게 좋다고 생각합니다. 그들은 문법, 단어 등 지식이 많고, 발음도 원어민보다 알아듣기 쉽지요. 처음 호주에 갔을 때 저도 '듣기'가 안 되어서 무척 고생을 했었지요. 그래서 필리핀은 영어를 처음 시작할 때 공부하기 좋습니다. 중급 이후에는 호주, 미국 등 원어민들이 있는 곳이 좋다고 봅니다.

나 필리핀의 단점은 뭘까요?

토 일본이나 한국하고 비교하면 안전하지 않습니다. 강도 사건 같은 소식을 들으면 무섭기도 하지요, 일본 학생들이 세븐일레븐 바깥 테이블에서 맥주를 마시다가 강도를 당하기도 했고요, 여학생 혼자 밤길을 가다가 휴대전화를 빼앗겼다는 얘기도 들었습니다. 하지만 저 개인적으로는 1년 생활하면서 소매치기 한 번 당하지 않았어요. 스스로 주의해서 생활하면 괜찮다고 봅니다. 이곳에는 발리바고 같은 유명한 유흥가가 있는데 특히 젊은 남학생들에게는 유혹적입니다. 공부하려면 조심해야지요.

나 어학원 교육에는 만족합니까?

토 이 어학원에는 원어민 교사가 많습니다. 이게 가장 큰 장점이죠. 그리고 시설도 좋습니다. 그런데 수업료는 다른 데 비해서 좀 비싼 편입니다.

나 불편한 점이나 단점은 없나요?

토 음식이 한국 음식이라 맵습니다. 사실 이건 좀 힘들지요. 그리고 도난 사건 있었는데, 보안 카메라가 동작하고 있는데도 그런 사건이 일어났다는 게 믿어지지 않습니다.

나 필리핀 교사에 대해서는 어떻게 평가합니까?

토 사실 일반 필리핀인들은 영어 실력이 좋지 않지만, 어학원에 있는 선생님들은 영어를 잘합니다. 교사로서 훈련도 잘 받았다고 봅니다. 우수하지요.

나 현재 레벨은 몇이고, 어느 정도 공부하면 토키오 정도 할 수 있습니까?

토 아이이엘츠 7입니다. 초급부터 시작한다면 3년 정도 열심히 하면 되지 않을까요?.

나 영어 교육에 대한 일본의 분위기는 어떻습니까?

토 관심이 부쩍 높아졌습니다. 앞으로 필리핀으로 오는 유학생 숫자가 더 늘어날 것이라 생각합니다. 현재 일본에서 영어 교육은 중학교에서 의무로 하고 있고요, 최근에는 소학교부터 영어 공부를 시작하는 것으로 알고 있습니다. 그런데 토익은 영어 말하기와 전혀 관계가 없다고 봅니다. 토익 점수가 900점이 넘는데 말을 못하는 친구들도 많이 봤습니다. 이상한 일이지요. 그리고 제가 알기로 한국 학생들은 학교를 휴학하고 1년 혹은 2년씩 외국에 영어 연수를 나가는데 일본은 아직 그런 현상이 없지요. 6개월, 1년, 2년 외국에 나가는 일은 아직 드뭅니다. 그리고 제가 볼 때 일본 사회는 거기까지 가지 않을 겁니다. 고교와 대학교를 마치면 사회 진출이 당연하기 때문에 외국에 나간다는 생각이 쉽지 않습니다. 가족으로부터 혹은 사회로부터 멀리 떨어진다는 발상 자체가 어렵습니다.

나 한국의 영어 교육에 대한 인상을 말해 주시겠습니까?

토 토익 점수는 한국인들이 높습니다. 읽기, 쓰기 능력도 높습니다. 그런데 말하기와 듣기는 좀 다릅니다.

나 일본인에게 영어가 필요한 이유는 무엇입니까?

토 일본에서 살아가는 데 영어는 필요 없습니다. 일본은 섬나라고, 전부 일본어를 사용합니다. 필리핀에서는 영어를 못하면 좋은 직업을 구하지 못하지만, 일본은 그렇지 않습니다. 물론 그렇기 때문에 보통 일본인들은 영어에 약합니다.

나 모든 일본인이 다 영어를 구사해야 합니까?

토 그렇게 생각하지 않습니다. 사회에 나가서 국제 사회와 관계 있는 일을 한다면 영어가 필요하지만, 나머지는 필요 없습니다. 일본어로 일할 수 있지요. 일본어로 충분합니다. 이게 일본인들의 일반적인 사고방식이지요. 회사 안에 영어를 잘할 줄 아는 인재가 몇 퍼센트 정도 있으면 됩니다. 저는 그런 일을 하고 싶어서 영어 공부를 하고 있는 거지요. 왜 모든 사람들이 영어 때문에 고생을 해야 합니까?

나 일본인이 영어를 배우는 데 어려운 점은 무엇입니까?

토 발음이 다릅니다. 엘L과 알R은 정말 어렵습니다. 문법은 학교에서 배우기 때문에 어느 정도 괜찮지만, 듣기도 몹시 어렵습니다. 일본어 안에 그런 소리가 없기 때문에 듣는 것도 힘든 거지요. 열심히 노력하면 되긴 되지만 몹시 힘든 게 사실입니다.

나 한국 학생들에 대한 인상은?

토 여기 필리핀에 영어 공부하는 젊은 학생들이 많습니다. 영어에 몹시 열성적이지요.

나 대만이나 중국 학생들은 어떻습니까?

토 대만이나 중국은 수준이 낮습니다. 그리고 한국인하고 일본인 영어는 알아듣기 쉬운데 대만인, 중국인 영어는 알아듣기 힘듭니다. 한국에서는 '배드민턴'입니까? 일본은 '바도민탄'. 비슷하지요? 그런데 중국어에 그런 단어가 없습니다. 그래서 못 알아듣습니다. 그리고 그들의 영어 발음은 좀 이상합니다.

나 저도 그런 걸 느꼈습니다. 지금 여기 와 있는 대만 자매는 말은 유창하게 하는데, 수업 시간에 같이 얘기를 해 보면 발음을 알아듣기가 어렵습니다. 선생님들도 그런 얘기를 해요.

248

중국인들은 독특한 악센트가 있어서 발음이 좋지 않다고.

이게 마지막 질문이 될 것 같은데요, 장래 희망은 무엇인

가요?

토 저는 이번 달에 일본으로 돌아갈 것이고, 내년에 취업을 할

겁니다. 일본 상사에 들어가 외국으로 파견되어도 좋고요.

일본에 자원이 많지 않으니 외국하고 교섭해서 자원을 일본

으로 가져오는 일을 하고 싶습니다. 일본을 위해서 일하고

싶습니다. 일본을 정말 좋아하는 것은 아니지만, 저는 일본

에서 태어났습니다.

나 긴 시간 고맙습니다.

원어민 선생 필이 주장하는 영어 공부법!

2014. 10. 13. 월. 맑음

필은 매우 열정적인 교사다. 영국인, 58세, 캠브리지 대학 졸업, 석사, 영어 교사 경력 10년. 전공은 수학이지만 중국에서 오랫동안 영어를 가르쳤으며 문법과 발음에 정통하다. 운이 좋다고 할까, 나는 그의 일대일 수업 학생이다. 날마다 1시간씩 일대일로 지도를 받고 있으며, 2교시의 그룹 수업까지 합하면 하루 3교시 그와 공부하고 있다. 시간상으로도 그는 내게 몹시 중요한 선생님이다.

필은 수업 준비에 열심이다. 영어 학습에 필요한 많은 자료를 갖고 있으며, 늘 수업에 대해 궁리하고 필요한 자료를 준비한다. 그의 밤은 수업에 대한 고민으로 바쁘고(가끔은 좋아하는 술을 마시기도 한다), 아침은 필요한 자료를 프린트하느라 분주하다. 학생들이 공부하는 모습 또한 열심히 관찰한다. 가끔 일대일 시간에 누구는 뭐가 장점이고, 누구는 뭐가 단점이라고 이야기할 때도 있다. 단점을 얘기할 때 그의 감정은 온통 안타까움이다. 발음이 고쳐지지 않는다, 연음

250

이 안 되고 인토네이션도 되지 않는다, 아주 간단한 문법 규칙도 모른다, 똑같은 실수를 반복한다고 지적한다.

그룹 수업 시간에 그가 자주하는 말이 있다. 많은 학생들이 밤늦게까지 자습실에서 공부를 하는데, 읽기와 쓰기는 한국이나 일본, 대만에서도 할 수 있다. 필리핀에 온 이상 말하기에 집중해야 하는데, 왜들 입을 꼭 다물고 책상 앞에 앉아있는지 답답하다. 그러면서 그는 주장한다. 여기서는 많이 들어야 하고 흉내 내야 한다. 우선 입을 열어야 한다. 소리를 내야 한다. 발음을 하고 확인하고 연습하고, 나아가 일상 회화에서 자주 쓰는 문장을 입에 배도록 해야 한다.

원어민들이 일상적으로 쓰는 단어는 3,000개 정도라고 한다. 원어민들은 3,000개 정도의 단어를 이렇게 섞고 저렇게 섞어서 의사소통을 한다. 생각해 보면 그렇게 엄청난 숫자는 아니고, 암기 불가능한 숫자가 아니다. 그래서인가 필리핀에 있는 많은 스파르타 학원들이 단어 외우기를 시키고 있다. 날마다 20개 혹은 30개를 외우도록 한다. 어떤 어학원에서는 하루에 100개를 외우게 한단다. 하루 100개, 외울 수만 있다면 한 달 안에 3,000 단어가 끝난다. 하지만 그렇게 단어를 외우고 한 달 만에 영어 회화가 가능했다는 얘기는 한 번도 들어본 적이 없다. 부질없는 짓이다.

그는 단순히 암기하는 방식에 문제가 있다고 지적한다. 뜻을 이해하고 음미하고 그 단어를 사용해서 문장을 만들어야 한다. 많은 단어를 한꺼번에 외우기보다는 조금씩이라도 꾸준히 하는 게 좋단다. 특히 '자기 사전'을 만들라고 주문한다. 자기 사전이 뭘까? 영영사전에서 'slogan'을 찾으면 다음과 같은 설명이 나온다.

"(n) a word or phrase that is easy to remember, used for example by a political party or in advertising to attract people's attention or to suggest an idea quickly."

언뜻 봐도 설명이 상당히 길고 복잡하다. 모르는 단어의 뜻을 파악하려고 사전을 찾았는데, 설명이 더 어려우면 도대체 어떻게 하라는 말인가? 해법은 자기 사전을 만드는 것이다. 'Slogan'이라는 단어의 뜻을 자기가 알고 있는 수준의 어렵지 않은 단어들로 쉽게 설명하는 연습을 하라는 것이다. 그가 제시한 예는 다음과 같다.

slogan: (n) a simple word which is used by company or group to advertise

한결 간단해진 게 사실이지만, 처음에는 이런 작업도 쉽지 않다. 하지만 이것을 반복하다 보면 '영어를 이해하고 설명하는 능력을 기를 수 있다'는 것이 핵심이다. 그는 영한사전을 보지 말고, 스스로 생각해서 사전을 만들라고 하지만, 그게 바로 되는 것은 아니다. 내 경우는 영한사전도 보고, 영영사전의 복잡한 설명도 보고, 그러고 나서 '자기 사전'을 만드는 연습을 하고 있다.

그는 영어를 배우는 학생들이 같은 실수를 반복하는 것을 안타까

위한다. 레벨이 낮은 학생들은 물론이고, 레벨이 높은 학생들조차 같은 실수를 반복한다는 것이다. 실수를 하면서도 전혀 고치지 않는 것을 의아해 하면서 비판한다. 한국 학생들과 일본 학생, 혹은 대만 학생들이 서로 대화를 하는데, 그 누구도 틀린 것을 교정해 주지 않기 때문에 나쁜 습관이 몸에 밴다. 한마디로 브로큰잉글리시가 입에 밴다는 것이다. 영어로 대화를 많이 하는 것은 좋지만 잘못된 표현은 반드시 교정해야 한다. 레벨이 5나 6쯤 되면 수업 시간에 프리토킹을 하려고 하는데 입을 열 때마다 실수를 반복한다. 이런 문제를 개선하려면 초심으로 돌아가야 하고, 간단한 표현부터 정확하게 말하는 연습을 해야 한다는 것이 그의 주장이다.

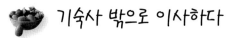
기숙사 밖으로 이사하다

2014. 10. 22. 수. 맑음

이번 주 월요일부터 클라크에 있는 에이이엘시 센터2에서 수업을 하게 되었다. 같은 어학원이기 때문에 이쪽도 경험을 해보고 싶었는데, 다행히 어학원에서 요청을 들어주었다. 캠퍼스를 옮기는 것을 계기로 1년 3개월간의 기숙사 생활을 청산하고, 지난 일요일에 발리바고 안쪽 동네에 있는 자그마한 빌라로 짐을 옮겼다. 기숙사 생활이 편하기는 하지만, 남은 두 달 동안 필리핀을 좀 더 가까이에서 체험하고 싶은 마음도 있었고, 오랜 기숙사 생활에 지루함을 느낀 탓도 컸다.

숙소를 찾느라 이틀 정도 발품을 팔았고, 한 달 방세 18,000페소에 전기세, 물세 등을 따로 내는 조건으로 머물 곳을 정했다. 방 한 칸이지만 에어컨, 냉장고, 싱크대 등이 있어 단기간 머무르기에 적당한 곳이다. 기숙사 생활 비용하고 비교해도 크게 차이가 나지 않을 것 같다. 기숙사에서는 하루 세 끼 식사를 제공해 주지만, 방하

254

고 식사하고 모두 합하면 결코 적은 돈이 아니다. 기숙사 4주 비용이 75만원이니까 필리핀 돈으로 30,000페소 정도가 된다. 점심과 저녁을 어학원 식당에서 해결하면 월요일에서 금요일까지 한 달 밥값은 2,000페소 정도가 된다. 나머지 밖에서 먹는 데 비용이 좀 들겠지만, 기숙사에 있으면서 주말에 외식하는 걸 감안하면 크게 차이가 나지 않을 것이다.

아침 8시에 집을 나서서 메인 게이트Main Gate 지프니 터미널에서 클라크로 들어가는 지프니를 타면 어학원에 8시 30분에 도착한다. 8시 50분에 첫 수업을 시작하고, 오전 4교시, 점심 식사, 그리고 오후에 2교시의 공강을 끼고 3교시를 들은 다음에 5시 저녁을 먹고, 숙소로 돌아온다. 오는 길에 슈퍼에 들러 음료수나 과일 등을 사온다. 기숙사 생활을 할 때는 이런 사치는 생각도 못했는데, 밖으로 나오니 이런 게 가능하다. 이제 불과 3일밖에 지나지 않았지만, 기숙사하고는 판이하게 다른 주거 환경, 분위기를 느낀다. 12월 22일 귀국하는 항공권을 끊어 놓았으니, 이제 남은 두 달, 편안하고 안전하게 이곳 생활을 마치면 된다.

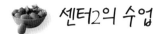

센터2의 수업

2014. 11. 8. 토. 맑음

에이이엘시 센터2로 오고 3주가 지났다. 시간이 빠르다는 걸 다시 한 번 실감한다. 문제는 영어가 제자리걸음을 하고 있다는 점이다. 하루도, 1시간도 빠지지 않고 열심히 수업을 듣고 있고, 숙제도 꼬박꼬박 하고 있다. 그런데도 이놈의 영어는 굼벵이 고기를 삶아 먹은 것 같다. 영어는 시간을 필요로 한다. 젊은 학생들도 공통적으로 하는 이야기다. 얼마 전까지 이곳에서 공부하던 어떤 여학생은 5개월 동안 공부를 했는데, 귀국을 며칠 앞두고 수업 시간에 울음을 터뜨렸다. 아이이엘츠IELTS반에서 5개월 동안 열심히 공부했지만, 기대만큼 영어가 늘지 않았기 때문이다. 그동안 영어 때문에 얼마나 고생을 했을까? 마음이 아프다.

이곳에서는 현재 일대일 수업 5교시, 그룹 수업 2교시를 듣고 있다. 원어민 교사는 브라이언Bryan과 크리스Chris이고, 필리핀 교사는 루이Louwie, 폴린Paulene, 사시Sassy이다. 브라이언과 루이는 쓰기, 폴린은 듣기, 크리스와 사시는 말하기를 중심으로 수업을 진행하고 있다. 그룹 수업은 폴Paul의 브레이킹 뉴스Breaking News와 마크 Mark의 백 투 베이식Back to Basic을 듣고 있다.

브라이언은 캐나다인이고, 전직 기자 출신이어서 '쓰기'에 무척 강하며, 시사나 문화에 대해 이야기하는 것을 즐긴다. 원어민하고 수업을 하면 잘 안 들리는데, 신기하게 브라이언이 하는 말은 어지간히 들린다. 반면에 폴과 마크는 영국인인데, 어느 지방 출신인지 모르지만, 잘 들리지 않는다. 말이 빠르기도 하지만, 모르는 단어나 숙어, 어려운 표현에다 사투리도 많이 쓰는 것 같다.

영어에는 사투리가 많다. 영어를 쓰는 지역이 좀 넓은가! 영국, 미국, 캐나다, 호주 등 지역이 넓은 만큼 사투리도 복잡하다. 여하간 두 사람 말이 하도 안 들려서 필리핀 교사 루이에게 하소연을 했더니 가끔은 자기도 못 알아듣는다고 했다. 브레이킹 뉴스는 프린트에 의지해서, 백 투 베이식은 결코 기초가 아닌 꽤나 까다로운 숙어들을 노트에 열심히 필기하는 것으로 간신히 수업을 소화(?)하고 있지만, 솔직히 말하면 소화불량이다. 크리스 시간도 간신히 따라가고 있다.

그래서인지 필리핀 교사들하고 하는 수업이 좀 편하다. 확실히 원어민과 비교하면 다르다. 말하는 속도도 상대적으로 느리고, 발음도 크게 어렵지 않다. 소통이 한결 나아서인지 루이, 폴린, 사시 시간에 더 많이 배운다는 느낌도 든다. 사실 여기 레벨을 기준으로 이야기한다면, 레벨 1(초급)에서 5(중급)까지는 큰 비용을 들이면서 본토로 가는 것보다는 필리핀 교사들하고 공부하는 게 낫다는 생각이 든다.

필리핀에서 3개월이나 6개월 공부하고 호주나 캐나다로 공부하러 갔다가 일대일 수업도 없고, 교실에 학생들이 너무 많아서 다시 돌아왔다는 얘기도 자주 들었다.

그러나 한 가지 지적할 것이 있다. 잘 훈련된 필리핀 교사들도 많지만, 그렇지 않은 이들도 있다. 영어가 전공이 아닌 교사들도 있어서 문법이나 발음 등 이론에 취약하고, 그저 영어를 말할 수 있는 수준인 경우도 있다. 영어 공부 때문에 필리핀에 오는 외국인들이 많다는 점에 주목한다면, 영어 교사를 배출하는 필리핀 교육 기관들이 이 부분에 더 관심을 가져야 할 것이고, 어학원들 역시 학생들 교육뿐만 아니라 교사에 대한 교육에도 신경을 써야 문제가 개선될 것이다.

중급 수준의 학생들과 공부하는 데 필리핀 교사가 많은 장점을 갖고 있는 것이 사실이지만, 원어민 교사의 장점은 결코 무시할 수 없다. 센터1에서 마이크나 필과 수업을 하면서 그런 점을 실감했지만, 여기서 브라이언과 수업을 하면서 원어민이 줄 수 있는 것을 많이 배우고 있다. 특히 브라이언은 기자 출신이어서 글에 대한 감각이 매우 뛰어나다. 몇 가지 예를 든다면 이런 것들이다.

숙제를 하면서 "It's man-to-man class"라는 문장을 썼다. 브라이언은 '왜 맨투맨이라고 썼니?'하고 물었다. 세부에 있을 때, 맨투맨 클래스Man to Man Class라는 말을 썼다고 했더니, 함축하고 있는 의미가 다르다면서 맨투맨의 의미를 설명했다. 이를테면 "Let's talk man-to-man"이라는 말을 할 때가 있는데, 이는 상대방과 뭔가 감정이 있을 때, 그러니까 상대가 뒤에서 자신에 대한 말을 했다든가, 뭔가 감정 상하는 일이 있을 경우, '남자답게 일 대 일'로 직접 이야기하자는 의미라는 것이다. 그러니까 '맨투맨'이라는 말을 쓰면 두 남자 사이에 뭔가 있고, 그걸 풀어야 하는 상황인 것이다. '남자답게 행동하라'는 '맨업man up'이나 '맨리manly' 같은 말들과 어감을 같이 하는 것이다. 일대일 수업의 경우 선생님과 학생 사이에 그런 감정이나 상황이 전제돼 있는 것이 아니므로 맨투맨이라고 하면 안 되고, 원온원one-on-one 혹은 원투원one-to-one이라고 해야 한다는 것이다.

"There are some reasons. At first"라는 문장을 썼더니, 이 경우에는 그냥 'first'를 써야 한다고 했다. '앳 퍼스트'는 어떤 일이 시작되는 '처음에initially'라는 의미인 것이고, 몇 가지 중에 먼저 하나를 이야기할 때는 '퍼스트first'를 써야 한다. 그리고 'first time'이라는 표현이 있는데, '퍼스트 타임'은 '그녀를 처음 만났을 때' 같은 표현에서 첫 번째 상황first occasion을 의미하는 것이므로 세 가지를 정확히 구분해 써야 한다는 것이었다.

영어 연수지로서 필리핀의 장점을 설명하는 숙제에서 "In fact, the number of Filipinos are bigger than natives."라는 문장을 썼더니, 'Filipinos outnumber natives'라고 간단히 줄이는 방법을 알려 주었고, 'at the same time' 대신에 간단히 'simultaneously'라고 쓸 수 있다는 것도 브라이언이 알려 주었다.

사실 가장 감동적이었던 것은 쌍점과 쌍반점의 사용법을 설명한 대목이었는데, 얘기가 좀 길지만 간단히 줄이면 다음과 같다.

쌍반점은 한 주제에 대한 분리된 다른 아이디어를 한 문장 안에 넣을 때 쓴다. 〈화성에서 온 남자 금성에서 온 여자〉라는 책 제목의 경우, 'Men are from Mars; Women, Venus'라고 적는다.

쌍점은 첫째, 목록을 나열할 때 쓴다. "Four of us went Subic: Bob, Terry, Jane and me." 둘째, 설명이나 강조, 또는 드라마틱한 효과를 노릴 때 쓴다. 예문① "He was handsome and rich. He had only one problem: his own personalty." 예문② "We had a great plan and a perfect location. There is just one thing missing: money!"

설명을 들으면서 몇 년 전 한 학회에서 국어의 문장 부호에 대한 논의에 참석했던 게 기억이 났다. 글을 보면 괄호라든가 낫표, 혹은 겹낫표, 따옴표, 겹따옴표 등등 문장 부호의 쓰임새가 글쓴이에 따라서 제각각인 것이 예사인데, 문장 부호의 용도를 정확히 하고 통일이 시급하다는 것이 그 모임의 핵심 주제였다. 사실 이 문제는 나 자신도 글을 쓸 때마다 혼란스러웠고, 고생을 많이 했고, 지금도 하고 있다. 특히 쌍점과 쌍반점의 용도는 의미와 경계가 여전히 모호한데, 영어에서 서로 용도가 다르고, 명확히 구분해 쓰는 것을 보고 놀라기도 하고 감명도 받았다. 어쩌면 이런 내용은 기자가 아닌 보통 원어민은 모를 것 같다. 글에 대해 조예가 깊은 원어민 교사를 만난 덕에 이런 것까지 배울 수 있는 것 아닐까.

에이이엘시 센터2는 이에스엘ESL과 아이이엘츠IELTS 중심으로 교육과정이 짜여 있다. 이에스엘 학생도 많지만, 본토 대학 입학을 준비하는 아이이엘츠반 학생들도 적지 않다. 센터1과 마찬가지로 많은 원어민들이 있어서 상급 학생이라 해도 굳이 호주나 캐나다까지 가지 않아도 될 것 같다. 한 가지 아쉬운 것은 소규모 그룹 수업이 없고, 그룹 수업 역시 원어민들이 담당하고 있어서 그들의 말을 이해하는 데 상당한 어려움이 있다는 점이다. 세부나 다바오에서 필리핀 교사들에게 그룹 수업을 받은 경험을 바탕으로 얘기한다면, 영어가 잘 안 들리는 학생들에게는 좀 더 친절하게 가르쳐주는 필리핀 교사의 소규모 그룹 수업이 있으면 좋겠다는 생각이 든다.

한국 음식이 그리울 때면 '오빠' 식당으로!

2014. 12. 1. 월. 맑음

어학원 밖에서 생활한 후로 5주가 지났다. 기숙사 생활과 비교해서 크게 다른 것은 없지만, 필리핀 사람들 사는 모습을 가까이에서 볼 수 있다. 수업이 끝나고 돌아오는 길에 에스엠 몰에 들려서 아침에 먹을 식빵을 산다. 숙소 가까이에도 빵집이 있지만, 식빵을 파는 곳은 없다. 과일은 숙소 근처에 있는 조그만 가게에서 산다. 그리고 동네 슈퍼에서 콜라와 야쿠르트 같은 것을 사고, 동네마다 물을 파는 가게가 있어, 싼값에 물을 사먹고 있다.

한 가지 불편한 점은 주말에 식사를 해결하는 일이다. 평일 아침은 빵과 주스, 과일 등으로 간단히 해결하고, 점심과 저녁은 어학원 식당에서 한 끼에 50페소씩 주고 사먹고 있다. 한 끼 50페소면 상당히 싸다. 선생님들도 어학원 식당에서 식사를 해결하는데 그들에게도 적당한 가격이다. 가격도 가격이지만, 한국 음식에 대한 평이 좋다. 나 역시 언제나 김치를 먹을 수 있고, 여러 가지 반찬을 먹을 수 있어서 좋다.

문제는 주말이다. 주말에는 식사를 근처 식당에서 해결해야 하는
데 마땅히 먹을 곳이 없다. 대단한 일이 아닌 것 같지만, 토요일과 일
요일 합쳐서 모두 네 끼를 밖에서 해결해야 하는데, 몇 주 지나니 이
게 보통 일이 아님을 절감한다. 숙소 가까운 곳에 있는 대부분의 식
당은 필리핀 음식이나 양식을 파는 곳들이다. 그래도 몇 군데 갈만
한 곳을 찾았다.

근처에 일본 식당이 하나 있어서 초기에는 우동이나 덮밥을 먹으
러 갔었는데, 몇 번 못가고 질렸다. 김치 없이 우동이나 라면, 덮밥만
먹는 게 힘들었다. 메인 게이트 지프니 터미널 옆에 졸리비가 하나
있고, 그 옆에 구스타브Gustav라는 이탈리아 식당이 있는데, 파스타
와 피자를 잘한다. 에스엠 몰 안에는 필리핀식 바비큐를 파는 망인아
살, 피자집 그린위치, 한국에서 온 닭집 본촌Bonchon이 있다. 치킨
이나 새우를 얹은 몇 가지 덮밥을 파는데 제법 괜찮다. 그렇지만 필
리핀식으로 현지화를 한 탓에 반찬이 없다. 오직 치킨과 덮밥만 주
기 때문에 좀 섭섭하다.

이런 상황이다 보니 한국 음식을 먹을 수 있는 곳이 그립다. 프렌
드십Friendship에 한국 식당들이 즐비하지만, 지프니를 타야하고 좀
멀다. 그래서 찾은 곳이 워킹 스트리트 안에 있는 한국 식당 '오빠'
다. 라면에서부터 삼겹살, 김치찌개, 불고기, 전 등에 이르기까지 온
갖 종류의 한국 음식을 다 파는데, 제법 맛이 괜찮다. 4명이 먹을 수
있는 부대찌개는 단돈 500페소인데, 한국의 의정부 부대찌개하고

맛이 똑같다. 필리핀 교사 사시는 '오빠' 식당의 양념치킨 광팬이다. 가장 맛있는 치킨은 단연 '오빠' 식당의 양념치킨이라고 말한다. 명성이 자자한 양념치킨을 아직 먹어보지 못했지만, 나 역시 이곳 생활하면서 가장 좋아하는 식당이다. 월요일부터 금요일까지 날마다 어학원 식당에서 한국 음식을 먹고 있음에도 불구하고, 한국 음식이 그리운 주말이면 어김없이 '오빠' 식당으로 달려가면서 내가 한국 사람이라는 것을 다시 한 번 뼈저리게 느낀다.

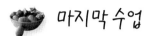

마지막 수업

2014. 12. 5. 금. 맑음

어제는 졸업식이 있었다. 크리스 수업 시간에 염성웅 원장님이 와서 졸업식 연설을 부탁했다. 졸업생들이 한마디씩 한다는 것을 알고는 있었지만, '어떡하지'하는 마음이 앞섰다. 수업을 마치고 휴게실 소파에 누워서 할 말을 생각했다. 사람들 앞에서 이야기하는 것에는 익숙하지만, 문제는 영어로 말을 해야 한다는 점이다. 난생 처음 공식 석상에서 영어로 이야기해야 한다. 되도록 간단한 얘기를 준비했다. 졸업식장에는 의외로 많은 선생님들과 학생들이 모였다. '으잉, 무슨 일이지?' 작지 않은 교실이 꽉 찼다. 은근히 긴장이 됐다. 식이 시작되고, 원장님이 인사를 하고, 크리스와 폴린이 연설을 했다. 다음이 내 차례였다. 목소리는 좀 떨리는 듯 했지만, 생각한 대로 이야기 했고, 비교적 무사히 끝났다.

오늘은 어학원 마지막 날이다. 아침 7시 50분에 숙소를 나섰다. 지프니를 타고 25분 만에 어학원에 도착, 휴게실에서 잠깐 쉬다가 8시 50분 브라이언 방에 들어갔다. 에이이엘시의 마지막 수업이 시작되었다. 연속해서 루이, 크리스 수업을 듣고, 언제나처럼 알렉스(한국 학생)와 점심을 먹고, 세븐일레븐에서 커피를 한 잔 했다. 오후에는 폴의 그룹 수업을 들었고, 마크 수업은 참석하지 않았다. 최근 허리가 좀 좋지 않아서 2주 동안이나 수업을 쉬었다. 마크하고는 복도에서 선물을 전달하고 인사만 나눴다. 마지막 9교시와 10교시 폴린과 사시의 수업을 끝으로 오후 5시에 어학원의 모든 수업이 끝났다.

실은 2주를 연장해서 12월 19일까지 수업을 들을까 생각했었다. 19일까지 악착같이 수업을 듣고 22일 귀국! 그런데 좀 지쳤나 보다. 쉬고 싶어졌다. 2주를 공부하면 영어가 어느 정도 느는지 이제 너무나도 잘 안다. 이걸 어떻게 표현할 수 있을까? 아주 조금 는다. 눈곱만큼 는다. 늘고 있다고 믿고 싶지만 사실 느는 게 잘 보이지 않는다. 눈으로도 귀로도 확인하기 어렵다. 실제 늘었는지 어쨌는지를 모를 정도로 는다. 이런 사실을 너무나도 잘 알기 때문에, 그만큼의 실력 향상을 포기하고, 우선은 좀 쉬다가 여행을 다니고 싶어졌다.

작년 7월에 필리핀에 와서 1년 4개월이 조금 넘었다. 처음 올 때 영어를 얼마만큼 할 수 있을지, 어느 정도를 기대했는지조차 모호하지만, 여하간 기대에 못 미친 것만은 분명하다. 열심히 했지만, 영어가 안 된다. 필리핀 영어 연수 1년 4개월 만에 얻은 결론은 영어는 공부하기 어렵고, 시간이 무척 많이 걸린다는 것이다. '어느 정도 하려면 최소한 3년 열심히 해야 한다'는 관계자들의 말은 틀리지 않았다.

지금 내 영어는 어떤가? 지난주에 스피킹 테스트가 있었고, 점수가 조금 올라 82점을 받았다. 에이이엘시가 정해 놓은 기준에 따르면 레벨5에 해당한다. 올 7월 센터1에 도착했을 때, 레벨4를 받았으니, 5개월 하고 고작 한 단계 올라간 거다. 그동안의 경험을 바탕으로 기간을 따져보면, 평균적으로 각 레벨에서 6개월 정도 시간을 보내야 한다는 것이 내 결론이다. 그러니까 막 레벨5에 오른 현 시점부터 따지면 6개월 후인 내년 5월에 레벨6이 될 수 있을 테지만, 올라갈수록 기간이 길어질 가능성을 감안하면 5월이 아니라 10월이나 11월쯤이 될지도 모른다. 영어를 제법 하는 필리핀 사람 수준이라는 레벨7이 되려면 또 6개월에서 1년 이상을 보내야 할 것이다. 그러나 레벨7이 됐다고 해도 그건 필리핀 사람들 중 아래 레벨에 해당하는 것이고, 그 위 레벨로 가려면 또 엄청난 시간을 투자해야 할 것이다. 이런 식이니 원어민 수준이라는 레벨8까지 가려면 얼마나 오랜 세월이 소요될지 가늠하기 어렵다. '이 나이에 영어 공부를 왜 시작했나!' 하는 생각도 많이 했다.

레벨7만 되어도 원어민들과 소통하는 데 큰 어려움이 없을 것 같다. 하지만 돌아가야 한다. 방송에도 복귀해야 하고 학교 강의도 해야 하고, 한글 운동도 해야 한다. 영어 공부는 돌아가서도 계속할 생각이지만, 필리핀에서처럼 많은 시간을 투자할 수 없고, 실제 영어로 대화할 상대도 없다. 상황은 열악하지만 여건을 만들어 가면서 공부를 계속하는 수밖에 방법이 없다. 여전히 허약한 기초를 보강하면서, 화상영어를 활용해서 말하기와 듣기 능력을 꾸준히 향상시켜야 할 것이다. 시작은 했지만 참으로 갈 길이 멀다.

영어 때문에 고생하는 나라 필리핀

2014. 12. 9. 화. 흐림

필리핀에 가면 영어를 공부할 수 있다는 판단으로 작년 7월 이곳에 왔다. 세부에 있는 유브이 이에스엘에 다니면서 많은 필리핀 교사들에게 영어를 배웠다. 어학원에서 만난 교사들은 영어를 잘 했다. 원어민하고는 다르지만, 그들은 영어를 했고, 실력 차가 있지만, 발음이나 문법에 환한 교사도 많았다. 교사뿐만 아니라 어학원 안에서 일하는 필리핀 직원들도 영어를 잘 했다. 그들은 영어를 잘했지만, 자기들끼리 말할 때는 필리핀어를 했다.

어학원 바깥으로 나가면 주로 들리는 것은 필리핀어다. 물론 영어로 대화를 하는 필리핀 사람들도 많고, 쇼핑몰이나 거리에서 필리핀 사람들에게 영어로 대화를 시도할 수 있다. 하지만 필리핀 사람들이 다 영어를 잘하는 것은 아니었다. 필리핀어 억양이 강한 발음은 차치하고, 초보 수준의 영어나 브로큰잉글리시를 구사하는 택시 기사들도 많았다. 사말 섬에 있는 리조트에서 만난 10대의 어린 여직원들도 영어가 매끄럽지 않았다. 이들이 하는 영어는 지극히 간단한 수준이었다. 이유가 뭘까? 영어를 잘 구사하지 못하는 이들 대부분이 학교 교육을 순조롭게 마치지 못한 데 그 이유가 있는 것 같았다.

필리핀은 초등학교 입학 때부터 필리핀어와 역사를 제외한 모든 과목을 영어로 교육한다. 두 과목을 제외한 모든 교재는 영어로 되어 있다. 1학년 때부터 영어로 듣고, 영어로 된 책을 봐야 한다. 기가 막히는 현실이다. 오늘 아침까지 집에서 필리핀어를 썼는데, 갑자기 영어를 써야 하는 환경에 놓인다. 영어를 말하지 못하더라도 듣고 읽어야 한다. 시급한 것은 선생님이 하는 영어를 알아들어야 할 터인데, 에이비시디ABCD도 모르는 상태에서 그게 될 리가 없다.

물론 부모가 영어를 쓰는 집의 자녀들도 있다. 일부 중산층이나 젊은 층의 부모들이 평소 영어로 대화하거나, 필리핀어를 쓰다가도 아이 앞에서는 의식적으로 영어를 쓰는 경우가 있다고 하는데, 2세들에게 어릴 때부터 영어를 가르쳐야 한다는 강박에서 오는 현상인 듯하다. 이런 집의 자녀들은 영어를 모국어처럼 습득할 수도 있겠지만, 대다수의 일반 가정에서 필리핀어를 쓰는 게 현실이다. 그런 아이들이 초등학생이 되어 학교에 갔다. 과연 영어로 진행하는 수업을 제대로 이해할 수 있을까?

이 문제에 대해 몇몇 교사에게 체험담을 물어봤는데, 의외로 선명하게 기억하지 못했다. 1학년 때 선생님 말을 못 알아듣지 않았느냐고 물었더니, '아마 그랬을 거'라고 했다. 말귀를 알아듣는 데 최소한 1년이나 2년, 3년은 걸리지 않았겠느냐고 물었더니, '그랬던 것 같다'고 했다. 또렷한 기억들이 없지만, 학생에 따라 선생님이 하는 영어를 이해하기까지 1년, 2년, 3년, 아니 그 이상의 시간도 걸렸을 것이다.

알아듣지도 못하는 영어를 들으면서 앉아있어야 하는 것은 참으로 황당무계한 현실이다. 내 경우만 해도 그렇다. 솔직히 1년 5개월 영어 공부 열심히 했지만, 원어민 수업 시간이면 못 알아듣는 말이 훨씬 더 많다. 발음, 단어, 숙어, 문장 구조 등등 모든 면에서 이해하고 해독하는 데 어려움을 겪는다. 온 신경을 곤두세운 채 45분을 함께 앉아 있어야 한다. 모르는 게 있으면 질문을 하라고 하지만, 어떻게 질문을 하는지조차 모르고, 모르는 게 있다고 해서 매번 질문만 할 수도 없는 분위기이기 때문에 그냥 시간만 보낼 때가 많았다. 성인인 나도 이런데, 초등학생들은 오죽할까?

초등학교 학생들이 영어 때문에 고생을 한다는 것은 명백한 사실이다. 교단 앞에서 영어로 말하는 선생님과 영어를 전혀 못 알아듣는 학생들이 책상 앞에 앉아서 서로 멀뚱멀뚱 바라보는 풍경은 비현실 같은 현실이다. 또한 심각한 문제는 영어 때문에 여러 학과목 공부를 제대로 할 수 없을 거란 점이다. 한번 생각해 보라. 한국 학생이 한국어로 하는 수업을 들어도 이해하지 못할 때가 많은데, 알아듣지도 못하는 영어로 설명을 하면 알아들을 수 있을까? 필리핀 초등학생들은 학교에서 대부분의 시간을 영어와 씨름하는 데 보내는 게 진실일 것이다. 그렇다면 이들은 영어 외에 과연 무엇을 얼마나 배울 수 있을까?

초등학교뿐만이 아니다. 6년 초등학교를 마치고 고등학교에 올라가도, 영어가 원활하지 않은 학생들이 있을 것이다. 게다가 수업은 초등학교 때보다 더 강도 높게 영어로 진행이 된다. 영어를 이해하지 못하면 다른 교과목의 내용도 이해하기 어렵다. 한 선생님은 고등학교 때 영어로 진행되는 수학 수업의 내용을 이해하는 것이 정말로 힘들었다고 했다. 비단 수학뿐만이 아닐 것이다. 현실적으로 수업 이해도에서 영어를 이해하는 학생들과 그렇지 못한 학생들의 성적이 점점 벌어진다. 영어를 못하는 학생들은 영어 열등뿐만 아니라 모든 학과목에서 열등한 상황에 놓이게 되고, 영어를 잘하는 학생들과 그렇지 못한 학생들이 두 계층으로 갈라진다. 고등학교 6년 과정을 잘 마친 학생은 영어도 좀 되고, 대학에도 진학한다. 그렇지 못한 학생은 대학 진학도 어려울 것이다. 개인 사정, 가정 형편 등으로 고등학교도 졸업 못하고 도중에 학교를 그만두는 경우도 많다고 하는데, 이런 경우 이들의 영어는 미숙한 상태에 머물 수밖에 없다.

대학에 진학한 필리핀 학생들은 영어를 어지간히 한다. 그럼에도 영어 공부는 계속된다. 전공 불문하고 영어 공부는 기본이다. 모든 수업은 영어로 진행되며, 특히 영어 말하기, 영어 읽기, 영어 발표하기 등등의 과목이 개설돼 있는 것은 대학 영어 교육의 목표가 고급 영어 습득에 있음을 알 수 있다. 졸업 후에는 영어 능력에 따라 일할 수 있는 장소가 달라질 수 있다. 청년들이 선호하는 직업은 고급 호텔이나 항공사 등 서비스 업종이고, 영어 능력은 필수다. 어학원 영어 교사 역시 이런 면에서 성공한 경우다. 콜센터도 그렇다. 콜센터는 우리 식으로 얘기하면 '소비자전화상담실' 같은 곳인데, 외국 회사들이 인건비가 싼 필리핀의 영어 인력을 사용하기 위해 이곳에 센터를 세웠다. 당연히 영어를 잘 구사해야 전화 상담원으로 일할 수 있으니, 일단 이들도 영어의 관문을 통과했다고 할 수 있을 것이다. 은행원들도 그렇고, 간호사 역시 영어를 잘 구사해야 한다. 미국으로 일하러 가는 게 간호사들의 꿈이라고 하니 말이다.

그러고 보면 필리핀은 영어를 말하는 계층과 그렇지 못한 계층으로 확실히 나뉘어져 있는 것을 알 수 있다. 영어를 공용어로 하고, 공교육에서 영어를 열심히 교육한 결과다. 신문, 책, 잡지 등 대부분의 인쇄물이 영어로 출간되고 있는 것을 보면 영어의 높은 위상을 실감할 수 있다. 이 같은 영어 교육과 환경 덕분에 국민의 일부가 영어를 제법 구사하는 게 현실이다. 그래서 외국인들을 상대하는 관광업이나 무역 분야에서도 일하고, 어학원 교사도 하고, 콜센터에서 외국인들을 상대로 전화 상담도 하고, 은행 업무도 본다. 하지만 그뿐 아닐까? 이들이 영어를 해서 얻은 것이 이것 이상으로 무엇이 있을까? 국가적으로 영어 인력을 많이 갖고는 있지만, 자동차 만드는 회사 하나 없고, 경제 어렵고, 대부분의 국민들은 가난하다.

사실 필리핀은 언어적으로 매우 복잡한 나라다. 무려 170개가 넘는 언어가 존재하는데, 타갈로그Tagalog와 비사야Visaya뿐만 아니라, 군소 언어가 많고, 지방 방언도 강하다. 이중 세력이 큰 언어는 타갈로그와 비사야를 비롯한 8개이고, 민다나오 지역에는 무슬림들이 쓰는 언어가 큰 비중을 차지한다. 북부 루존Luzon 지방은 타갈로그를 쓰고, 중부 비사야Visayas와 남부는 비사야를 쓴다. 지역 범위나 인구 규모에서 비사야가 크지만, 행정상 수도 마닐라가 있는 북부 루존 지방의 언어 타갈로그가 공용어로 지정되었다. 타갈로그뿐만 아니라 또 하나의 공용어가 바로 영어다. 즉 1공용어 타갈로그, 2공용어 영어다.

이렇게 많은 언어가 난립하다 보니, 서로 소통이 원활하지 않다. 비사야를 쓰는 사람과 타갈로그를 쓰는 사람이 만나면 서로 말이 잘 안 통한다고 한다. 심지어는 현재 내가 있는 이곳 앙헬레스를 팜팡가Pampanga라고도 하는데, 여기 사람들이 쓰는 말을 불과 차로 두세 시간 거리에 사는 사람들이 이해하지 못한다. 같은 필리핀 국민이라 해도 서로 다른 지방 출신들이 만나면 소통이 잘 안 된다. 국민통합에 큰 문제가 있다. 세부에서 만난 교사들에 의하면, 젊은 사람들은 나이 든 세대의 깊은 비사야를 이해하지 못한다고 했다. 그 때문인지 2009년부터는 학교에서 타갈로그, 영어와 함께 각 지방의 모어도 가르친다. 세부에 사는 학생이라면 타갈로그, 영어 그리고 비사야를 동시에 배워야 한다. 아, 필리핀의 언어 상황은 상상만으로도 머리가 어지럽다.

그동안 관찰한 바에 의하면, 필리핀 사회를 이분하는 가장 큰 요인은 영어다. 이미 필리핀은 영어를 기준으로 사회 계층이 위아래로 나뉘고, 계층 간 소통에 심각한 문제를 안고 있다. 양 계층 간의 불통, 반목과 질시는 보이지 않는 손처럼 작동하고 있다. 지프니를 탄한 승객이 운전기사에게 차를 세워달라고 영어로 말했다. "풀 오버

pull over" 이 승객은 필리핀 사람이면서도 필리핀어가 하기 싫었다고 한다. 불행하게도 기사는 영어를 알아듣지 못했고, 승객은 내리지 못했다. 필리핀어로 '빠라para'라고 했으면 자기가 원하는 곳에서 내릴 수 있었을 것이다. 필리핀어로 '방우스bangus'라는 생선을 영어로는 '밀크피시milk fish'라고 하는데, 한 손님이 시장에서 '밀크피시'를 주문하자, 상인은 '우리는 밀크를 팔지 않는다'고 했단다. 우스갯소리 같지만 두 얘기 모두 실화다.

필리핀 텔레비전을 보면 가끔 정치인들이 이야기하는 것을 들을 수 있는데, 대부분 영어로 말한다. 이유를 꼭 집어 이야기할 수 없지만, 영어를 구사할 수 있다는 일종의 과시, 교육 받았다는 증거, 엘리트 의식 같은 것을 지적할 수 있을 것이다. 문제는 그 정치인들의 말을 듣는 대다수가 영어를 모른다는 점이다. 그가 무슨 생각을 하고 있는지, 무엇을 하겠다는 것인지 알아야 지지하든가 말든가 할 텐데, 말조차 못 알아듣는다. 정치인과 국민이 영어 때문에 직접 소통하지 못하는 이런 웃지 못 할 코미디 같은 상황이 이곳 필리핀에서 실제로 벌어지고 있는 것이다.

필리핀은 왜 타갈로그와 영어를 동시에 공용어로 사용할까? 1901년 영어는 필리핀 땅에 상륙했다. 미국의 식민지 시절 영어는 필리핀을 지배했고, 영어는 이들의 교육 언어가 되었다. 1937년에 필리핀은 타갈로그를 국가어로 지정했지만, 영어는 이미 이 사회에 깊이 침투해 있었고, 급기야 필리핀의 지도자들은 타갈로그와 함께 영어를 공용어로 지정하는 모험을 감행했다. 그러나 미국의 식민지 시대

이후 전개된 오랜 영어 공용화 실험 끝에 이들이 얻은 것은 무엇인가? 영어를 구사하는 국민들이 일부 있다는 걸로 만족할 수 있을까? 현실적인 영어 공용화 이후 많은 시간이 흘렀지만, 영어로 의사소통을 원활히 할 수 있는 국민의 비율이 고작 전체의 7%에 불과하다는 지적도 있다(쿠키뉴스 2013.5.9). 그렇다면 이 같은 영어 공용화 정책은 실패라고 봐야 하지 않을까?

성패를 논하지 않더라도 이들이 영어로 한 것은 무엇이고, 할 수 있는 것은 무엇일까? 영어를 공용어로 정하는 바람에, 귀중한 시간을 영어에 허비하는 한편, 다른 중요한 많은 것들을 놓친 것이 진실 아닐까? 소견이지만, 필리핀은 1946년 독립 정부를 구성했을 때, 타갈로그 하나만을 국가어로, 그리고 교육어로 강력하게 추진했어야 했다. 막강한 영향력을 행사하고 있던 영어는 공적인 영역과 교육에서 배제했어야 했고, 단지 외국어로 교육하는 게 필리핀 국민들의 행복과 경제 발전, 국력 신장을 위해 옳았을 것이다.

2014년 1인당 지디피GDP가 세계 135위라는 순위를 보면, 경제면에서도 필리핀은 영어로 인해 얻은 것보다 잃은 것이 명백히 많아 보인다. 한국과 일본은 하나의 언어를 사용하는 덕분에 소통이 잘 되고, 국민 통합 또한 잘 된다. 모국어를 효과적으로 활용하여 과학과 기술을 연마했고, 사람들이 필요로 하고 좋아하는 물건들을 잘 만든다. 영어는 잘 못하지만, 삼성전자나 도요다 자동차가 영어 잘 하는 직원이 없어서 스마트폰이나 자동차를 못 판다는 얘기를 들어본 적이 없다. 스마트폰이나 자동차는 언어가 아닌 기술로 파는 것이다.

양국의 제품이 세계 시장에서 잘 팔리고, 돈을 벌어들이고, 국력을 키우고 국민들의 삶을 윤택하게 한다. 국가 경쟁력은 영어가 아닌 기술에서 나온다. 어느 쪽이 살만한 사회인가?

물론 2,000년 이후 세계가 글로벌화 되면서 국제통용어로 활용도가 높은 영어에 대한 관심과 교육열이 급격히 높아졌고, 한국은 이미 영어 교육 과잉이며, 일본 또한 영어 교육에 대해 많은 고민을 하고 있는 것으로 보인다. 현재 많은 한국인들과 일본인들이 영어를 배우느라 구슬땀을 흘리고 있다. 영어가 외국어이기 때문에 배우기 어렵고 고생하는 것 또한 당연하다. 그렇지만 영어 때문에 진짜로 고생하는 국민은 필리핀 사람들이라 생각한다. 300여 년에 걸친 스페인의 식민지배, 50년 가까운 미국의 식민지배는 끝났지만, 영어 식민지로 신음하고 있는 것이 이 나라의 비통한 현실이고 국민의 불행 아닐까?

귀국

2015. 2. 14. 토. 흐림

12월 22일 귀국했다. 한동안 가슴이 답답했다. 1년 5개월을 공부하고도 영어를 잘 말할 수 없다는 데 실망했다. 한심하기도 했고, 자괴감도 느꼈다. 절망했고 좌절했지만, 목적지를 향해 가는 과정이라고 스스로 위로할 수밖에 없었다. 영어, 해보니 쉽지 않다. 고생도 좀 했고, 앞으로도 할 것 같고, 시간도 아주 많이 걸릴 것 같다.

요즘에는 '한마디로닷컴'의 동영상 강의를 열심히 보고 있는데, 이곳은 모든 강의가 공짜다. 공기와 물처럼 이 세상에서 가장 귀한 것은 공짜라면서 교육도 공짜여야 한다는 박기범 강사의 말은 참으로 귀하다. 게다가 박기범 강사의 강의는 귀에 잘 들어오고, 이해하기 쉽다. 잘 가르치는 걸까? 잘 모르지만, '한마디로' 잡아내는 영어라는 독특한 관점을 갖고 있다. 그가 말하는 '영어의 비밀'과 '시크릿 그래머Secret Grammar'의 내용들은 신선하고, 그의 말대로 공부하면 영어가 손에 잡힐 것도 같다.

오후에는 화상영어(JNS영어)로 필리핀 선생님들과 수업을 한다. 한 교실에 앉아 무릎을 맞대고 앉아 하는 수업은 아니지만, 공부하는 데 큰 차이는 없다. 지금은 필리핀에서 공부하던 교재를 사용하고 있는데, 화상영어 프로그램 상에서 어떤 교재든지 활용 가능하다. 간혹 인터넷 연결 상태가 좋지 않을 때 소리가 잠깐씩 끊기는 게 좀 불편하지만 큰 문제는 아니다. 인터넷 덕분에 화상으로 일대일 수업을 할 수 있다는 점에 감사한다.

시간이 나는 대로 미드를 보면서 듣기 연습도 하고, 자막도 해석한다. 얼마 전까지 '모던패밀리Modern Family'를 봤었는데, 며칠 전부터 '위기의 주부들Desperate Housewives'을 보기 시작했다. 드라마를 보면 원어민들의 발음을 들을 수 있고, 등장인물들 간에 이루어지는 대화 속에서 살아있는 영어 표현을 포착할 수 있다. 자막 없이 듣는 것은 무리지만, 자막과 함께 들으면, 들리기도 하고 내용도 어느 정도는 이해가 된다. 현재는 자막을 세워 놓고 해석을 하고 그리고 소리를 듣는데, 낯선 소리에 조금씩이나마 익숙해지고, 사전을 찾는 시간이 조금씩 주는 것에 기쁨을 느낀다.

영어 공부 누가 어떻게 해야 할까?

영어가 잘 안 되는 이유가 뭘까? 1년 5개월 만에 영어가 된다면 영어 못할 사람이 있겠느냐는 얘기도 하지만, 안 되니까 속상한 게 사실이다. 50대에 영어를 시작한 것 자체가 무리였을까? 나이가 들면 기억력도 나빠지고, 공부 머리도 둔해지고, 특히 외국어는 더더욱 하기 어렵다고들 하는데, 과연 이게 문제였을까?

어학원에서 만난 대학생들은 젊고 재기가 있었다. 한창 공부할 때라 그런지 두뇌 회전도 빠르다. 영어를 받아들이는 데 있어서도 나이 든 사람들보다는 유연해 보였다. 어릴 때부터 미국 영화, 드라마 등을 경험하면서 성장한 것도 영어와 영어 문화에 접근하기 쉬운 한 요인일 것이다. 그렇다고 해서 그들의 영어 실력이 초고속으로 느는 것은 아니었다. 더러는 진도가 빠른 학생들도 있었지만, 대부분은 시간을 필요로 하는 듯했다.

그렇다면 뭐가 문제였을까? 솔직히 저쪽에 있을 때도 생각 많이 하고 고민도 많이 했지만, 이제야 그 이유를 알 것 같다. 깨달았다고 해야 할까? 첫째, 한국인에게 영어는 근본적으로 배우기 어려운 언어라는 점이다. 영어는 아주 이질적인 언어다. 두 언어는 순서가 다르다. 한국어에서는 주어 다음에 목적어가 오지만(나는 빵을 좋아한다), 영어에서는 주어 다음에 서술어가 온다(I like bread). '그게 뭐 그렇게 어려워?'하는 사람이 있을 수 있겠지만, 예문이 짧아서 그렇지 길어지면 무지하게 어렵다.

한국어에서 순서는 절대적으로 중요한 것이 아니라고 말할 수 있지만, 영어에서 순서는 절대적이다. "나는 대학에서 영어를 가르치는 선생님을 사랑한다"라는 문장을 "대학에서 영어를 가르치는 사람을 사랑한다, 나는"이라고 해도 한국어에서는 큰 문제가 없다. 하지만 영어는 순서가 중요하다.

"I love a person who is a English teacher at university"란 문장을 "A person who is a English teacher love I"라고 바꾸면 문장도 틀리고 의미도 틀린다. 그래서 영어를 '위치 언어'라고도 하는데, 순서와 위치가 크게 문제되지 않는 특성을 지닌 한국어에 익숙한 우리들에게 위치와 순서를 정확히 맞추는 작업은 어려울 수밖에 없다.

한국어에는 조사가 있어서 그것만 봐도 앞말이 주어인지 목적어

인지 구별할 수 있다. '이', '가'가 붙으면 주어이고, '을', '를'이 붙으면 목적어다. "철수(주어)가 영희(목적어)를 좋아한다." 하지만 영어에는 조사가 없고, 위치에 따라서 주어인지 목적어인지가 결정된다. "Tom(주어) is a student", "A student likes Tom(목적어)"

또한 '무엇 때문에', '무엇 덕분에', '무엇을 위하여', '무엇으로 인해' 등등 한국어에서는 무엇으로 인해인지, 위하여 인지, 때문인지, 덕분인지 각각 표현이 다르고 의미도 다르지만, 영어의 'for'는 그냥 'for'이기 때문에 그게 무엇으로 인해인지, 위하여 인지, 때문인지, 덕분인지 파악하기 어렵다. since, as, because와 that도 어떤 때 무엇을 써야 하는지 헷갈리고, about이나 over, on 등도 어떤 때 무엇을 써야 하는지 끝없이 망설이게 된다. 영어 화자들에게는 아무런 문제가 되지 않겠지만, 영어를 배우는 한국인에게는 아리송한 의문부호일 수밖에 없다. 그들에게 영어는 습관이지만, 우리에게는 이해하고 암기하고 꾸준히 연습해야 할 대상이기 때문이다.

둘째, 공부 순서가 뒤집혔다. 필리핀에 가면 영어 공부에만 전념할 수 있을 것이라는 생각은 맞았지만, 영어에 대한 이해가 턱없이 부족하고, 기초가 허약한 상태에서 외국으로 나간 것은 실수였다. 기초가 없는 상태에서 필리핀 교사 혹은 원어민 교사와 앉아 있는 것은 어떤 것일까? 배우는 사람도 갑갑하고 가르치는 사람도 갑갑할 것이다. 기본적인 의사소통과 상호작용이 안 되기 때문이다. 물론 배울 수 있고 가르칠 수 있겠지만, 당장 말을 못하니 질문을 할 수도 없고, 교사가 아무리 자세히 설명을 해도 알아들을 수 없는 부조리한 상황속에서 시간만 낭비할 가능성이 아주 높다.

왜 be동사와 일반 동사를 같이 쓰지 않는지? 전치사 뒤에 명사만 오는 이유가 뭔지? 부사는 왜 앞, 뒤, 중간 위치를 가리지 않고 오락 가락하는지? 'to+동사'의 쓰임새는 왜 그렇게 다양한지? ~ing는 뭔지? 관계사절을 이끄는 that, which, who, what, when, where 등등에 대해서, if절의 복잡한 시제에 대해서 한국어로 설명해도 정말 이해하기 힘든데, 영어로 설명하면 알아들을 수 있을까?

유치원생에게는 유치원생에게 적합한 교사가 필요하다. 대학교수가 유치원생을 지도할 필요는 없다. 뒤집어 얘기하면 유치원생이 대학교 강의실에 앉아 있을 이유 또한 없는 것이다. 유치원생에게는 글자를 가르치고, 단어와 아주 간단한 표현부터 가르쳐야 한다. 유치원생에게 연음법칙이나 경음화, 격음화 현상을 설명할 이유도 없지만, 설명해도 알아듣지 못할 것이고, 세월호나 무상급식 등에 대한 견해를 묻는다는 것은 더더욱 어울리지 않는다.

영어의 기초가 없는 상태라는 것은 실상은 유치원생만도 못할 것이다. 왜냐하면 유치원생도 말은 하기 때문이다. 그러므로 알파벳을 익히고, 단어를 외우고, 소위 5형식이라는 문장의 구조를 이해하고, 왜 그런 식으로 표현하는지 그들의 사고방식을 이해하는 것이 순서일 것이다. 명사와 동사, 형용사, 부사, 전치사의 위치와 기능, 구와 절의 구조, 숙어의 뜻 등을 파악하고 이해해야 한다. 논리적으로 설명이 안 되는 것들은 무조건 암기해야 한다. 이처럼 까다롭기 때문에 처음에는 친절한 한국인 교사에게 배우는 것이 좋다. 학교에서 원어민 교사를 경험한 고등학생들의 과반수가 '회화 실력이 좋고 수업을 잘하는 한국 선생님'이 영어 학습에 가장 도움이 된다고 했다.

따라서 공부 순서를 맞춰야 한다. 이질적이고 어려운 언어지만, 영어의 구조를 이해하고, 기초를 쌓는 것이 첫걸음이 되어야 하고, 그다음에 말하기에 도전하는 것이 순서일 것이다. 물론 기초를 쌓는 과정에서도 말하기를 병행할 수 있고, 사실 병행하는 것이 자연스러울 것이다. 다만, 강조하고 싶은 것은 기초가 없는 상태에서 영어 화자에게 곧바로 영어를 배우는 것은 무모하고 비효율적이라는 사실이다. 기초를 쌓은 다음, 영어 화자와 수업을 하는 것이 바른 순서라 생각한다. 영어 해외 연수에 한해 이야기 한다면, 기초를 충분히 쌓은 후에 외국으로 나가는 것이 바람직하고, 바라는 만큼의 성과를 기대할 수 있을 것이다.

그러나 현실은 그렇지 않다. 많은 사람들이 외국으로 나가기만 하면, 외국으로 나가서 공부하면 영어가 될 것으로 착각하는 경향이 있다. 그래서 무작정 보따리 싸들고 외국으로 나간다. 언론에서는 조기유학이나 영어 연수의 성공 사례를 많이 보도하지만, 실제 성공하는 이들은 열에 하나 정도일 것이다. 나머지 아홉은 실패라고 봐야 하는데, 나가서 한국인들끼리 어울렸다거나, 공부 안 하고 놀았다거나 하는 것도 문제가 되겠지만, 성실함이 전제 되었을 때는 기초 없이 나간 것이 가장 큰 실패의 요인일 것이다.

그렇기 때문에 무조건 나가면 안 된다. 한국에서 기초를 충분히 쌓은 후에 나가야 한다. 필리핀으로 가든 캐나다나 호주, 미국, 영국으로 가든 최소한 중급 이상의 실력을 쌓은 다음 나가는 것이 맞을 것이다. 글쓴이의 개인적인 판단으로는 중급 이상이라면 필리핀이 적당하고, 고급 이상이라면 본토로 가는 게 좋을 것이다. 본문에서 소개한 일본 학생 토키오가 좋은 예다. 중·고등학교에서 영어 공부 열심히 했고, 대학에 입학했을 때는 문법도 알고 독해도 다 됐는데, 말이 안 돼서 말을 배우러 나왔다던 토키오의 말은, 영어 공부의 이정표를 제시해 준다.

우리는 영어 교육에 문제가 있다는 말에 참으로 익숙하다. 문법과 독해 중심의 교육이 잘못이었다는 말들도 많이 한다. 그러나 글쓴이는 문법과 독해를 무시하거나 건너뛰고, 바로 말하기로 갈 수 없다는 것을 경험으로 깨달았다. 영어를 전공한 사람은 아니지만, 감히 말하건대, 영어 선생님들이 좀 더 좋은 교수 방법을 찾아낸다면, 학생들은 중·고등학교에서 열심히 하고, 그 중에서 잘하는 학생들이 대학에 가서도 또 열심히 하고, 그러다가 적절한 시기에 국내에 있는 외국인 교사들과 수업을 하든 해외로 연수를 가든 실전 연습을 한다면 말하기 역시 해결될 것이라 생각한다.

"① 기초 쌓기 → ② 실전 연습" 이렇게 순서를 잘 맞춰도 영어는 단기에 끝나지 않을 것이다. 영어를 잘하기 위해서는 상당한 시간을 투자해야 할 것이다. '전념해서 3년' 지나야 어느 정도 된다면 잘할 수 있을 때까지는 얼마나 많은 시간이 필요할까? 인내와 끈기가 필요하다. 한국에 와서 10년이 지나고 나서야 한국어를 조금 이해하게 되었다는 어느 이민자의 말을 뒤집으면, 미국이나 캐나다에 가서 10

년 살아야 영어를 이해할 수 있다는 얘기가 될 것이다. 이렇게 많은 시간을 요하는 영어 학습이기에 모든 사람들에게 영어를 강요하는 현실은 크게 잘못됐다. 저마다 하고 싶은 공부가 있는데, '영어 필수'라는 상황에 발목이 잡혀 정작 하고 싶은 공부를 할 수 없는 현실은 심각하게 비극적이다.

한국에서는 한국어로 충분하다. 한국 회사에 취직하고, 한국 사람들끼리 어깨를 부딪고 살아가는 데 영어는 필요하지 않다. 회사 안에서 영어를 활용할 일이 있다면 그런 위치에 있는 몇몇 사람들이 열심히 하면 된다. 요즘은 공무원 시험 준비하는 학생들도 영어 때문에 고생하던데, 동사무소 직원들 모두가 영어를 해야 할 필요가 있나? 한 명쯤 있으면 한국에서 생활하는 외국인들 혹은 이민자들의 편의를 봐 주는데 부족함이 없을 것이다. 젊었을 때 공부할 시기를 놓친 4~50대의 독자가 이제라도 해 볼까 하고 고민한다면, 취미 활동 수준의 가벼운 마음이 아니라면, 그리고 꼭 필요한 게 아니라면 시작하지 말라고 조언하고 싶다. 영어는 필요를 느끼는 사람들이 열심히 하면 되고, 나머지가 영어로부터 자유로워지고 행복해지려면 '영어 필수'에서 '영어 선택'으로 상황을 바꿔야 한다.

영어에만 매달리는 것은 국가경쟁력 차원에서도 문제가 있다. 언어는 수단인데, 수단인 영어에 너무나 많은 시간을 투자하고 있기 때문이다. 소모적이고 비효율적이다. 영어를 좋아하거나 필요를 느끼는 소수정예가 깊이 파고드는 게 바람직하다. 영어 말고도 땀과 열정을 쏟아야 할 과제들이 참으로 많다. 세계와 소통하기 위해서는 다른 외국어도 습득해야 한다. 정작 중요한 일은 농사를 짓고 고기를 잡는 일일 것이며, 누군가는 스마트폰이나 자동차, 비행기, 배 등도 만들어야 하고, 에볼라나 암과 같은 질병을 퇴치할 수 있는 약도 개발해야 하며, 환경오염이나 방사능 오염 문제를 해결할 수 있는 방안도 연구해야 한다. 지식정보산업이나 생명공학, 우주산업 같은 분야뿐만 아니라 역사나 문학, 철학 같은 인문학과 체육과 예술 분야에도 많은 투자가 이루어져야 한다. 이 모든 것을 한 사람이 할 수 없다면, 분업해야 한다. 우리는 슈퍼맨이 아니다.

정재환의 필리핀 영어 연수^^

1쇄 인쇄 2015년 5월 22일
1쇄 발행 2015년 6월 1일

지은이 정재환
펴낸곳 **말글빛냄**
펴낸이 한정희
주소 서울시 마포구 마포동 324-3 경인빌딩 3층
전화 02-325-5051 팩스 02-325-5771
홈페이지 www.wordsbook.co.kr
등록 2004년 3월 12일 제313-2004-000062호
ISBN 978-89-92114-35-6 03810
가격 12,000원

*잘못된 책은 구입하신 서점에서 바꾸어 드립니다